SATYR
VERLAG

PAUL BOKOWSKI HINARK HUSEN ROBERT RESCUE
FRANK SORGE VOLKER SURMANN HEIKO WERNING

DAS IST KEIN BERLIN-BUCH

GESCHICHTEN VON DEN **BRAUSEBOYS**

SATYR VERLAG

Von den Autoren ebenfalls im Handel:
»Provinz Berlin. Geschichten.« (2005)
»Wir sind nur Kurzgeschichtenvorleser«, Doppel-CD (2006)
»Berlin mit Alles. Geschichten.« (2008)

1. Auflage November 2011

www.satyr-verlag.de

Satyr Verlag ist eine Marke des Verlagsgründers Peeter Maassen.

Cover-Illustration: Endai Hüdl
Backcoverfoto: Frank Sorge
Druck und Bindung: AALEXX Buchproduktion GmbH, Großburgwedel
Printed in Germany.

Die Deutsche Nationalbibliothek verzeichnet diese Publikation in der Deutschen Nationalbibliografie; detaillierte bibliografische Daten sind im Internet abrufbar über http://dnb.d-nb.de abrufbar.

ISBN: 978-3-9814475-0-7

Inhalt

IV. Die Welt da draußen

V. Parallelgesellschaftskunde

VI. Virtuelle Weiten

I. Vergesst Berlin!

Ost oder West

Frank Sorge

Jahrelang erzählte ich nur auf Nachfrage, in Berlin geboren zu sein. Die Reaktion blieb immer dieselbe: »Was? Wie? Das glaube ich nicht, du berlinerst ja gar nicht.«

»Ich durfte als Kind nicht berlinern.«

»Ach, warum das denn nicht?«

»Weil es ein ordinärer Dialekt ist.«

»Aber das ist doch Quatsch, hier berlinern doch sogar die Zugezogenen.«

»Jetzt ja, aber nicht bei uns früher. Jetzt berlinere ich ja auch.«

»Du klingst aber immer noch, als kämst du aus Hannover.«

»Ich hab das Berlinern erst sehr spät gelernt, es ist wie eine Zweitsprache.«

»Sag mal was, sag mal was.«

»Nein.«

Zurück blieben irritierte Gesprächspartner, deren Gesichter deutlichen Unglauben durchscheinen ließen. Gerade an der Universität herrschte ein großer Zugezogenendruck, man feierte die vielen hundert Kilometer Entfernung von den Eltern. Bei denen wohnten aber noch viele geborene Berliner, ein Grund mehr, sich nur überraschend oder auf Nachfrage zu enttarnen.

»So, komm, jetzt sag endlich, wo du *wirklich* herkommst.«

»Aus Berlin.«

»Ost oder West?«

Eigentlich war die Frage unnötig, denn den eigenen Dialekt zu verleugnen, hatte nur Westberlinern einfallen können. Die beiden großen Schubladen gefielen mir auch nicht, in derer eine ich an dieser Stelle springen sollte.

»Aus Neukölln.«

»War das Ost oder West?«

»West.«

»Aha.«

Meist war das Gespräch genau hier zu Ende.

»Und jetzt wohnst du aber im Osten?«

»In Mitte.«

»Ist doch Osten, oder?«

»Kann man nicht mehr sagen, der Bezirk hat mit zwei Westbezirken fusioniert.«

»Aber es war Osten?«

»Bei mir schon.«

»Welche Straße ist das genau?«

»Brunnenstraße.«

»Und die war im Osten?«

»Nur ein Teil, der Rest war im Wedding. Dazwischen eine Mauer.«

»Aber nicht im Osten?«

»Wedding war Westen, im französischen Sektor.«

Jetzt war es an mir, ein Getränk holen zu gehen und möglichst nie mehr damit wiederzukommen. Kam derjenige doch noch mit zum Kühlschrank oder zum Kaffeeautomaten, konnte es richtig schlimm werden.

»Ich wohn ja auch im Osten. Osten ist viel cooler.«

»Hast du eine günstige Miete?«

»Ja klar. Zwei Zimmer und sechzig Quadratmeter, knapp siebenhundert warm.«

»Prenzlauer Berg?«

»Ja, genau.«

»Nur schade irgendwie, dass da grad die ganzen alten Kiezstrukturen kaputtgehen.«

»Was denn für Kiezstrukturen?«

Genau das war das Problem. Siehst du keinen Wald mehr, dann ist er fort. Und ich erschrak: War ich überhaupt einen Deut besser? Hatte ich nicht als Jugendlicher noch gedacht, die Sonnenallee hinauf mal am Hermannplatz zu wohnen, wäre der soziale Aufstieg? Fing es da nicht schon an? Hatte ich nicht später mit der Marzahner Freundin gejubelt über eine so günstige Wohnung in Mitte am Nabel der Stadt? Hatten wir nicht unsere Dielen abgeschliffen? Hatten wir nicht gefroren am Kachelofen und uns nicht mindestens eine Gasetagenheizung gewünscht? Hatten wir nicht studiert? War sie nicht Designerin geworden und ich Schriftsteller? Hatten wir uns nicht mit anderen Akademikern getroffen und teure Weine gesoffen? Hatten wir nicht in den Clubs getanzt? Hatten wir keine Espressomaschine? Hatten wir oft genug beim Ostbäcker nebenan gekauft, bis er schließen musste? Hatten wir zu viele Cocktails in der Gegend getrunken?

»Was bezahlst du?«, fragte er.

»Die Hälfte etwa.«

»Für ein Zimmer?«

Da musste ich ihn enttäuschen. »Vier Zimmer.«

»Vier? Unglaublich, wo noch mal?«

»Am Rosenthaler Platz.«

»Ach so«, sein Puls schien sich zu beruhigen, »da ist ja so laut.«

»Ja, und ganz schön dreckig«, witterte ich die Chance und ergänzte.

»Ja ja, genau.«

»Und so viele Junkies und Dealer, du machst dir keine Vorstellung.«

»Ja, ganz schlimm.«

»Ein richtiges Drecksloch. Ich esse da auch nichts mehr wegen der Ratten, sie sind überall. Sehr eklig.«

»Ekelhaft«, er schüttelte den Kopf und etwas Becks hinein.

»Zum Glück gibt es hier gar keine Spielplätze, die wären augenblicklich verseucht. Es liegen ja schon so überall die Heroinspritzen rum und die Kondome der Stricher. Und jedes Haus hat den Schwamm im Keller, wusstest du das? Wer da investiert, ist echt selber schuld.«

Ich ahnte, es würde vergeblich sein. Aber man musste doch irgendwas tun.

Berlin stinkt

Paul Bokowski

Er Paul?
Ich Hm.
Er Paul?
Ich Hm?
Er Paul?
Ich Hmmmm?
Er Schläfst du?
Ich Eheh.
Er Da pocht was.
Ich He?
Er Ich kann nicht schlafen. Da pocht was.
Ich Hm hmocht hmix.
Er Was?
Ich Da pocht nix.
Er Doch. Hör doch. Da pocht was. Ganz deutlich!
Ich Neeee, da pocht nix.
(Pause.)
Da wummert höchstens was.
Er Da wummert doch nix. Das pocht!
Ich Es ist jetzt halb zwei. Da pocht nix. Um halb zwei wummert's.
Er Was?
Ich Um halb zwei wummert's!
Er Es wummert?
Ich Ja! Es wummert.

Er Was ist denn Wummern?

Ich Wummern ist ein Mischgeräusch. Pochen nicht.

Er Ein Mischgeräusch?

Ich Ja, ein Mischgeräusch! Es wummert eben. Es knackt, es rumpelt, es schallt, es scheppert, es rattert, es holpert, es dröhnt, es knattert, es poltert, es hämmert, es kratzt, es läutet und wenn du ganz genau hinhörst, dann rasselt es auch ein bisschen.

Er Ich hör kein Rasseln. Nur ein Pochen. Vielleicht auch ein Wummern. Aber bestimmt kein Rasseln.

Ich Du kommst auch aus Hannover.

Er Was hat das denn damit zu tun?

Ich Das ist immer so! Pochen. Pochen! Leute aus Hannover hören immer nur ein Pochen!

Er Ich komm aber aus Hildesheim.

Ich Das macht auch keinen Unterschied. Leute aus Detmold, Bielefeld, Kassel oder Braunschweig – die hören immer nur ein Pochen. Einmal war einer aus Delmenhorst hier: Der hat ernsthaft behauptet, es pulsiert. Pulsiert!

Er Da pulsiert doch nix.

Ich Eben!

Er Es pocht nur.

Ich Nein! Es knackt, es rumpelt, es schallt, es scheppert, es rattert, es holpert, es dröhnt, es knattert, es poltert, es hämmert, es kratzt, es läutet und wenn du ganz genau hinhörst, dann rasselt es auch ein bisschen.

(Pause.)

Du, das ist wie mit den Eskimos und Schnee. Wir Leute hier in Berlin, wir haben einfach ein paar Begriffe mehr für Lärm als ihr.

Er Ach Quatsch! Ich hab mal bei jemandem in Stuttgart geschlafen, da hat es auch gewummert.

Ich Das ist ein ganz anderes Wummern!

Er Ein anderes Wummern?

Ich Ja! In Stuttgart, da rattert doch nichts. Da knattert und röchelt und dröhnt und hämmert doch niemand. Da brüllt und quäkt und frotzelt auch niemand. In Stuttgart, da fiept es und es säuselt und knistert und zischt und raschelt und manchmal poltert es ein bisschen. Aber da weiß doch niemand, wie sich eine Metallfräse anhört. Schon gar nicht um drei Uhr morgens.

Er Ich bleibe dabei: Es pocht!

Ich Da pocht nix. Wenn die Waschmaschine von der alten Prokopowicz beim Schleudern durch den Flur wandert und der Gülkan im Zweiten seine Alte rannimmt, dass es klingt, als würde jemand eine halbe Tonne Hackfleisch verprügeln und der Liebelt aus dem Dritten seit einer halben Stunde die gleiche Nummer von den Scorpions spielt, dann pocht es. Aber gewaltig!

(Pause.)

Er Wie kannst du denn bei dem Lärm nur schlafen!?

Ich Ich mache einfach die Augen zu und warte so lange, bis ich wieder wach werde!

Er Das klappt doch eh nicht.

Ich Jetzt hör mal zu! Ich hab dich doch gewarnt!

Er Was?

Ich Ich hab gesagt, dass du gern zum Beischlaf vorbeikommen kannst. Du kannst auch gern hier frühstücken, hab ich gesagt. Nur hier schlafen: Das kannst du nicht.

Er Du bist ein echter Sonnenschein!

Ich Jetzt werd doch nicht gleich grantig! Ich hab einfach Erfahrung in diesen Dingen! Ich hab noch nie jemanden erlebt, der auf Anhieb hier schlafen konnte. Das braucht mindestens vier oder fünf Wochen, bis man anfängt, die ganze Geräuschkulisse auszublenden.

(Pause.)
Wenigstens riecht es nicht!

Er Riechen?

Ich Ja, riechen! Ich habe zwei Kroaten, vier Türken, einen Koreaner, sechs Vietnamesen und drei Westfalen hier im Haus. Zweimal in der Woche wache ich nachts auf, weil irgendeiner von den Hirnis auf die Idee gekommen ist sich mitten in der Nacht ein Köfte, ein Odojak oder einen Pickert zu braten.

Er Was ist denn Pickert!?

Ich Ich habe keinen blassen Schimmer! Aber man könnte genauso gut über einer Currywurstbude schlafen.
(Pause.)
Außerdem können wir uns glücklich schätzen, dass es nicht gerade regnet.

Er Ach, ich find das ja eigentlich ganz beruhigend, wenn der Regen so gegen die Fenster prasselt.

Ich Prasselt! Das ist auch so ein Stuttgart-Wort.

Er Was ist denn so schlimm daran, wenn's prasselt?

Ich Nichts! Es ist gar nichts schlimm daran, wenn's prasselt. Es ist schlimm, wenn es regnet!

Er Und warum?

Ich Weil's stinkt.

Er Wonach?

Ich Na, nach Scheiße!

Er Was? Wieso denn nun nach Scheiße?

Ich Ach Mensch! Das ist doch wie mit einem Hund.

Er Einem Hund?

Ich Ja! Ein trockener Hund stinkt nicht. Wenn man ihn aber nass macht, dann ist die Kacke am Dampfen.

Er Versteh ich immer noch nicht.

Ich Na gut. Schau: Du kennst doch diese Putzautos von der Berliner Stadtreinigung. Die Dinger mit diesen rotierenden Bürsten vorne dran. Die bürsten den ganzen Dreck nicht weg; die massieren den ein! Seit Jahren, ach was red ich, seit Jahrhunderten wird die Hauptstadt imprägniert – Schichten um Schichten, Lagen um Lagen, Jahrgänge um Jahrgänge von Hundekot.

Er Du meinst, Berlin ist gar nicht auf Märkischem Sand erbaut, sondern ...

Ich Märkischer Scheiße! Und es muss nur ein einziges Mal regnen, dann wird das alles wieder flüssig!

(Pause.)

Er Ich glaub, ich fahr nach Hause.

Wie ich in Berlin einmal fast gesteinigt wurde. Oder: Spiegel-Online hat vielleicht doch recht

Volker Surmann

Ich war ja so weit, meinen Weddinger Kollegen zu glauben. Nach fünf Jahren hatten sie mich beinahe dazu gebracht, alle Berichte über die Gefährlichkeit des Weddings für eine einzige Verschwörung von Spiegel-Online zu halten.

Ich hatte Heiko Werning sogar abgenommen, die massiven Gitter vor den Fenstern seiner Erdgeschosswohnung, die Stahlplatte an der Eingangstür und die sage und schreibe fünf Schlösser davor, inklusive eines mehrzentimeterdicken Stahlriegels, rührten allein vom krankhaften Sicherheitsbedürfnis seiner Vormieterin, er wisse gar nicht, wo die Schlüssel seien, und der Stahlriegel sei auch nur so blank, weil seine Söhne den immer so gerne ableckten. Kinder halt. Nein, nein, der sei nicht in Benutzung.

Andererseits kann es doch kein Zufall sein, dass der neu geschaffene kleine Garten hinter der Wohnung mit zwei Meter hohen Zäunen umgeben ist und der Sandkasten für Heikos Söhne von gleich mehreren *Brauseboy*-Kollegen einsehbar ist.

Und auch die Tatsache, dass Robert Rescue und Frank Sorge mit dem Zuzug in den Wedding schlagartig an Körperumfang zulegten und Heikos Erscheinung schon immer recht massiv war, kommt mir inzwischen verdächtig vor. Wahrscheinlich tragen sie unter ihrer Straßenkleidung heimlich kugelsichere Westen.

Zugegeben, ich mache vielleicht ein dummes Gesicht, wenn ich nachts um halb drei müde und leicht angetrunken von einer Party komme, die U-Bahn knapp verpasse und mich die Leuchtschrift *»U6 nach Mariendorf: 14 Minuten«* scheel angrinst. Eine Verabschiedung weniger, zwei Schritte schneller auf dem Weg und ich hätte einfach so in die U-Bahn springen können, die folgende Szene wäre mir erspart geblieben und ich dürfte weiter an die Mär vom freundlichen Arbeitslosenbezirk mit sympathischen Alkis und drolligen Migrationshintergründlern glauben.

So aber grinsten mich nicht nur die Buchstaben der elektronischen Anzeigetafel an, sondern noch drei gelangweilte Jugendliche auf dem anderen Bahnsteig gegenüber, die in astreinem Gangsta-Outfit auf einer Bank hockten. Einer mit schiefer Basecap, vermutlich deutsch-stämmig, wobei deutsch-stämmig tatsächlich passte: Er war etwas pummelig; ob er wirklich deutscher Herkunft war, konnte ich nicht genau eruieren, da er sich lautlich dem hiesigen Gangsta-Rapper-Soziolekt vollständig angepasst hatte. Sein Kumpel, schlaksig und größer, deutlich mit Migrationshintergrund, machte auf Bushido-look-alike, der Dritte ist mir nicht im Gedächtnis geblieben. Er war ein Dritter halt, der dabei war, weil immer ein Dritter dabei sein muss, dessen Rolle es ist, nichts zu sagen oder tun, sondern nur treudoof den anderen beiden hinterherzudackeln und alles cool zu finden, was die sagen oder tun. Die Kollegin Kali Drische hat solche Gesellen einmal sehr passend mit »Füllstoff« umschrieben.

Die Drei langweilten sich. Das war unschwer zu erkennen, denn sie hatten mich als ihr Unterhaltungsprogramm auserkoren. Viele Programmalternativen gab es auch nicht, da ich neben ihnen der einzige Mensch im U-Bahnhof Seestraße war.

»Hast U-Bahn verpasst, Alta? He he. Scheise was?! Musst warten, Hurensohn!« So ging es noch ein paar Sätze weiter. Was dann geschah, hat mir einmal mehr gezeigt, wie unvertraut ich nach all den

Jahren *Brauseboys* mit den örtlichen Gepflogenheiten dieses Berliner Stadtteils immer noch bin, denn irgendetwas ritt mich, ein beherztes »Och Jungs, könnt ihr einfach mal die Klappe halten?« zum anderen Bahnsteig hinüberzurufen. Das war gewiss nicht klug, aber sicher nicht ungerechtfertigt. Doch drüben, jenseits von Abstellgleis und Gleis der Gegenrichtung, musste sich der semantische Gehalt meiner Bemerkung gewandelt haben zu etwas wie: »Ey, du elende Missgeburt, ich ficke deine Mutter, deine Schwester, alle deine Brüder und dich dann erst recht und pinkle danach auf den Schatten deines Gottes!«

Pummelchens Stimme wurde jedenfalls deutlich aggressiver: »Ey, wills' mich beleidigen, du Hurensohn!? – Hurensohn, wills' misch anmachen, oder was?«

Er war definitiv zu weit weg, um meine verdrehten Augen zu sehen. Sicherheitshalber schwieg ich. Nichts lag mir ferner, als diesen großmäuligen Milchbubi anzumachen.

»Ey, Hurensohn! Warum sagste nix? Bist nisch von hier, was? Wir sind von hier! Bist sicherlisch aus'm Osten. Hurensohn, bist von Friedrischstrass, was?! Von Friedrischstrass.«

Ich schwieg lieber auch, als danach ein Kübel übelriechender Beschimpfungen über mir ausgekippt wurde. Ich hielt in der weiterhin menschenleeren U-Bahnstation nach dem Hinterausgang Ausschau und schlenderte, bemüht, größtmögliche Gelassenheit auszustrahlen, den Bahnsteig hinunter.

»Hurensohn! Bleib stehn, oder wir komm rüber, Hurensohn!«

Und das taten sie tatsächlich. Der Wortführer sprang ins Gleisbett. Behände überwand Pummelchen alle stromführenden Schienen, leider, und stand plötzlich auf meinem Bahnsteig, gute zwanzig Meter hinter mir. Die beiden anderen kletterten auch gerade ins Gleisbett und folgten ihrem Anführer. Damit hatte ich nicht gerechnet.

»Hurensohn, bleib stehn!«

Ich ging weiter auf den Hinterausgang der Station zu. Noch immer war ich mit der Gang allein im U-Bahnhof. Ach, sagen wir es, wie's war: Ich bekam es langsam mit der Angst zu tun. Vielleicht wurden meine Schritte deshalb ein wenig schneller. Dummerweise registrierte Pummelchen das und spurtete mit einem Mal auf mich los und schrie: »Hurensohn, bleib stehn!« Und bevor ich auch nur darüber nachdenken konnte, was jetzt die angemessene Reaktion wäre, hatte meine Angst meine Füße schon auf die Treppe nach oben gejagt, hinaus auf die Seestraße. Ich hörte höhnisches Gelächter aus der U-Bahnstation hallen, doch die Jungs folgten mir nicht.

Draußen verschnaufte ich. Super. Ich war gerade vor einem vierzehnjährigen Halbstarken davongelaufen. Einem etwas pummeligen Gangster-Imitat mit vermutlich mühsam antrainiertem Soziolekt. Der wollte mir doch nur einen Schrecken einjagen, sonst nichts! Andererseits: Hier im Norden von Berlin reichte gelegentlich auch schon ein Schneeballwurf, um totgeprügelt zu werden. Ich sah schon die Schlagzeilen vor mir: »*Vorlesekünstler Volker S. starb, weil er die U-Bahn verpasste. Sein Mörder Sören-Alexander von T. (14) über sein Motiv: ›Dieser Hurensohn machte so ein dummes Gesicht, sah voll aus nach Friedrischstrass.*‹«

Es war im Grunde ein klassisches Dilemma gewesen, in so einer Situation hat man ja eigentlich keine Chance: Wegzulaufen war ein Fehler. Wäre ich aber stehen geblieben, wäre das mein Fehler gewesen, schließlich hätte ich damit überdeutlich signalisiert, dass ich die Angriffsformation von Aggropummelchen nicht ernst genommen hätte. Dann hätten sie direkt vor mir gestanden. Sie zu dritt, ich allein. Egal, was ich dann gesagt oder gerufen hätte, auch das wäre automatisch falsch gewesen. Wer zum Hurensohn gestempelt wird, ist Freiwild und kann nichts mehr richtig machen.

Ein paar Minuten stand ich oben auf der Seestraße, überlegte, ein Taxi anzuhalten oder zu Fuß zur Ringbahn zu laufen. Doch dann ging noch einmal die Treppe runter und linste um die Ecke auf meinen Bahnsteig.

»Hurensohn, wir sehen disch!«, rief es von weit drüben. Die drei waren wieder alle auf der anderen Seite. Ich konnte also gefahrlos schauen, wann meine U-Bahn kommen würde: Vier Minuten. Und da hinten saß noch mindestens ein anderer Fahrgast auf einer Bank. Also traute ich mich wieder auf den Bahnsteig, versuchte, alle »Hurensohn«-Rufe zu ignorieren, nahm noch einmal all meinen Mut zusammen und rief rüber, ob sie nichts Besseres zu tun hätten, als nachts irgendwelche wildfremden Leute anzupöbeln, obwohl ich die Antwort selbstredend schon kannte. Aber egal, verloren hatte ich eh, da konnte ich meinem Ärger auch mal Luft machen.

Mit klammem Gefühl in der Brust erreichte ich die Bank in der Mitte des Bahnsteigs. Ein Mann saß darauf. Mitte vierzig, seine Fußspitzen taxierend. Ich weiß nicht, ob er meine Anwesenheit registrierte.

»Hurensohn, renns' einfach weg! Ey, du bist mindestens sechsunzwanzisch und läufs' vor uns weg wie'n Mädschen.«

Hatten mich die Jungs gerade auf sechsundzwanzig geschätzt? Vielleicht waren sie ja doch ganz okay.

»Ey, Hurensohn! Bist voll das Mädschen, Hurensohn!«

Nee, doch nicht. In anderen Kontexten, zum Beispiel viel später, hätte mich diese Aussage sicherlich amüsiert: Ein Hurensohn, das Mädchen ist. Unterrichtet Judith Butler inzwischen an einer Weddinger Oberschule?

»Hurensohn, isch ficke deine Mutter!«

Im Nachhinein möchte man da fragen: »Echt? Du willst eine Prostituierte ficken? Willste etwa Papa von 'nem Hurensohn werden?«

»Hurensohn, bist voll das Opfa!«, riefen sie von drüben, höhnisch und aggressiv. Der schlaksige Araber der Gang sprang wieder vom Bahnsteig ins Gleisbett.

»Ey, nisch ins Gleis, pass auf, U-Bahn kommt gleisch«, warnte Pummelchen seinen Kumpel, ich überlegte, so etwas wie »Schön wär's!« zu rufen, verkniff es mir aber.

Pummelchen zog seinen Kumpel wieder auf den Bahnsteig, der hatte eine Handvoll Steine aus dem Gleisbett gegrabscht.

Der Mann neben mir auf der Bank lernte weiter seine Schuhspitzen auswendig und sah nur einmal kurz auf, als der erste Stein auf dem Bahnsteig aufschlug, und guckte mich vorwurfsvoll an, als hätte *ich* den Stein geschmissen. Der zweite Stein war gezielt geworfen und verfehlte meinen Kopf nur um einen knappen Meter. Dieser Stein war geworfen, um mich zu treffen, und zwar möglichst am Kopf.

Ich beeilte mich, hinter einem Kiosk in Deckung zu gehen. Lachen. »Hurensohn«, »Opfer-Opfer«-Rufe. Steinwürfe. Der Mann auf der Bank mit seinem Was-geht-mich-das-an-Gesicht, weitere Wartende waren gekommen, quatschten aber irgendwo hinten und kriegten nicht mit, was geschah.

Verbale Großmäuligkeit ist ätzend, aber gezielte Steinwürfe gehen definitiv zu weit. Ich griff nach meinem Handy, verdammt, meine Finger zitterten sogar! Wegen ein paar großmäuliger Vierzehnjähriger! Doch es gelang mir, die Ziffernfolge »110« einzutippen, dann versuchte ich, so ruhig wie möglich zu erklären, wieso ich anrief, während noch ein paar weitere Steine links und rechts an mir vorbeizischten.

Noch während ich mit der Polizei telefonierte, kam drüben die U-Bahn, die drei halbstarken Arschlöcher stiegen grinsend ein. »Okay, ich glaub, hat sich erledigt, die sind weg ...«, sagte ich ins Telefon und legte auf. Die U-Bahn fuhr an, die lustige Gang von der Seestraße kasperte noch an der Scheibe rum und winkte mir zu – unschwer zu erraten, welches Wort ihre Lippen gerade formten.

Berlin in Kürze

Robert Rescue

1. Im Supermarkt

Ich bewegte mich mit dem Einkaufswagen auf die Kasse zu und sah aus den Augenwinkeln das Schild »Kasse nicht besetzt«. An der Kasse saß aber jemand und kassierte einen Kunden ab. Ich legte meine Waren auf das Band.

»Haben Sie das Schild nicht gesehen?«, fragte mich die Verkäuferin.

»Doch«, antwortete ich, »da steht, dass die Kasse nicht besetzt ist, aber wie ich sehe, ist die Kasse besetzt.«

»Das Schild besagt aber, dass die Kasse nicht mehr bedient wird, also geschlossen ist«, belehrte mich die Verkäuferin.

»Mag sein, dass das Schild das meint, aber die Aussage ist nicht korrekt. Wenn Sie jetzt nicht da sitzen würden, wäre die Aussage des Schildes wahrheitsgemäß, und ich würde keine Waren auf das Band legen. Was, bitte, ist das für eine Dienstleistung, dass Sie Ihre Schilder nicht ordnungsgemäß beschriften? Bei anderen Discountern stehen Schilder, auf denen steht ›Kasse geschlossen‹ oder ›Wählen sie eine andere Kasse‹. Das sind eindeutige Aussagen und nicht ihr blödes ›Kasse nicht besetzt‹. Wenn Sie Ihre Kabine verlassen und das Schild hinstellen, dann wäre alles in Ordnung. Ein Scheißladen ist das hier.«

Es war ein typischer Tag in Berlin. Alle Bewohner versuchten, sich von ihrer besten Seite zu zeigen.

2. Schlimme Zeiten im Wedding

An der Ecke waren sie über mich hergefallen und hatten mich in ihren Laden gezerrt. Dann setzten sie mich in eine der Kabinen und zwangen mich mit einer Pistole, am Computer zu surfen. Ich gehorchte und besuchte die Seiten, die ich sonst aufgerufen hätte, wenn ich ohne Zwischenfall nach Hause gekommen wäre. Ich besaß DSL und hatte ihre Dienstleistung nicht nötig, aber das zählte für Sie nicht. Sie waren Weddinger Geschäftsleute und in der Anpreisung ihrer Dienstleistung unerbittlich.

»So, eine Stunde ist rum. Das kostet ein' Euro«, sagte der Chef des Ladens später und nahm die Pistole von meiner Schläfe. »Du bist guter Kunde. Nächstes Mal gerne wieder.«

Ich zahlte, verdammte sie innerlich und suchte das Weite.

Draußen kramte ich einen Euro hervor und bereitete mich vor. An der nächsten Ecke lauerte das nächste, das konkurrierende Internet-Café. Wie so oft würde es eine lange Nacht werden, bis ich endlich nach Hause fand. Den Computer würde ich dann nicht mehr einschalten. Eigentlich brauchte ich ihn auch gar nicht mehr.

3. Neulich im Wedding

Stanislav läuft die Liebenwalder Straße entlang und sieht, wie vier türkische Machos vor einem Internet-Café einen weißen, protzigen Mercedes putzen. »Ey, was für eine geile Karre«, ruft er ihnen zu.

»Willst du kaufen?«, rufen die Machos zurück.

»Ey, seht mich an. Ich kann mir noch nicht mal ein Fahrrad leisten.«

Die Machos lachen, drängen sich um Stanislav und beginnen zu erzählen. »Ey, weißt du, wir wollten losfahren mit der geilen Karre, da stellt sich Herr Schinowski, dieser langzeitarbeitslose Penner, auf seinen Balkon und schreit uns an, weil wir zu laut sind. Da haben wir ihm die Meinung gesagt. Und weißt du, was der dann gemacht hat? Der holt seinen Pimmel raus und pisst aufs Dach vom Mercedes. Da hat Ali gerufen: ›Ey, wir kommen hoch und machen dich kalt.‹ Dann meinte aber Hassan: ›Ey, lasst uns erst die Karre saubermachen, das sieht doch voll scheiße aus.‹ Jetzt ist die Karre wieder sauber und Herr Schinowski hat die Haustür zugesperrt. Wir müssen jetzt auch los. Na ja, dann machen wir ihn halt das nächste Mal kalt.«

Die vier Machos steigen in den Wagen und brausen los.

4. Der Zeitungsverkäufer in der U-Bahn mal anders

»Guten Tag, die verehrten Damen und Herren. Ich bitte um Entschuldigung für die Störung. Ich verkaufe die Privilegiertenzeitung LUXURIÖS, ein Printprojekt der oberen Zehntausend zur Vermehrung ihrer Besitzstände. Die Zeitung kostet nur zweihundertachtzig Euro. Ein Teil des Erlöses geht an mich und der Rest dient zur Finanzierung eines neuen Golfplatzes in der Uckermark. Die oberen Zehntausend müssen die Kosten dafür selbst aufbringen, weil das Land Brandenburg jede öffentlich-rechtliche Mittelzuweisung verweigert.

Ich wäre Ihnen dankbar, wenn Sie mir ein Exemplar abnehmen würden, denn ich trage schwer daran. Vielen Dank für die Unterstützung!«

5. Alleine wohnen im Hinterhaus (gewidmet der Berliner Wohnkulturanonymität)

Vor einiger Zeit starb ich in der Nacht,
und hatte mir aber noch den Wecker gestellt auf halb acht.

Als nach zwei Wochen noch immer niemand das BIEP, BIEP, BIEP abgestellt hatte, stand ich auf und machte es selbst.

Wutbürger

Heiko Werning

Wutbürger! Meine Güte, wer soll das denn überhaupt sein? Da regen sich Leute darüber auf, dass ein Bahnhof tiefer gelegt wird! Na und? Ich meine: Natürlich haben sie Recht, das Projekt ist idiotisch – aber Wutbürger? Was soll denn das für eine Wut sein, wenn ein paar hundert Leute »Mein Freund, der Baum« singen? Und sich dann mit buchhalterischer Akribie durch Tausende Planungsunterlagen durchrechnen, um am Ende einfach nur den besser begründeten Bauplan vorzulegen? Um sich dann noch mit einem Tattergreis ganz vernünftig an einen Tisch zu setzen, dessen Demenz erstaunlicherweise den Effekt hat, dass seine Arschlochpositionen, die er, als er noch was zu sagen hatte, ganz selbstverständlich vertrat, nun zunehmend im Nebel des Vergessens verschwinden. Beziehungsweise kurz gesagt: Für den jungen Geißler wäre der alte Geißler ein dementer Narr gewesen. Aber mit dem reden jetzt alle ganz respektvoll. Und das sollen Wutbürger sein?

Wutbürger! Oder sollen das ewa diese traurigen Gestalten sein, die sich den sarrazinschen Salonrassismus in gebundener Form ins Haus stellen? Und sind das jetzt auch schon Wutbürger, diese mehr als fünfhunderttausend Figuren, die als höchsten Ausdruck ihrer Raserei sogar, Achtung!, den »Gefällt mir«-Button bei Facebook drücken, um in der Causa Guttenberg ihren Hang zu schmierigen Gel-Frisuren, Goldenes-Blatt-kompatiblen Führungspersönlichkeiten und öffentlich verhandelter Heuchelei zum Ausdruck zu bringen? Wutbürger – diese Versammlung heulsusiger Happeninggestalten,

Wintergartenrevolutionäre und Besitzstandswahrer, das sollen Wutbürger sein? Wer das ernsthaft glaubt, der hat wirklich nicht die geringste Ahnung von der Wut!

Jetzt hört mal zu, ihr Medien! Hör zu, Gesellschaft für Deutsche Sprache! Wutbürger! Wenn ich das schon höre! Versucht doch mal, diagonal über die Kreuzung Seestraße/Müllerstraße zu kommen. Geht bei Grün los, im riesigen Pulk, überquert die Fahrspuren einer Richtung und hofft, dass nicht jetzt gerade eine Straßenbahn kommt, die euch sofort ausbremst. Wenn ihr dann so ruhig und entspannt wie öffentlich bloßgestellte Ehebrecherinnen in Saudi-Arabien die Schienen quert, nur um dann zu sehen, wie, kurz bevor ihr die Straße in Gegenrichtung betreten könnt, die Fußgängerampel auf Rot springt und die startenden Linksabbieger euch praktisch über die Füße fahren. Wie ihr dann inmitten des schnaubenden Mobs auf der Mittelinsel ausharrt, einsardint zwischen Straße und Straßenbahn, eine komplette Auto-Grünphase lang, die hier etwa so lange dauert wie die Zeitspanne, die die EU braucht, um sich dazu zu entschließen, ihren arabischen Despotenfreunden zu übermitteln, dass sie ihr Gemorde nicht mehr ganz so toll wie früher findet. Wie ihr schließlich in der irren Hoffnung, dann wenigstens die Müllerstraße zügig überqueren zu können, losrennt, aber die Müllerstraße hat auch einen Mittelstreifen, und noch ehe ihr den erreicht, seht ihr das Rot an der Ampel gegenüber höhnisch aufleuchten, genau jener Ampel, an deren Mast ihr die verantwortlichen Verkehrsplaner, ohne auch nur einen Moment lang zu zögern, auf der Stelle aufknüpfen würdet, wenn, ja wenn ihr nicht wüsstet, dass ihr dazu überhaupt keine Gelegenheit mehr fändet, weil der Rest der erneut auf der Verkehrsinsel sich pressenden Meute diese Planer einfach in blutige Stücke zerreißen würde, um sie dann mit Rattengift zu spicken und in die Kellerschächte der Umgebung zu werfen! *Das* ist Wut!

Oder wenn ihr bei einem Problem, das anders wirklich nicht mehr zu lösen ist, mit zitternden Händen bei der Berliner Sparkasse anruft. Wenn ihr dann angstvoll in den Hörer lauscht. Wenn sich eure düstere Vorahnung bestätigt, dass da natürlich kein Mensch an der anderen Seite der Leitung abnimmt, sondern einer dieser Spracherkennungscomputer. Ein Spracherkennungscomputer, der euch in debil-stoischer Freundlichkeit verkündet, ihr möget doch jetzt bitte euer Anliegen formulieren. Wenn ihr dann mit brüchiger Stimme in den Hörer haucht: »Rechnung«. Wenn ihr dann von der anderen Seite hört: »Entschuldigung, ich habe Sie nicht richtig verstanden. Bitte nennen Sie den Grund Ihres Anrufes.« – »Rechnung!« – »Entschuldigung, ich habe Sie nicht richtig verstanden. Bitte nennen Sie den Grund Ihres Anrufes!« – »RECHNUNG!« – »Entschuldigung, ich habe Sie nicht richtig verstanden. Bitte nennen Sie den Grund Ihres Anrufes!« – »RECHNUNG! Ich sagte RECHNUNG, du verfickte Scheißkiste, RECHNUNG!« – »Entschuldigung, ich habe Sie nicht richtig verstanden. Wenn Sie eine Frage zu Ihrer Rechnung haben, antworten Sie jetzt bitte mit ›ja‹.« – Dann wisst ihr, was Wut ist!

Oder wenn ihr als Nicht-Angestellte dieses Erziehungsgeld beantragt, weil ihr euch drei Monate um euren Familienzuwachs kümmern wollt. Nicht einfach so – nein, ihr seid ja nicht naiv. Ihr wisst ja schon, dass bei etwas komplizierter Ausgangslage wie eben keinem regelmäßigen Gehaltsbogen eine einigermaßen reibungslose Abwicklung völlig ausgeschlossen ist, weshalb ihr auf dem Antrag schon prophylaktisch das Kreuzchen macht bei: »Mindestbetrag – wird unabhängig von der Einkunftshöhe erteilt«. Wie ihr dann Wochen später ungläubig den Brief vom Jugendamt öffnet, in dem ihr dazu aufgefordert werdet, eure Einkommensverhältnisse darzulegen. Wie ihr seufzt, wie ihr euch widerwillig zu einer Antwort durchringt, in der ihr erklärt, dass ihr doch nur den gesetzlichen, von der Höhe des Einkommens unabhängigen Mindestbetrag beantragt habt. Wie ihr dann nach Wochen des Wartens einen Brief bekommt, in dem ihr aufgefordert werdet, eure Einkommensverhältnisse darzulegen. Wie ihr resigniert und kopfschüttelnd eure Einkommensverhältnisse darlegt. Wie ihr nach Wochen einen Brief bekommt, in dem steht, ihr müsstet die Einkommensverhältnisse aber nach Paragraf Sowieso darlegen. Wie ihr kapituliert und einen Steuerberater bittet, das für euch zu erledigen. Wie ihr euch vom Steuerberater anhören müsst, dass das doch völlig sinnlos sei, weil ihr nur den Mindestbetrag beantragt hättet, der ganz unabhängig von der Einkommenshöhe erteilt werde. Wie ihr tief durchatmet und den Steuerberater bittet, es trotzdem zu tun. Wie ihr dem Steuerberater etwa die Höhe des Mindestbetrages des Erziehungsgeldes für diesen kleinen Gefallen überweist. Wie ihr Wochen später einen Brief vom Jugendamt bekommt, in dem ihr darauf hingewiesen werdet, dass das Einkommen aber nach Paragraf Sowieso dargelegt werden muss. Wie ihr einen Brief an das Jugendamt schreibt, in dem ihr darauf hinweist, dass das Kind bald eingeschult wird und ihr das Problem daher allmählich zu lösen wünscht. Und dass bei Rückfragen doch bitte der Steuerberater zu befragen sei. Wie ihr Wochen später ein Schreiben vom Jugendamt bekommt, in dem steht, dass das Jugendamt sich aus verwaltungstechnischen Gründen leider nicht direkt mit dem Steuerberater in Verbindung setzen dürfe. Dass dies aber ja auch gar nicht notwendig sei, schließlich hättet ihr ja ohnehin nur den gesetzlich vorgesehenen Mindestbetrag beantragt, der ohne weiteres Darlegen der Einkommensverhältnisse bewilligt würde – wenn ihr diesen letzten Brief in der Hand haltet und ebenso ohnmächtig wie fassungslos darauf starrt: Dann endlich wisst ihr, dann verdammt noch mal wisst ihr wirklich, wirklich, *wirklich*, was Wut ist! Und bis dahin, bis dahin will ich ultimativ kein Wort mehr hören von diesem lächerlichen Geschwätz über irgendwelche jämmerlichen Wutbürger. Ist das klar? Danke.

Endlich raus aus Berlin. Oder: Antrag auf Ortsabwesenheit beim Job-Center Mitte

Hinark Husen

Sehr geehrte Damen und Herren,

hiermit bitte ich um die Genehmigung für eine Bewerbungsreise nach Tunesien.

Die Reisekosten sind zurzeit ausgesprochen günstig. Ich möchte mich dort auf eine Stelle als Demokratie-Aufbauhelfer bewerben. Leider gibt es keine offizielle Ausschreibung, aber wie Sie, so hoffe ich, den deutschen Medien entnehmen konnten, werden dort Menschen mit Demokratie-Erfahrung dringend gesucht. Ich verfüge über eine fünfundvierzigjährige Demokratie-Erfahrung, mit kleinen Lücken in Kindheit und Jugend, in der ich einem autokratischen System ausgesetzt war, aber die beiden Diktatoren haben sich mittlerweile zur Ruhe gesetzt und ich kann wieder freier atmen. Die tunesischen Behörden könnten meine ergiebigen Kenntnisse in Armuts- und Arbeitslosigkeitsverwaltung nutzen, indem ich ihnen detailliert die Vorzüge der deutschen Effizienz in diesem Bereich darlege. So habe ich zu Hause bereits einen Stufenplan entwickelt, den ich in Anlehnung an unser deutsches System Ben Ali I, II, III und IV nenne. Der Name Ben Ali mag für die tunesische Bevölkerung zunächst erst mal irritierend sein, aber ich bin sicher, das wird sich ändern, wenn ich erläutere, dass das deutsche System nach Peter Hartz benannt ist, einem wegen Untreue vorbestraften VW-Manager. Das wird der Akzeptanz meines Ben-Ali-Programms sicher förderlich sein. Natürlich werden viele Tunesier fragen, warum wir unser Reformprogramm nach einem Kriminellen benannt haben. Es wäre sehr hilfreich, wenn Sie mir dafür einen Argumentationskatalog in Englisch zusammenstellen könnten. Ich hoffe, Sie verfügen in Ihrem Hause über einen wissenschaftlichen Dienst, der für so etwas zuständig ist.

Ansonsten müsste ich natürlich auf Alt-Bundeskanzler Schröder hinweisen, der sich ja mittlerweile im russischen Gazprom-Exil befindet. Die Tunesier werden sicherlich erfreut sein zu hören, dass demokratische Politiker auch mal freiwillig ins Exil gehen, ohne dafür regelmäßig eine Revolution machen zu müssen.

Ich gehe davon aus, dass es sicherlich in Ihrem Interesse ist, deutsches Know-how ins Ausland zu bringen, bevor die Engländer oder Franzosen mit ihren lächerlichen Systemen daherkommen. Sollten die Aufbaustellen entgegen meiner Erwartung schon alle weg sein, werde ich meine Erfahrung als Kindergärtner sicherlich nutzen können. Ich werde hier ganz im Sinne unseres westlichen Wertesystems agieren. Die tunesischen Kinder werden mit großer Freude hören, dass man es mit Abschreiben ganz weit bringen kann. Nach zwei bis drei Wochen Länderkunde wird sicherlich keiner der kleinen Araber und Araberinnen auf die dummdreiste Idee kommen, nach Deutschland auszuwandern. Ich denke, das ist die beste Entwicklungsarbeit, die man sich vor Ort vorstellen kann.

Wie die Wahlen in Berlin gezeigt haben, besteht auch bei deutschen Behörden noch Aufklärungsarbeit in Sachen Demokratie. Dass Briefwahlunterlagen nicht in den Papiermüll gehören, kann ich im Ausland daher bestimmt bestens vermitteln.

Sollten Sie dennoch Bedenken haben, stehe ich natürlich jederzeit für ein persönliches Gespräch zur Verfügung.

Haben Sie bloß Einwände gegen Tunesien, stünde ich selbstverständlich auch für Ägypten zur Verfügung. Für Libyen würde ich allerdings eine Mehraufwandsentschädigung beantragen, sowie eine kostenlose Rückführung im Todesfall. Die Anträge dazu befinden sich im Anhang.

Für Algerien, Marokko und den Jemen konnte ich einige gute Freunde aus dem Wedding überzeugen, ähnlich lautende Anträge zu stellen.

In diesem Sinne lassen Sie mich einfach mal raus aus dieser Stadt.

Mit der Hoffnung auf eine baldige Entscheidung verbleibe ich

mit demokratischen Grüßen,
Ihr Hinark Husen

II. Raus aus der Stadt

Hier möchte ich nicht tot über dem Zaun hängen

Robert Rescue

Wann immer ich unterwegs bin und an Provinzbahnhöfen in Brandenburg vorbeifahre oder im Sachsen-Anhaltinischen Hochland Dörfer hinter mir lasse, verleitet mich der Anblick der Umgebung zu dem Kommentar: »Hier möchte ich nicht tot über dem Zaun hängen.«

Selbstkritisch denke ich dann immer, dass so ein arroganter Berliner spricht, der Enge und Bewegung gewöhnt ist und für ländliche Ruhe nichts übrig hat. Danach überlege ich, woher der Spruch stammt, der so eine ungemein schöne Bildhaftigkeit in sich trägt?

Tante Google gibt sich wortkarg und meint zunächst, dass mit diesem Ausspruch Orte deklassiert werden, an denen man sich nicht aufhalten möchte. Nimmt man die Suchmaschine aber in die Mangel, so zeigt sie unter anderem ein Forum von Handwerkern, die sich kontrovers über ein Angebot von Tchibo unterhalten, wo die Griffflächen der Werkzeuge in einem rosa-roten Blumendekor gehalten sind. Klar, dass die Mehrzahl der gestandenen Handwerker die Meinung des Thread-Eröffners teilt, dass man lieber tot über einem Zaun hängen möchte (wo eigentlich?), als mit diesem Werkzeug arbeiten zu müssen. Einige der Diskutanten weisen auf die Möglichkeit hin, dass es mit einem solchen Werkzeug bei der Nachbarin besser klappt oder dieses Set eine Spezialanfertigung für homosexuelle Handwerker sei.

Eher in die Richtung der ursprünglichen Deutung geht ein Testbericht vom User *Mondfeuer* aus dem Jahr 2000, der die Stadt Viersen einem Check unterzogen hat und zu der Meinung gelangt: »In Viersen möchte ich nicht tot über dem Zaun hängen.«

Nach Lektüre der einfach gehaltenen Beschreibung der fehlenden Freizeitmöglichkeiten, des Spießbürgertums der Einwohner und der Anwesenheit von Junkies in der Fußgängerzone möchte man dem Verfasser in seiner Einschätzung Glauben schenken. Das Gegenargument, dass Viersen in der Zwischenzeit etwas an seinem Image getan hat, gilt nicht, denn in dem Fall hätte irgendjemand in den letzten Jahren die Bewertung zumindest kommentiert.

Rügen

Frank Sorge

1

Zehn Tage habe ich Zeit für einen erholsamen Badeurlaub auf der Insel Rügen und müsste lügen, wenn ich nicht auch gerne mal allein unterwegs bin. Und sei es auch nur als Experiment. Viel schöner wäre es natürlich mit meiner Freundin gewesen, aber die hat jetzt Arbeit und kann im Sommer keinen Urlaub mehr nehmen. Lange hat sie gesucht, gut ausgebildet ist sie, eine global einsetzbare Spezialistin. Bewerbungen gingen nach China, Kalifornien, Südfrankreich und die Niederlande – schlussendlich ist es dann Wedding geworden. Zehn Minuten entfernt mit dem Fahrrad. Und hier ist wahrscheinlich die einzige Stelle, an der ich jemals in einem Text von mir guten Gewissens ausgetretene Wendungen wie: »Warum in die Ferne schweifen, denn das Gute liegt so nah« oder »Es kommt immer anders, als man denkt« anbringen kann.

In einem anderen Land hätte ich den Urlaub sozusagen mitgewonnen. Sobald man eine fremde Sprache hört, ist ja Urlaub. Sie hätte also vielleicht dort schon gearbeitet und ich wäre zu ihr in den Urlaub gefahren, bzw. wäre ich gleich mit umgezogen, wäre ich dann im Urlaub zu Hause gewesen. Wie jetzt auch also, nur eben woanders und nicht allein.

Ich fahre auf den Tipp eines Freundes zuerst in den allernördlichsten Norden der Insel, die Kreptitzer Heide, und stelle mir vor, wie englischsprachige Urlauber den Ort suchen.

»Okay, where is Kreptitz?«

»Crap tits?«

»Yeah, we've got to find Kreptitz.«

»But why do we want so see crap tits?«

»Its very small, Kreptitz, you need to look for small signs.«

»Small signs to crap tits, sounds like great holidays. Aren't there more or better tits elsewhere?«

»There are tits everywhere.«

»But why do we look for crap tits then?«

In einem Laden werde ich belehrt, dass es Kreptitz mit langem e heißt und finde es auch, ganz in der hintersten letzten Ecke, hinter der letzten Straße, dem letzten Busch. Auf dem Campingplatz höre ich überall an den Zelten fremde Sprachen, Sächsisch, Sachsen-Anhaltinisch, Thüringisch und Erzgebirgisch, ich fühle mich gleich im Urlaub. Ich hatte ein paar Tage zuvor angerufen und erinnere die Frau an der Rezeption daran, auf den Platz will sie mich trotzdem nicht lassen.

»Aber Sie haben selbst gesagt, es wird kein Problem sein, wenn ich Montag komme.«

»Ja, aber jetzt haben wir nichts frei.«

»Dann hätte ich aber doch reserviert.«

»Reservierungen nehmen wir gar nicht mehr entgegen. Die kommen dann oft doch nicht.«

»Aber ich bin gekommen, und zwar genau, wie ich es gesagt hab.«

»Aber ohne Reservierung geht es nicht.«

Ich bin sehr verärgert und verlasse das Häuschen. Draußen steht mein Auto im Weg.

Ich habe zwar kein Auto, aber mein Vater hat mir seins für die zehn Tage ausgeliehen. Es ist nichts wirklich Edles, aber schwarz, niedrig, hat breite Reifen und eine Turbotaste. Und man kann damit auf der leeren A20 bis Stralsund mal so richtig die Flügel ausklappen. Ein ähnlicher Flitzer will jetzt an diesem vorbei, ich nicke. Der Fahrer steigt aus und ich erkenne in ihm den Besitzer des Campingplatzes, einen Ex-DDR-Ex-Boxer.

»Hallo«, sage ich, »Ihre, ich vermute mal, Frau ...«

Und wir klären zwischen den heißen Motorhauben die Situation unter Männern. Zwei Männer, zwei schnelle schwarze Autos, ein Problem. Er zeigt mir danach ein halbwegs schattiges Plätzchen, ich habe es geschafft. Traue mich jetzt nur nicht mehr zur Rezeption. Ich kann richtig sehen, wie die Temperatur in dem kleinen Häuschen gerade ansteigt und mich der blonde Vulkan hinter dem Tresen zum Teufel wünscht.

Nachdem ich alles aufgebaut habe, traue ich mich doch und die Lage ist angespannt, aber nicht ganz unfreundlich. Allerdings auch nicht freundlich. Irgendwo zwischen freundlich und unfreundlich gibt es noch etwas, das keinen Namen hat. »Sachlich« ist es auch nicht.

2

Vor einer Reise verschicke ich immer sehr viele E-Mails an mich selbst. Mit kleinen Geschenken im Anhang. Denn nirgendwo sind Dateien besser aufgehoben als im allgegenwärtigen Informations-Äther. Am ersten Abend packe ich also mit etwas Rotwein und einem Abendessen vor dem Zelt auch mein Netbook aus, um mir die Dateien wieder aus der Luft zu holen, und ein paar Überweisungen hatte ich auch nicht mehr vorher geschafft. »Sehr kommunikativ«, höre ich auf Sächsisch von einem Lager junger Paare mit Kindern und ich sag's nicht, aber ich denke es: »Genau, ihr Fumpen«. Um die Kommunikation geht es. Wenn ich schon allein reisen muss, dann wenigstens mit ein paar zusätzlichen Optionen auf Kommunikation, anstatt einzig auf Kommunikation mit zufälligen Nachbarn angewiesen zu sein, die sich auch besonders gut auf Kommunikation verstehen, wenn sie jemandem erst mal Unfähigkeit zur Kommunikation unterstellen, was dem so Beschuldigten überhaupt erst so richtig Lust auf Kommunikation macht.

3

Der Empfang lässt zu wünschen übrig, hier am Ende der Inselwelt. Der Durchfluss an Kilobyte erinnert mich an mein altes Analogmodem, 14.4 Kilobyte pro Sekunde, ein Dreiviertel-Megabyte pro Minute, ein schöner schwarzgerippter Kasten, der ein begabter Piepser und Pfeifer war. Bi-dü-di-dong-dong-dong. Ich werde ganz melancholisch. Damals, das waren noch Zeiten, als das Internet in Deutschland noch AOL hieß und schweineteuer war. Es war allerdings auch schweineeinfach, umsonst Zugang zu AOL, das heute Internet heißt, zu bekommen. Mit einem Minimum krimineller Energie musste ich Dinge tun, die jetzt verjährt und aus heutiger Betrachtung nicht schwerer als Mundraub zu ahnden wären. Internet für alle!

Ich schlendere also lieber zum Strand nebenan, zur Steilküste und dem drohenden Sonnenuntergang. Der ist mindestens genauso rot wie mein Rotwein, so viel Rot habe ich lange nicht gesehen und ich trinke ordentlich vom Rot, bis mir ganz blau ist. Blue Monday here at the steep coast near crap tits. Dieser Monitor hat eine unglaubliche Auflösung und das Bild ist komplett ruckelfrei, Sendeprogramm Natur #1 schalte ich ein, ein Abendhimmel, sag ich euch, der lockt den Sachsen in jedem hervor. So rischtisch romandisch isses hio, hier auf Rügen.

Die Terrasse vor der Rezeption ist noch mit einer lustigen versoffenen Gesellschaft um Boxer Bernd belegt, ich kann mir auch noch ein Bier holen und mich dazusetzen.

»Ihn habe ich heute gerettet«, sagt Bernd und klopft mir auf die Schulter. Dankbar lege ich den Gesichtsausdruck mit der großen Erleichterung auf, damit alle sehen können, wie erleichtert ich war.

Im Verlauf darf ich mir noch mehr Bier holen und kenne danach die halbe Familie. »Kostet eigentlich extra«, sagt Bernd. »Unbezahlbar«, sage ich. Ein Stammgast am Tisch erzählt dann später plötzlich Bernds Ex-Frau einfach so von der *Reformbühne Heim & Welt* und wie gerne er dort wäre und dass er es jedem empfehle, sodass ich auf die unvermeidliche Frage, was ich denn eigentlich machen würde, einfach kurz und bündig antworten kann: »Das, wovon der Stammgast erzählt hat.«

Am Ende der Nacht bin ich angekommen und mittendrin, von hundert auf null in nur wenigen Stunden, und Boxer Bernd, der auch mehrere Jahre im Wedding trainiert hat, ist mir so sympathisch, dass ich in einem anderen Leben sofort seine blonde Tochter neben mir heiraten würde, um hier nie mehr wegzumüssen. Kommt bloß nie alle her, damit es lange so bleibt, wie es ist.

4

Der typische Rügenurlauber kommt vermutlich gebückt nach Hause. Nicht nur sehe ich sie den ganzen Tag zwischen meinen Füßen am Strand, ich gehöre bald auch selbst dazu. Hier, wo die Ostsee auch mal rauer sein kann, werden eine Menge Steine angespült, zu denen man sich hinunterbeugen muss, um sie sich ordentlich angucken zu können. Und da es so viele Steine sind, kann man gleich in der Bücklingshaltung weiterlaufen, kilometerlang eingeknickte Menschen, die Bernstein und Hühnergötter suchen, Feuersteine, Kreidesteine. Tut Buße, ihr Sünder, will man da rufen, und bückt euch zu den harten Steinen, beladen mit dem Leid der Welt sucht das seltene Glück im Geröll, das seit Jahrtausenden rundgeschliffen wird.

5

Nach ein paar Tagen fahre ich noch in eine ganz andere Ecke der grünen Wüste und lande in der Camping-Oase ganz im Südosten. An dieser Stelle ein alternativer Prolog mittendrin:

Urlaub auf Rügen

Zu Hause fiel mir die Decke auf den Kopf. Ich klopfte den Staub von den Schultern und begann, in der Kammer nach meinem Campingkram zu suchen. Alles war mir zu viel, die Bauarbeiter in der Wohnung drüber, die klingelnden Telefone, das klingelnde Mailprogramm, die klingelnde Tür, die klingelnde Kaffeemaschine. Aber warum klingelte die Kaffeemaschine? Mit einem plötzlichen Verdacht hielt ich mein Ohr an den ausgeschalteten Toaster, es klingelte. Es war ein Paketbote an der Tür.

»Guten Tag, könnten Sie was entgegennehmen?«

»Puh, na ja«, lavierte ich, »eigentlich wollte ich jeden Moment in den Urlaub fahren. Aber der Moment wird noch einen Moment länger dauern, ist in Ordnung.«

»Es ist für Herrn Sorge.«

»Aha«, sagte ich. »Ja, den kenne ich, geben Sie ruhig her. Ich nehm häufiger für ihn etwas entgegen.«

»Dann ist ja gut.«

Er nahm sein Gerät, seinen abgewetzten Trikorder, und hielt den Stift, der nicht schreiben kann, erwartungsvoll an das Display.

»Und Sie sind bitte?«

»Herr Sorge.«

»S-o-r-gc, allcs klar, dann hicr bittc untcrschreiben.«

Ich unterschrieb.

»Vielen Dank, ich stecke ihm noch eine Karte ein, dann weiß er, wo er klingeln muss.«

»Ähm, wir haben keine Briefkästen unten, Sie müssten es durch die Tür stecken.«

»Aha, ist gut.«

»Eigentlich müssen Sie die Karte aber nicht durch die Tür stecken, Sie könnten sie mir auch geben.«

Er stutzte, sah dann auf seine Karte und auf das Klingelschild. Da klingelte es und da es in seinem Kopf war, konnte ich es nicht hören. Aber ich konnte es sehen.

»Na, das ist mir ja noch nie passiert.«

»Kein Problem.«

»Das ist ja völlig ... entschuldigen Sie bitte.«

»Überhaupt kein Problem, ist doch alles gutgegangen. Besser als gedacht.«

»Ich brauche unbedingt Urlaub«, sagte der Bote, verabschiedete sich und schritt kopfschüttelnd die Treppe hinunter.

Ich stellte das Paket an die Seite und versuchte, es vorerst zu vergessen. Denn der Plan war Urlaub, Erholung, Ruhe, außerdem mussten die Campingsachen zusammengesucht werden. Zelt, Gaskocher, Geschirr, Decken, Isomatte und Schlafsack. Überall in die Lücken stellte ich noch ein paar Weinflaschen, gegen das Klingeln im Kopf, trug alles auf die Straße zum Leihwagen. Schnell raus aus der Stadt und dann nichts mehr tun. Ein paar Tage oder Wochen oder vielleicht gar nie mehr.

Nichts mehr zu tun, hätte natürlich den Effekt, nicht mehr zwischen Tun und Nichttun unterscheiden zu können. Worauf aus dem Nichttun ein Tun würde, denn was tue ich dann? – Nichts. Und mich vom Nichtstun zu erholen, würde ich also irgendwann wieder nicht nichts, also etwas tun müssen. Aber definitiv nicht heute.

6

Ich wechsle noch einmal den Ort, fahre in den Süden der Insel und baue mein Zelt in der *Oase* auf. Obwohl ganz Sachsen und der Rest der Welt hier auf der Insel gerade Urlaub feiern, sind rechts und links von mir noch Stellplätze leer. Ach schön, denke ich, das könnte ruhig noch einen Tag so bleiben. Viel Platz und Ruhe. In einem kleinen Laden bekomme ich Mohnkuchen und Brötchen, schnell ist mein Lager errichtet, der Campingkocher entzündet und der Kaffee frisch aufgegossen. Da schwebt ein großes Zelt heran, ein Vielpersonen-Ufo landet auf der Lichtung.

»Ein großer Umzug«, rufe ich und grüße. Die Familie aus Halle hat ihren Aufenthalt verlängert und muss wegen anderer Reservierungen den Platz wechseln. Erst sind alle ganz nett, aber langsam entwickeln sich die Dramen der Menschheit. Nachdem alles wieder in ihrem Raumschiff an der richtigen Stelle steht, setzt sich die dreizehnjährige Tochter davor und beobachtet mich. Wie ich meinen Kaffee trinke und rauche, in einem Buch lese und mit meinem Netbook eine E-Mail schreibe. Wie ich aufstehe und zum Waschhaus laufe, wie ich vom Waschhaus wieder zurückkomme und mich hinsetze. Wie ich den Mohnkuchen esse und meine Brötchen schmiere, wie ich wieder rauche. Wie ich mit meiner Freundin telefoniere.

Derweil telefoniert sie mit einer Freundin in der Ferne und legt alle Probleme dar, die sie mit ihren Eltern hat, die immer sonst was denken würden, die sie quasi nie unbeobachtet lassen. Weil sie ja sofort hinter der Häuserecke anfangen würde, Kette zu rauchen und Wodka zu trinken mit Jungs, dabei wäre sie nicht mal so – natürlich hätte sie auch mal geraucht, aber was sich ihre Eltern da vorstellten, das dürfe man sich ja nicht mal vorstellen, dass die sich das vorstellen.

Nach einer Stunde weiß ich so ziemlich alles, eine smarte Person, die ihre Eltern längst in die Tasche gesteckt hat, einen ganz eigenen Plan fürs Leben hat und vielleicht doch ein bis zwei Jahre älter ist. Als sie am nächsten Tag Mut fasst, offenbar ein einziges Mal während der letzten Wochen, und verkündet, mal einen Tag nicht mit auf Fahrradtour gehen zu wollen, gerät die Situation außer Kontrolle. Die Familie läuft völlig aus dem Ruder – ein Nachmittag alleine, das käme niemals in Frage, was sie denn überhaupt alleine machen wollen würde. Rumsitzen und mit Freundinnen telefonieren? Na, das sage sie jetzt, aber ganz bestimmt hätte sie ganz, ganz andere Sachen vor. Was ein junges Mädchen auf einem völlig harmlosen Campingplatz voller sympathischer Familien sich so ausdenken kann. »Ja, aber was«, schreit sie ihren Vater an, »was sollte ich hier machen auf diesem verdammten Campingplatz?« Ja, das wisse er doch nicht, was sie sich da ausdenken würde, redet er sich heraus. Aber sie weiß, was er sich da ausgedacht hat, und ich liege in meinem Zelt daneben und ahne auch, was er sich da vorstellt. Er glaubt wohl, kaum wären sie weg, würde ich die Tochter mit Mohnkuchen mästen. Und dass es ein großer Fehler ist, irgendwem irgendwas zu unterstellen, weil es so viel über das verrät, was im eigenen Kopf vorgeht, und dass sogar ohne ein Sandkorn Vertrauen eine Familie existieren kann.

Ich stehe auf und packe meine sieben Strandsachen. So was muss ich mir nicht anhören, und dann auch noch alles in diesem Dialekt.

7

»Du weißt, dass heute Abend wieder Bums hier ist?«, fragt mich der Wirt der Campinggastätte *Die Falle*. Ja, ich weiß, dass heute wieder Bums ist.

»Eine andere Band?«, frage ich. Ja, eine andere Band.

Einmal die Woche wird zum Tanz aufgespielt in der *Oase*, ein

Bierzelt errichtet und Fleisch gegrillt. Ich habe ein Schollenfilet »Strindberg« im Bauch, das auf trockenem Grund liegt, zum Höhepunkt des Geschehens sehe ich auf ein Bier vorbei. Die Band besteht eindeutig aus Profis. Sie spielen nicht das erste Mal auf einem Campingplatz, man ahnt, sie spielen vielleicht nur auf Campingplätzen. Auf Campingplätzen spielt man Gassenhauer, damit die Menschen tanzen können. Zum Beispiel spielt man »Lets twist again«, damit alle schön zucken können, und wer zuckt, kann ja nicht mehr so richtig hinhören und bemerkt gar nicht den schönen Text, den der Sänger sich da ausgedacht hat. »Lets twist again, like I'm in the summer, Komma, lets twist again, hamma in last year, do you remember when I was really humming, Hmmm, lets twist again, and the time is here. Is it a plane? Nooo. Is it a plane? Nooo. Is it a bird? Nooo, it is the twister, lets twist again, summertime is here.« Ein zweites Bier trinke ich noch, Improvisationen mag ich ganz gerne. Auf der Toilette im Waschhaus läuft nachts Xavier Naidoo: »Und wenn ein Lieed meine Lippen verlääässt, dann nur damit du Liebee empfängst.«

Als ich bei meinem Zelt ankomme, könnte ich dank Lübzer gleich wieder zurücklaufen: Dieser Weg wird kein leichter sein.

Die Familie schläft zum Glück, im Folgenden reicht mir ein Busch.

8

Ich habe es überlebt und dem Jungen im Weddinger Spätkauf fällt auf, dass ich im Urlaub war. Fragt, ob ich dort mein Club-Mate vermisst hätte. Sage ja, so was Tolles gäbe auf Rügen nicht, ich könnte es aber gelegentlich auch durch Rotwein ersetzen.

Laut gegen Nazis

Heiko Werning

»Vergiss es!«

Ich war stolz auf mich. Eine meiner größten Schwächen ist, nicht »nein« sagen zu können. Ich kann's einfach nicht. Wäre ich eine gut aussehende Frau, ich würde ständig in fremden Betten landen. Ich aber bin ich, deshalb lande ich ständig auf fremden Bühnen. Egal, wie absurd die Bedingungen und wie abwegig der Ort. Diesmal allerdings waren die Bedingungen sogar mir zu absurd und der Ort zu abwegig: Ich sollte in Cottbus lesen. Beim Festival »Laut gegen Nazis«. Open Air. Vor dreitausend Zuschauern. In den Umbaupausen der dort auftretenden Grunge-Rock-, Indie-Pop- und Speed-Reggae-Bands. Exakt einen Tag nach meiner Rückkehr von einer zweimonatigen Tour durch die nordamerikanische Wüste.

»Vergiss es!«

»Aber ich hab dich neulich gesehen, als du mit Ahne gelesen hast, das war spitze, du würdest da echt super reinpassen!«

»Du meinst: zwischen *Harthof* und *Royal Republic*?«

»Na ja, einfach zum ganzen Festival. Du liest zwischen den Bands ein paar antifaschistische Texte vor und moderierst noch so ein bisschen. Das passt super.«

»Was denn für antifaschistische Texte?«

»Na, die du neulich auch gelesen hast.«

»Du meinst dieses langsame Fünfzehn-Minuten-Stück, in dem mich ein paar Migrationshintergründler anquatschen und behaupten, sie überfallen mich, und am Ende passiert halt nichts? Das soll ich vor dreitausend aufgepeitschten, tanzwütigen, wahrscheinlich betrunkenen Jung-Cottbussern vorlesen?«

»Das passt super, glaub mir.«

»Auf keinen Fall. Ich bin ein uncooler, alter, elitärer Typ, der als Jugendlicher weder Punk noch Rock, sondern Reinhard Mey gehört hat, und es ist nicht besser geworden seither, glaub mir. Frag doch Ahne, der kann so was.«

»Wir finden dich aber besser als Ahne.«

Okay, er hatte mich. Und was soll schon sein, dachte ich. Er wird ja wohl wissen, was er da macht. Was weiß ich denn schon über die Ost-Jugend. Man liest ja so viel über die Sehnsucht im Volk nach den erfahrenen Silberrücken. Ich meine, wenn die SPDler sich jetzt schon Peer Steinbrück zurückwünschen und die Grünen Joschka Fischer, warum sollten die jungen Cottbusser Antifaschisten nicht mich wollen? Ich sagte also zu.

Bald darauf bekam ich eine Bestätigungsmail der Veranstalter, Atze und Titte. Atze und Titte. Jetzt war ich fast ein bisschen gerührt. Das würde schon schön werden. Dann vergaß ich die Sache wieder.

Irgendeine der langen Fahrten durch den amerikanischen Südwesten – diese wüsten, leblosen Landstriche – erinnerte mich an etwas. Ach ja: Cottbus. Ich rekapitulierte nochmals kurz die Informationen, die ich hatte. Und kam zu dem Schluss: ach du Scheiße.

Bald darauf schickte Titte mir eine Mail nach Arizona. Darin Informationen über die Bands, die ich anzusagen hatte. »Royal Republic *aus Malmö sind laut, funky und angetreten, ganze Paläste in Schutt und Asche zu legen!*« Oha. Auch dabei: *Leo hört Rauschen.* Über sie erfahre ich: *»Die Kapelle der Nation wechselt ihre verschlissenen Gewänder und bleibt euch lang vertrauter Freund. Bereit, die Feinde unserer Zeit zu stürzen und euch verdient zum Räuber zu schlagen.«* Das wird ja leicht anzumoderieren sein. Und nicht zu vergessen *Harthof: »Schnell werden Erinnerungen an* The Wohlstandskinder *wach, manch einer will auch die* Killerpilze *oder die* Donots *heraushören.«* Erinnerungen an

The Wohlstandskinder, so, so. Die Erkenntnis drang allmählich zu mir durch: Ich hatte ein Problem.

Ich schickte eine Mail an den Kollegen und *Brauseboys*-Gründer Nils Heinrich. Ich sprach von meiner fortschreitenden geistigen Verwirrung und meiner Nein-Schwäche, ich legte die Karten also auf den Tisch. Antwort kurze Zeit darauf: »Jau, das kriegen wir schon hin.« Das zeichnet einen Freund aus. Ich fühlte mich erleichtert. Wenigstens würde ich mich nicht alleine zum Deppen machen.

Als wir in Cottbus ankamen und auf das Festival-Gelände traten, war alles bereit. Bier- und Cocktailstände, eine große Bühne, viel Technik, das ganze Programm. Einzig: Von Besuchern keine Spur. Es war halb sieben, um Punkt sieben sollte es losgehen. Also: mit dem Programm. Nun ja, die Menschen im Osten sollen ja sehr pünktlich sein, vielleicht kommen alle dreitausend halt auf die Minute genau. Titte erwies sich als der freundliche Mensch, als den ich ihn mir vorgestellt hatte. Auf meine Frage, wie er sich das denn jetzt genau vorstelle mit unseren Texten und Moderationen, antwortete er mit einem souveränen: »Ach, macht einfach, das passt schon.«

Um sieben musste es losgehen, weil exakt um zwölf wiederum Schluss sein würde, mehr hatte das Cottbusser Ordnungsamt nicht genehmigt. Wahrscheinlich alles Nazis dort.

Ich trat also auf die Bühne und schaute ratlos über den leeren Platz. Was soll's, dachte ich. Ich moderierte also los, und verdammt, es war vielleicht die beste Moderation meines Lebens. Schade, dass niemand sie hörte, außer Nils, der einsam auf dem riesigen Platz vor der Bühne stand und sich offenkundig bestens amüsierte, sowie der Band, die traurig an der Treppe stand. Ich forderte alle auf, vor die Bühne zu treten. Überraschenderweise kamen tatsächlich etwa zehn versprengte Personen von irgendwoher, nun konnten *Harthof* beginnen. Sie taten mir leid. Titte auch. Vielleicht sind die Cottbusser einfach nicht gerne laut? Oder gegen Nazis.

Nach einer knappen Stunde beendeten *Harthof* ihr Set, inzwischen waren doch so um die hundert Leute eingetroffen. Tja, nun, dann lese ich halt mal was vor. Meine Sorgen erwiesen sich als grundlos, die jungen Leute lauschten aufmerksam und klatschten wohlwollend. Gut, nun also *Leo hört Rauschen*. Inzwischen war es dunkel geworden und plötzlich strömte eine beachtliche Menschenmenge auf den Platz. Eine Menschenmenge mit erkennbar fortgeschrittenem Alkoholisierungsgrad, Nils nuschelte etwas von »Vorglühen«, der kennt sich aus mit den Bräuchen im Osten, der ist ja einer von denen. Trotzdem verlief auch unser zweiter Lese-Einsatz erfreulich, nur eine Gruppe Betrunkener torkelte etwas arg lautstark vor der Bühne herum.

Und nun *Noswil*. *Noswil* war mal Hiphopper aus Bonn, nun ist er Reggae-Musiker und, wie ich erstaunt feststellte, offenbar durchaus bekannt, das Publikum feierte ihn. Und er bot ihnen auch ordentlich was. Mit seiner Musik konnte ich nichts anfangen, aber der Erfolg war eindrucksvoll. Zum Ende seines Sets heizte er der inzwischen tatsächlich auf weit über tausend Leute angewachsenen Masse noch mal richtig ein mit seinem Hit »Laut gegen Nazis«. Der ging so: Reggae-Klänge, er tänzelte über die Bühne, dann der Refrain: »Nazis rau-au-au-au-au-aus / haltet's Maul / ihr kleinen Faschos und Rassisten / könnt euch alle mal verpissen – gehn«. Die Menge war begeistert, sie johlte und brüllte und waberte und jubelte, sie wollte Zugaben. Tja, aber nun stand halt ich auf dem Plan. Um eine Geschichte vorzulesen. »Passt schon«, sagte Titte. Ich zuckte mit den Schultern und ging los, dabei sah ich noch, wie sich Nils mit dem Finger an die Stirn tippte. Ich stellte mich auf die Bühne, hielt meine Zettel hoch und versuchte es erst mal mit Ironie: »Nach der schwungvollen Musik seid ihr jetzt sicher alle in der richtigen Stimmung für ein bisschen Ruhe und Literatur.«

Die Reaktion des Publikums verriet mir, dass Ironie vor dreitausend jungen, vorgeglühten bis betrunkenen Cottbussern um 23 Uhr auf einem Open-Air-Rock-Konzert vielleicht nicht das Mittel der

Wahl war. Der verständigere Teil der Zuschauer flüchtete Richtung Getränkebuden, ein paar guckten interessiert zu mir hoch, der Rest begann irgendwelche Sprechchöre. Aber so blöd war ich nun auch nicht, jetzt wirklich eine ruhige Geschichte zu lesen, ich wählte einen Schrei-Text und legte los. Der Lärm unten war erheblich, aber ich kann ziemlich laut schreien, wenn es sein muss. Zwischendurch versuchte ich, die Sprechchöre zu verstehen. Ah, jetzt hatte ich's: Die einen riefen: »Aufhören!«, die anderen: »Halt endlich's Maul!« Na also, wusste ich doch, dass ich sie kriege. Ich legte noch etwas zu an Tempo und Lautstärke, nun meldete sich der Techniker über die Boxen zu Wort, ich solle doch bitte nicht so laut ins Mikro schreien. »Sind wir hier laut gegen Nazis oder nicht?«, gab ich zurück, das Publikum rief immer lauter »Maul halten! Maul halten!«, ich schrie sie an: »Ihr seid doch alle Nazis!« Ich brüllte weiter im Text, über den Lärm hinweg, bis der letzte Absatz erreicht war, geschafft.

Nils übernahm nahtlos, in den Tumult hinein brüllte er: »Gebt mir ein D«, ich schaute verblüfft zu ihm, aber die Masse war gut im Training und ohnehin in Gröl-Laune, ein vieltausendfaches »D« dröhnte uns entgegen, vielleicht war es auch nur sein Ost-Karma, wie auch immer, er machte weiter: »Gebt mir ein A« – »A!« – »Gebt mir ein R« – »R!« – »Gebt mir ein M!« – »M!« – »Gebt mir ein Verschluss« – »Verschluss!«. Nils grinste: »Was haben Nazis?« »DARMVERSCHLUSS!«, jubelte die Menge und schon begann er, übers Angeln zu rappen, alle johlten mit: »Fischer Fritz fängt frische Fische.« Nazis raus, Darmverschluss, Fischers Fritze – alles egal, ich weiß schon, warum mir große Menschenmengen immer suspekt sind. Danach ging der ganze Lärm im Wummern von *Royal Republic* unter, wir hatten unseren Job erfüllt und verabschiedeten uns bei Titte.

»Na siehste«, klopfte der uns noch jovial auf die Schulter, »hat doch gepasst. Wusst ich doch.«

Wissenswertes über Stralsund

Robert Rescue

»Wollen wir mal ein Wochenende nach Stralsund fahren?«

Man muss viel Lebenserfahrung und daraus folgernd Feingefühl haben, um aus dieser Frage meiner Freundin Julia herauszuhören, dass es sich nicht um einen Vorschlag handelt, sondern um eine Aufforderung. Als ich jung war, durfte man mir eine solche Frage nicht stellen, denn ich verließ nie den Kiez oder den Bezirk. Jetzt, mit zweiundvierzig Jahren, habe ich meine Meinung geändert. Ich muss nicht ständig im Wedding sein, der Wedding kann mal ohne mich auskommen. Ein Ortswechsel tut ohnehin gut, denn der Wedding mit all seiner Armut, seinen merkwürdigen Tag- und Nachtgestalten und der Verzweiflung, die wie Smog über dem Viertel liegt, kann einem auf Dauer nicht gut tun. Aber warum Stralsund?

»Da gibt es das Ozeaneum und Meer. Alte Häuser mit Flair und Fisch. In der Nähe des Hotels, in dem ich ein Zimmer gebucht habe, gibt es eine Seestraße. Du wirst dich nicht fremd fühlen.«

Es ist beruhigend, die Stadt zu verlassen und am fremden Ort vertraute Straßennamen vorzufinden. Während die Weddinger Seestraße an dem stinkenden Tümpel Plötzensee entlangführt, führt diese Seestraße in Stralsund an der Ostsee entlang. Wir können uns ans Ufer stellen und hinausblicken und uns spannende Abenteuer auf hoher See vorstellen. Die als Vorschlag hübsch verpackte Forderung gefällt mir immer besser.

Fisch dagegen ist nicht mein Ding, auch wenn ich zum Fisch selbst ein entspanntes Verhältnis habe. Ich tue dem Fisch nichts und der Fisch tut mir nichts. Ich mag keinen Fisch essen und hoffe, dass es in jener Fisch-Hochburg ein Restaurant geben wird, wo man etwas anderes zu essen bekommt. Sich darüber jetzt schon Gedanken zu machen, mag komisch wirken, aber die Vorstellung, in Stralsund nichts anderes als Fisch essen zu können, behagt mir nicht. Bei Seestädten muss man befürchten, dass die noch nie etwas gehört haben von Schnitzel, Döner oder Bratwurst.

Drei Tage, bevor die Reise losgeht, schaue ich im Internet, wo dieses Stralsund überhaupt liegt und was es für Attraktionen zu bieten hat, die mir als Geschichtsinteressiertem und Bildungsbürger gefallen könnten. Seit einer Reise nach Rom im Sommer habe ich die Latte hochgelegt. Städte, die nicht mindestens eine tausendfünfhundertjährige Geschichte vorzuweisen haben, interessieren mich nicht mehr.

Stralsund, so lese ich in der Wikipedia, erhielt 1234 das Stadtrecht. Oje, das ist ja vor Kurzem erst gewesen. Viel früher siedelten dort Slawen, davor germanische Stämme. Wenn ich da etwas drauflege an Zeit, komme ich auf gerade mal 800 nach Christus. Na gut, was tut man nicht alles für die Beziehung. Die Stadtrechte erhielt Stralsund übrigens vom Fürsten von Rügen Wizlaw dem Ersten, der ja bekanntlich in die Geschichte eingegangen ist, als er während der Schlacht bei Mölln 1225 ausrief: »Hört, hört! Es sind noch sechshunderteinundachtzig Jahre bis zur Erfindung des Fernsehers. Wie schad, wie schad.«

Anschließend google ich nach den Kulturangeboten, denn die Abendgestaltung liegt mir am Herzen. Während ich in jungen Jahren nach Bars, Discos oder Strandpartys geschaut hätte, habe ich heutzutage Interesse an Lesungen oder Ausstellungseröffnungen. Eine Lesung eines alten Seebären, der von seiner entbehrungsreichen Zeit auf hoher See berichtet, wäre nach meinem Geschmack. Das Einzige, was ich neben Bars, Discos und Strandpartys finde, ist eine Ausstellung über die japanische Kriegsmarine im Zweiten Weltkrieg.

Interessant ist, dass Stralsund die gleiche Arbeitslosenquote hat wie der Wedding, nämlich um die fünfzehn Prozent. Noch erstaunlicher daran ist für mich, dass ich bislang davon ausging, dass der Wedding eine Arbeitslosenquote von fünfundachtzig Prozent hat. Im Internet lese ich, dass sich die Zahl der Arbeitslosen in Stralsund vom Oktober 2009 auf den Folgemonat um einen verringert hat. Was der Ostsee-Zeitung einen Satz wert ist, würde im Wedding zu einem Volksfest führen. Die Ähnlichkeit der sozialen Verhältnisse wird mir den Aufenthalt leichter machen, denn wenn ich beispielsweise mal in Zehlendorf bin, wo es die Leute zu Wohlstand gebracht haben, fühle ich mich immer unwohl.

Wir fahren mit dem Zug nach Stralsund. Anfangs war ich dagegen, denn heutzutage passiert ständig was mit den Zügen. Entweder verspäten sie sich, haben einen Achsenbruch oder die Klimaanlage oder die Heizung fällt aus. Und das Schlimmste sind die Fahrgäste. Wenn man sich die aussuchen könnte, würde ich noch einen Zehner mehr für das Ticket bezahlen. Aber Julia besteht auf den Zug und da ich ihr nichts abschlagen kann, fahren wir halt Zug. Wir kommen nur zu spät an, mehr passiert auf der Hinfahrt nicht. Auf der Rückfahrt müssen wir einen Halt einlegen, weil irgendwelche Diebe im Raum Uckermark die Leitungen von einer Signalanlage geklaut haben.

Unsere Unterkunft liegt neben dem Ozeaneum, einem erst zwei Jahre alten Naturkundemuseum mit einer futuristisch anmutenden Architektur. Neununddreißig Großaquarien sowie eine Halle mit lebensgroßen Walexponaten warten auf die über neunhunderttausend Besucher pro Jahr. Lieber wäre ich in ein Museum mit antiken Ausgrabungen gegangen oder hätte ein paar Ruinen oder Grabmäler besucht. Na gut, dann schaue ich mir halt morgen Fische an.

Am nächsten Tag ändere ich meine Meinung. Allein das Becken »Stralsunder Hafenbecken« fasziniert mich. Nicht nur der verrostete Einkaufswagen und das verbeulte Fahrrad, die beide auf realistische Weise dokumentieren, wie die Stralsunder nachts mit ihren Autos vorfahren, um ihren Sperrmüll zu entsorgen, ziehen mich in den Bann, sondern auch die Fische. Genügsam schwimmen sie zwischen all dem Zivilisationsmüll herum und lassen sich von den Gaffenden nicht stören. Ein Aal liegt im Einkaufswagen und ein Barsch spiegelt sich in der Vorderlampe des Fahrrades.

Später sehe ich Becken, in denen nachtaktive Fische scheinbar erstarrt in Höhlen liegen oder an der Scheibe kleben. Ich spüre den Impuls in mir, an die Scheiben zu klopfen und die Fische aufzufordern, irgendetwas zu machen. »Ey du, mach mal Handstand, ich habe schließlich vierzehn Euro bezahlt, verdammt noch mal!« Dann aber erinnere ich mich daran, dass ich keine zehn Jahre mehr alt bin und zügele mich.

Imposant sind auch die Aquarien mit den Schwarmfischen, die in einer Vielzahl und in Reih und Glied ihre Runden schwimmen und sich auch von einem Hai nicht stören lassen, der immer wieder ihre Formationen durchbricht. Gegenüber ist ein einzelnes, in die Wand eingelassenes Aquarium, in dem ein einziger, braunfarbener, platter Fisch drinliegt, der sich nicht rührt und langweilig wirkt. Entweder ist er nachtaktiv oder tot und niemand hat das bislang bemerkt. Julia kennt den Fisch beim Namen, was mich nicht weiter wundert. Fischesser sind mit ihrer Beute auf Du und Du.

Enttäuschend finde ich die Humboldt-Pinguine auf dem Dach. Die stehen rum und schauen dumm aus der Wäsche. Da habe ich den Impuls, irgendetwas nach ihnen zu werfen, um sie in Bewegung zu versetzen, aber erneut erinnere ich mich daran, dass ich keine zehn Jahre mehr alt bin. Wahrscheinlich sind sie total angepisst von den Hunderten von Besuchern jeden Tag und Julia und ich heben ihre Laune nicht gerade.

Am Abend essen wir im einzigen Restaurant, in dem es keinen Fisch gibt. Dafür gibt es Broiler und Bratwurst. Es sind wenige Leute da.

Von außen sieht der Laden aus wie eine schicke Berlin-Mitte-Bar, innen fühlt es sich an wie eine Imbissbude. Später trinke ich in unserem Hotel noch einen Absacker, den »Swatter Haase«, einen heimischen Kräuterlikör. Angeblich, so lese ich im Werbeprospekt, ging der historische Fischer, auf den sich die Mixtur des Schnapses bezieht, jeden Morgen an den Strand und roch, ob Fische im Meer waren. Gab es welche, segelte er hinaus. Gab es keine, blieb er zu-Hause. Um die Fische gut riechen zu können, benutzte er keine Seife und wusch sich nie.

Da gibt es Ähnlichkeiten zu vielen Weddingern, obwohl die weithergeholt sind. Diese fahren jeden Morgen zum Jobcenter, um sich nach Arbeit zu erkundigen, und kehren nach Hause zurück, weil die Auskunft in der Regel abschlägig ausfällt. Und einige von diesen Zeitgenossen waschen sich auch nie. Anders aber als beim alten Fischer am Meer ist ein ordentliches Auftreten eine Grundvoraussetzung, um einen guten Fang zu machen.

III. Denk ich an Deutschland

Polnisches Gepäck

Paul Bokowski

Ich hatte immer sehr gehofft, nicht der Einzige zu sein. Ich bin acht Jahre alt und liege zusammengekauert im Kofferraum eines alten Opel Kadett Baujahr 86. Durch die Rückbank dringen dumpfe Stimmen an mein Ohr. Eine gespenstische Vorfreude liegt in ihnen, verstörendes Gelächter. Eine Stimmung, die meinen kleinen Körper zu einem schwachen Haufen Haut und Knochen zusammenfallen lässt. Der ganze Raum vibriert. Jedes Mal, wenn der Straßenbelag sich ändert, spüre ich es. Dann scheuern mein Gesicht, meine Beine und Ärmchen an den borstigen Kunststofffasern unter mir. Der Geruch von Hartgummi und Plastik macht die Enge unerträglich.

Meine Eltern waren stets darauf bedacht, die Misshandlungen, die sie mir antaten, auf Fotopapier festzuhalten. Zu jeder düsteren Erinnerung, die sich in mein Unterbewusstsein eingebrannt hat, existiert ein fotografisches Gegenstück. Die Verstörung, der Unwille, die Furcht – konserviert auf glänzendem Colorpapier. Wer so etwas erlebt hat, der wird nicht wieder ganz. Wer so etwas erlebt hat, der treibt ruhelos umher. Menschen wie mir ist das Rasten der größte Feind geworden. Denn mit jedem Stillstand, jedem Müßiggang kommt die Erinnerung und nichts wiegt schwerer als die Substanz in unseren Köpfen.

Ein leises Wimmern dringt aus der anderen Ecke des Kofferraumes zu mir herüber.

Der kleine Sven Halupczok hat sich zusammengerollt gegen das Seitenfach gepresst. Starr vor Angst lässt er sich vom Rauschen des rechten Hinterrades überfluten. Jedes Mal, wenn wir in der Dunkelheit aneinanderstoßen, zuckt er jaulend zusammen. Ich hatte immer sehr gehofft, schon fast darum gebeten, nicht der Einzige zu sein, aber jetzt tut er mir leid. Das Gelächter hinter der Rückbank klingt wie Gebell, das uns verhöhnt. Das Deutsche ist eine fürchterliche Sprache, denke ich, besonders, wenn sie von Polen gesprochen wird. Der Tod ist kein Meister aus Deutschland, er ist ein Spätaussiedler aus Oberschlesien. Immer wieder winselt es im Kofferraum zu mir herüber. *Kofferraum* – was für ein fürchterlich deutsches Wort.

Kinder, die so etwas erleben mussten, versuchen, einen Weg zu finden, damit fertig zu werden. Sie versuchen, die Erinnerungen und die Bilder in ihrem Kopf zu übertünchen. Ich habe Zeichentrick geschaut. Unglaublich viel Zeichentrick geschaut. In jeder freien Minute habe ich die flackernden Bilder in meine Augen strömen lassen, in meine trüben, trockenen Augen. Wenn du niemals blinzelst, habe ich gedacht, dann wird es besser wirken. »Nicht so nah ran!«, hat man mich angebrüllt. Kinder, die so nah vor dem Fernseher sitzen, sitzen dort, weil sie dort sitzen möchten. Kinder, die so nah vor dem Fernseher sitzen, die möchten allein gelassen werden. Kinder, die so nah vor dem Fernseher sitzen, die sitzen dort, weil sie vergessen wollen.

Meine Eltern sind sehr stolz auf diese Bilder meiner Kindheit, auf diese Grausamkeiten, die sie für die Ewigkeit ihres Lebens festhalten konnten. Sie haben extra ein ganzes Zimmer damit eingerichtet. Einen eigenen kleinen Raum im Keller ihrer Doppelhaushälfte – einen Hobbyraum. *Hobbyraum* – was für ein fürchterlich deutsches Wort.

Das schlimmste Bild in diesem Hobbyraum ist nicht das mit Stefanie Hertel, mit Stefan Mross, Daliah Lavi oder Patrick Lindner. Das schlimmste Bild in diesem Hobbyraum ist das mit den Wildecker Herzbuben. In meinem Kinderanzug haben sie mich zwischen sich genommen. Ihre adipösen, in Trachten gehüllten Körper umschließen meine kleinen Schultern. Meine Arme versinken in einer heißen schwitzigen Masse aus menschlichem Überschuss. Mein kleiner schwacher Kopf sitzt starr zwischen zwei fleischigen Männerbrüsten. Es wird noch sehr viel *SpongeBob Schwammkopf* brauchen, bis ich das vergessen kann.

Als das Auto den Mainzer Lerchenberg erreicht und der Kofferraum sich öffnet, blinzeln wir ängstlich in das gleißende Licht der Sommersonne. Missmutig steigen wir aus der gepolsterten Mulde und fallen wie schleimige Kälber auf den gepflasterten Parkplatz. Überall um uns herum kriechen Kinder aus Kofferräumen und hinter Rücksitzen hervor, überthront von triumphierenden Vätern. Väter, die sich stolz und lautstark darüber freuen, dreizehn Mark gespart zu haben. Dreizehn Mark! So viel kostet eine Kinderkarte, eine Kinderkarte für den *ZDF-Fernsehgarten*. *Fernsehgarten* – was für ein fürchterlich deutsches Wort.

Norden (Platt)

Frank Sorge

Moin Moin.
Klönschnack.
Schnack Schnack.
Tach goden Tach.
Godewind, denn
watt mutt datt mutt.
Moin Moin,
de Dag, de Morgen, de Obend, de Nacht
wünsch ik di, de Schriever schrievt:
Is de Wursch to kleen
Gif mi twee för een –
rummel, rummel, ruttje,
kreg ik noch en Futtje? Muttje?
Moin Moin.
Oldjohr, Neejohr,
de Dag, de Morgen, de Obend, de Nacht.
Hau de Katt de Schwanz aff,
dat ewige Licht geiht dar herin,
gifft der Werlt einen nien Schien.

Drei Mann im Moor

Hinark Husen

Westfalen im Spätsommer. Vorbei an abgeernteten Gerstenfeldern und üppig stehenden Maiskohorten, -zenturien und -legionen radele ich gemächlichen Tempos in Richtung meines geliebten Naturschutzgebietes, dem nördlichsten Hochmoorgebiet in Nordrhein-Westfalen. Diese kleine Steigerungsform sei mir gestattet, weil ansonsten nichts im Ansatz Spektakuläres über diesen kleinen Fleck Erde zu berichten ist. Dem vogelkundlich Interessierten gegenüber sei vielleicht noch erwähnt, dass hier diverse Arten der Roten Liste anzutreffen sind, so zum Beispiel die Uferschnepfe, das Braunkehlchen oder auch die Sumpfohreule, alles Arten, die beim unkundigen Laien wahrscheinlich nur schmutzige Assoziationen wecken.

Die Gegend ist touristisch völlig unerschlossen. Man trifft hier allenfalls auf eine Handvoll Einheimischer beim Feierabendspaziergang oder durchradelnde Geschäftsleute.

Spannend wird es allenfalls, wenn sich mal wieder ein paar Kiebitze zusammenrotten, um einen vorbeifliegenden Mäusebussard zu ärgern. Das darf in dieser Ecke schon als hektische Betriebsamkeit definiert werden. Wobei mich der durchradelnde Geschäftsmann ein bisschen irritiert hat. Businesskoffer und Sakko auf dem Gepäckträger, raste er mit sportiven 30 km/h an mir und meinem Hollandrad vorbei. Später treffe ich ihn im Naturschutzgebiet am Beobachtungsturm wieder. Hemdsärmelig sitzt er auf der ersten Stufe und liest in einem Buch. Er sieht kurz hoch und spricht mich an: Ob dieser Weg durchgängig befahrbar sei und wo die Grenze zu Niedersachsen liege. Ich antworte kurz und freundlich und er vertieft sich wieder in seine Lektüre. Ich hätte große Lust, ihn zu fragen, was er denn da Schönes lese und ob er direkt vom Büro ins Moor gefahren sei, aber dann lenkt mich ein Baumfalke ab, der gerade einer großen Plattbauchlibelle hinterherjagt. Wahrscheinlich liest er ohnehin den »Mann ohne Eigenschaften«, vielleicht genau die richtige Lektüre hier im Nirgendwo, mitten in der Rezession. Die blaue Plattbauchlibelle ist entkommen und der Falke dreht ab. Na ja, so eine Libelle ist selbst für einen kleinen Falken nur was für den nicht vorhandenen hohlen Zahn. Ein paar Meter weiter beobachte ich einen jungen Mann, wie er minutenlang auf eine am Wegesrand wachsende Schafgarbe stiert. Beim Herankommen muss ich das Alter des jungen Mannes deutlich herabsetzen, viel älter als fünfzehn ist der nicht. Er hält eine leere Plastiktüte in der Hand. Im Berliner Schillerpark hätte ich ihn für bekifft gehalten, aber hier in der westfälischen Pampa scheint mir das eine zu abwegige Vermutung. Trotzdem mutet es bizarr an, wie er da rumsteht und auf die Wildblume stiert. Es sind Sommerferien in Nordrhein-Westfalen und ideales Badewetter, so ein Teenager gehört doch ins Freibad und nicht an einen stinkenden Moorgraben. Vielleicht ist heute ja doch Ausflugstag für die schrägeren Vögel. Diese Vermutung verstärkt sich, als ich ein paar hundert Meter weiter Geschrei aus einem Feldweg heraus höre. Zwischen einer Fichtenschonung und einem Maisfeld stehen zwei junge Menschen und schreien sich aus nächster Nähe etwas zu. Ganz offensichtlich eine ernsthafte Beziehungskrise. Vielleicht sollte ich zu Hause mal recherchieren, ob das Freibad geschlossen ist, die Anhäufung von verwirrten Adoleszierenden gibt mir zu denken.

Einen halben Kilometer weiter werde ich mit den Verwirrungen des Alters konfrontiert. Ein sicher über Siebzigjähriger schwadroniert muhend auf einen Trupp Jungbullen ein, die ihm zuhören, ohne zu widersprechen. Ich kann leider nicht beurteilen, wie gut sein Muhen ist, aber die Jungbullen scheinen zu verstehen. Er hat es sich für die Unterhaltung auf seinem Rollator bequem gemacht. Auch mich muht er im Vorbeifahren an.

Fünf Minuten später überhole ich zwei Spaziergängerinnen, die mich ansprechen. Ob ich denn auch den muhenden Mann getroffen hätte und ob man da nicht etwas unternehmen solle. Aber was? Die Rindviecher fragen, wie lange er schon bei ihnen ist?

Die Ältere der beiden Frauen vermutet, er sei aus einem Pflegeheim ausgebüxt. Da die beiden ihr Auto ganz in der Nähe geparkt haben, beschließen sie, dem Heim nach ihrem Spaziergang noch einen Besuch abzustatten. Ich gebe ihnen den Tipp, mal nachzufragen, ob sie dort auch einen Teenager mit Plastiktüte und einen radelnden Geschäftsmann vermissen. Sie schauen mich fragend an und ich entschwinde wieder. Ansonsten nehmen sie mich gleich in ihre Liste mit auf.

Wieder zu Hause angekommen, erfahre ich von meinen Eltern die Identität des muhenden Opas: Es ist der Totengräber des Dorfes, der alte Schmittkötter, der seit Jahren dement ist und zu Hause in der Landgaststätte der Familie gepflegt wird. Er büxt immer mal wieder mit seinem Rollator aus. Mit dem letzten Bauern vorm Moor haben die Schmittkötters eine Vereinbarung, dass der ihn einfängt. Aber natürlich sieht er ihn nicht jedes Mal. Jeder Ausbruch ein kleiner Sieg.

So soll es sein.

Unerwartetes Bekenntnis eines langweiligen Mannes

Volker Surmann

Er ist um die dreißig. Er ist groß, blond und schlank. Aber nicht attraktiv. Er ist *ziemlich* groß, *recht* blond und *mehr oder weniger* schlank. Unauffällig. Seine Kleidung, seine Frisur, sein Gesicht – alles Standardware von der Stange der Schöpfung. Er ist ein Mann, wie ich ihn malen würde, wenn man mir die Aufgabe gäbe, einen langweiligen Mann zu malen. Und wenn ich überhaupt malen könnte. Doch ich kann nicht malen und der Mann ist nicht gemalt, sondern er setzt sich in Fulda zu uns an den ICE-Tisch, den ich mir seit Frankfurt mit einer Frau aus Freiburg teile. Er fragt höflich, ob der Platz frei sei, dann setzt er sich und sagt: »Ich fahre heute das erste Mal mit der Bahn.«

»Ach Gott, wie drollig«, denke ich, und: »Kann das denn sein?«

Aber nervös genug ist der langweilige Mann jedenfalls. Er fragt nach einer Steckdose für seinen Laptop, findet sie, kriecht dafür aber komplett unter den Tisch. »Ach Gott, wie drollig«, denke ich noch einmal.

Der langweilige Mann klappt den Laptop auf und sagt etwas Langweiliges: »Ich baue hier mal mein kleines Büro auf.«

Ich glaube, er meint das witzig. Wer das erste Mal Bahn fährt, hält so etwas vielleicht für total originell, obwohl auch ein Bahn-Novize auf den ersten Blick sehen müsste, dass ein ICE-Großraumabteil längst Großraumbüro ist. Originell wäre, einen Drucker aufzubauen oder eine mechanische Reiseschreibmaschine, die am Ende jeder Zeile »pling!« macht.

Da fand ich die Frau aus Freiburg schon origineller, die, bis der langweilige Mann kam, Marmeladengläser in Geschenkpapier eingewickelt hat.

Dann fragt der langweilige Mann die Frau aus Freiburg: »Sind Sie Lehrerin?«

Die Frage kommt etwas unvermittelt. Aber der langweilige Mann ist nervös, vielleicht hat er in »Bahnfahren für Dummies« gelesen, dass Smalltalk am Platz dazugehört, und zieht nun die Trumpfkarte *Fragen nach dem Beruf.*

»Äh, wieso?«, fragt die Frau aus Freiburg zurück.

»Sie sehen aus wie jemand, der anderen etwas beibringt«, sagt der langweilige Mann.

Sie sagt, sie sei in der Tat Musikerzieherin, er sagt, er sei Journalist. Er schreibe für eine Mainzer Zeitung und habe morgen ein Vorstellungsgespräch bei einer Nachrichtenagentur in Berlin. Er müsse, jetzt, wo das Studium zu Ende sei, auch mal weiterkommen. Bei seiner Mainzer Zeitung kriege er ja neunzig Euro pro Artikel, das wäre ja ein gutes Einkommen, wenn er das täglich bekäme, bekomme er aber nun mal nicht, deshalb jetzt Berlin. Wie viel sie so verdiene?

Langweilige Menschen unterhalten sich über solche Themen. Aber in der Regel tun sie das mit ihresgleichen auf langweiligen Partys, wo alle gemeinsam in einer Sitzgruppe im Kreis sitzen, Chips knabbern und Sätze sagen wie »Ich würd ja unheimlich gerne mal, aber ...«. Um halb eins gehen dann alle langweiligen Leute auseinander und sagen: »Das ist ja mal richtig spät geworden heute!«

Die Musikerzieherin aus Freiburg guckt etwas komisch und erklärt, dass sie mit Musikschülern nur nachmittags Geld verdienen könne, ihr aber ein hohes Einkommen nicht wichtig sei.

Daraufhin ist das Gespräch mit dem langweiligen Mann zu Ende. Mich bezieht er gar nicht erst ein, denn ich habe mich von Anfang an in ein Buch vertieft. Entweder hält er mich für zu interessant, um mich anzusprechen, oder er hält mich für noch langweiliger. Beides ist mir recht, denn der langweilige Mann macht mich nervös. Er zappelt in seiner Sitzschale rum, er tippt auf seinem Laptop, er telefoniert, er zerschnipselt eine Fahrkarte; nichts wirklich Auffälliges, und trotzdem quillt bei dem langweiligen Mann die innere Unruhe aus allen Ritzen seiner Existenz. Wenn man eine Aurafotografie von ihm machte, sähe man auf dem Bild hinterher einen Fünfjährigen mit abgeklebter Brille, der furchtbar dringend aufs Klo muss.

»Junge«, möchte ich ihm gerne sagen, »vergiss das mit der Nachrichtenagentur. Wenn du in deinem Bewerbungsgespräch so bist wie hier im Zug, kannst du eigentlich schon in Kassel aussteigen. Fahr zurück nach Mainz. Berlin ist nichts für dich. Neunzig Euro für einen Artikel über den Karnevalsverein Ginsheim-Gustavsburg sind doch auch okay.«

Als der langweilige Mann mal kurz zur Toilette ist, sagt die Musikerzieherin aus Freiburg: »Puh, ist das ein unruhiger Geist.« Dann verzieht sie sich mit Sack und Pack und Marmeladengläsern in den Speisewagen.

In Göttingen setzt sich eine junge Mutter mit Kleinkind auf den freien Platz neben mir, der langweilige Mann wird zum Glück etwas langweiliger und tippt auf seinem Laptop rum. Ich lese, die junge Mutter liest, ihre Tochter schläft seelenruhig auf ihrer Brust.

Irgendwann fragt der langweilige Mann: »Entschuldigung, darf ich Sie mal was fragen?«

»Ja«, sage ich.

»Wissen Sie, ob es hier am Tisch auch einen Mülleimer gibt?«

Die junge Mutter zeigt auf die entsprechende Klappe.

»Wären Sie so gut, gerade – ja, danke.« Gemeinsam schieben sie einen Rucksack von der Müllereimerklappe, einige Papierschnipsel werden verklappt, und im Zurücklehnen sagt der langweilige Mann: »Ich befriedige mich auch gelegentlich selbst.«

Für einen kurzen Moment hält das Universum den Atem an.

Der Moment ist exakt so lang, wie die Schallwellen vom Außen- über Mittelohr zum Innenohr brauchen, vorbei an Trommelfell, Gehörknöchelchen zur Hörschnecke, in der eifrige Stereozilien Neurotransmitter ausschütten, die vom Hörnerv zum auditiven Cortex der Großhirnrinde geleitet werden, wo sofort Vergleiche mit bereits bekannten Schallmustern gezogen werden, diverse satz- und wortsemantische sowie syntaktische Verarbeitungszentren in Frontal- und Temporallappen sowie Brodman-Areal hinzugezogen werden; irgendwo im Zentrum für Sinngegenprüfung leuchtet eine rote Warnlampe auf, das Geißler-Areal für schwierige Fälle wird eingeschaltet, ein runder Tisch der Semantik kommt zu keinem Ergebnis, beschließt aber als Sofortmaßnahme, die Stirn krauszuziehen und einen fragenden Blick aufzusetzen.

All das dauert eine halbe Ewigkeit, etwa 0,7 Sekunden. Dann atmet das Universum wieder. Die junge Mutter war 0,1 Sekunde schneller, auch ihre Stirn ist kraus, auch ihr Blick ist fragend, aber ihr Sprachzentrum ist ein Wort weiter; sie sagt: »Was?«

»Ich befriedige mich auch gelegentlich selbst«, wiederholt der langweilige Mann und fügt hinzu: »etwa alle zwei Monate«.

Das Universum hat Schluckauf. Mein Brodman-Areal guckt blöd aus der Wäsche. Schwerer Ausnahmefehler in der Sprachverarbeitung. Diese Anwendung reagiert nicht. Keine Rückmeldung. Wollen Sie die Anwendung schließen?

Ich gucke meine Sitznachbarin an, meine Sitznachbarin guckt mich an, ich gucke mich um und schaue ins Gesicht einer anderen Frau. Sie schaut gerade ratlos in mein Gesicht. Uns allen steht ins Gesicht geschrieben: Brodman-Areal out of order.

Hat er das gerade wirklich gesagt? Hat er nicht gesagt: »Ui, der Mülleimer am Tisch ist aber ganz schön voll, ja ja, die Bahn mal wieder!«? – Nein, hat er nicht. Aber wollen wir nicht einfach so tun als ob?

Inzwischen hat der in meinem Gehirn gut ausgeprägte Nonsens-Lappen ein Grinsen in mein Gesicht geschickt, ich versuche es hinter meinem Buch zu verstecken, das gelingt nur bedingt und sieht bescheuert aus.

Der langweilige Mann scheint sich im Angesicht von sechs Augen, die ihn allesamt entgeistert anstarren, irgendwie unwohl zu fühlen. Er steht auf und geht aufs Klo. Mir fällt auf, dass ich den langweiligen Mann gar nicht mehr so langweilig finde.

Mein spontaner Gedanke ist: Tourette-Syndrom. Aber ist das nicht eine *unkontrollierte* Zwangshandlung?

»Ein interessantes Buch lesen Sie da gerade. Ficken Ficken Ficken Möse lecken. Ich lese auch gern Paul Auster.«

»Äh, was?«

»Oh Verzeihung, ich spreche manchmal etwas undeutlich. Ich sagte: *Ficken Ficken Ficken Möse lecken.* Kennen Sie seinen Roman ›Buch der Illusionen‹?«

Nein, Tourette scheidet aus.

»Ich befriedige mich auch gelegentlich selbst, etwa alle zwei Monate.« – Was sagt man auf so einen Satz?

Variante 0, der Normalfall: »Äh-he hääää ... hä?!«

Variante 1, Umlenkung: »Ich befriedige mich auch gelegentlich selbst, etwa alle zwei Monate.« – »Ach, das ist ja interessant. Ich gehe gelegentlich in den Zoo, auch etwa alle zwei Monate. Wussten Sie, dass Tüpfelhyänen sich selbst einen blasen können und das auch tun?«

Variante 2, Konfrontation: »Ich befriedige mich auch gelegentlich selbst, etwa alle zwei Monate.« – »Vielleicht sollten Sie es öfter tun, dann stünde ihnen der Saft nicht schon bis hoch ins Hirn, wo er anscheinend so einiges verklebt.« Das wäre arschcool. Wie so oft, fällt mir der Satz etwa zehn Minuten zu spät ein.

Variante 3, Konversation: »Ich befriedige mich auch gelegentlich selbst, etwa alle zwei Monate.« – »Ach, das ist ja interessant. Wie machen Sie es sich denn am liebsten? Haben Sie da bestimmte Techniken? Benutzen Sie Hilfsmittel? Woran denken Sie?« – Mit etwas Glück entwickelt sich ein angenehmes und sachbezogenes Gespräch über Masturbation, aus dem beide Seiten vielleicht noch etwas lernen können.

Der Zug fährt in Braunschweig ein. Der langweilige Mann packt wortlos seine Sachen, steht auf und verlässt den Wagen. Aber wieso? Wollte er nicht nach Berlin?

Als ich mir einen Kaffee im Bordbistro hole, sitzt er dort an einem Tisch. Ziemlich genau da, wo ich zuletzt die Musikerzieherin aus Freiburg gesehen habe. Die sitzt dafür wieder in unserem Großraumabteil. Was geht hier eigentlich vor?

Die Wahrnehmungs-Verarbeitung in meinem Hirn bootet sich seit einer Stunde immer wieder neu und schleudert mit Fragen um sich: Wieso hat sich der langweilige Mann aus Mainz eigentlich erst in Fulda zu uns an den Tisch gesetzt? Er muss doch schon seit Frankfurt im Zug sein? Sollte es gar so sein, dass der langweilige Mann den ganzen Tag schon durch den Zug mäandert? Immer so lange an einem Platz bleibt, bis er sich auf die Knochen blamiert und weiterzieht? Sitzen irgendwo anders im Zug auch noch Reisende mit verdatterten Brodman-Arealen? Sollte ich morgen Nachmittag mal die Nachrichtenagenturen in Berlin abtelefonieren und nach besonderen Vorkommnissen bei Bewerbungsgesprächen fragen?

Auf viele dieser Fragen wird es keine Antwort geben. Eine Antwort habe ich indes gefunden: Ich muss mich korrigieren, der langweilige Mann passt eigentlich doch ganz gut nach Berlin.

Abwrackprämie

Heiko Werning

»Berlin hat Angst«, titelt die Bild-Zeitung, und: *»Jede Nacht stecken linke Chaoten in Berlin teure Autos in Brand«*. Hunderte Autos wurden in der Hauptstadt in den letzten Jahren abgefackelt – dabei sind die Mühen ganz vergebens, denn die Abwrackprämie wurde längst abgeschafft. Ein Jammer!

Dabei war es doch gerade erst richtig losgegangen. Irgendwer von der CDU-Mittelstandsvereinigung hatte bereits eine Abwrackprämie auch für Kaffeemaschinen gefordert. Und der Schlüpferhersteller Bruno Banani schrieb eine solche für Unterhosen gleich selbst aus: Wenn man dem das schmutzige Höschen auf die Ladentheke legte, bekam man fünf Euro auf den nächsten Slip gutgeschrieben.

Und damit soll jetzt Schluss sein? Die Wirtschaftskrise ist doch noch gar nicht vorbei! Ich will viel mehr Abwrackprämien. Aber richtig! Denn warum soll man immer etwas Neues dafür kaufen müssen? Wäre eine Abwrackprämie für das Gemeinwohl nicht viel hilfreicher, wenn sie mit dem ersatzlosen Streichen des Abzuwrackenden verbunden wäre?

Für jeden dieser absurden Automaten etwa, der in der eigenen Küche Kohlensäure in Leitungswasser macht, und für jeden heimischen Brotbackautomaten könnte man meinetwegen gerne eine Abwrackprämie auszahlen, wenn jeder, der so ein Ding zur Müllhalde bringt, versichert, sich garantiert nie wieder etwas ähnlich Beklopptes anzuschaffen. Wer Mineralwasser und Brot will, der soll sich das gefälligst kaufen. Diese Kombination aus Centknauserei und »selbst gemacht ist irgendwie besser« muss zukünftig verlässlich vom ästhetischen Schutzschirm, den die Bundesregierung noch aufspannen muss, abgewehrt werden. Und alle Altbestände eben: abwracken! Erst mal im Guten versuchen, mit der Abwrackprämie, und wenn die Brotselberbacker und Bläschen-ins-Wasser-Bläser dann immer noch nicht mitmachen, dann muss eben enteignet werden. Dieses schöne Instrument sollte man keineswegs nur den Banken vorbehalten.

Oder diese halbmeterlangen Schlüsselbänder! Wer um Gottes Willen hat die Dinger überhaupt erfunden? Und warum? Und warum sind die so lang? Damit ihre Träger, also Deppen, die bescheuert genug sind, wirklich jeden Moderamsch mitzumachen, sich anschließend, wenn sie ihre Torheit begreifen, gleich daran aufhängen können? Ach, mir doch egal. Abwracken!

Genauso wie Rollkoffer. Rollkoffer sind Ruhestörung. Wie kleine Kettenfahrzeugkolonnen rumpeln sie durch die Bahnhofshallen und Flughäfen, und wehe, so ein Rollkofferzieher zieht seinen Rollkoffer über Bordsteine oder gar Kopfsteinpflaster, dann klingt es wie im Krieg. Ach was: Rollkoffer sind Krieg! Mag ja sein, dass die praktisch sind, aber verdammt: Praktisch sind Panzer auch! Und offenbar scheint sich auch jeder Rollkofferzieher in dem Moment, wo er sein Ding an diesem ausfahrbaren Griff fasst, übergangslos in einen Panzerkommandanten auf dem Russlandfeldzug zu verwandeln. Als gelte es, am selben Abend noch Stalingrad zu erreichen, rumpeln sie los, gucken nicht mehr nach rechts oder links und walzen alles platt. Im Zug zum Beispiel. Unerbittlich rumpelt jeder Vollkoffer mit seinem Rollkoffer durch die Gänge und ragt irgendetwas zwischen den Sitzreihen hervor, eine abgestellte Tasche oder eine Jacke oder ein Bein oder ein Kind, es wird einfach übergekoffert. Und in der Mitte des Wagens kommt dem Rollkoffertreck dann der Rollkoffertreck von der anderen Seite entgegen, dann stehen sie sich gegenüber mit ihren Rollkoffern und wissen nicht mehr vor und nicht zurück, weil sie ihre monströsen Privatpanzerschränke ja nicht mal mehr hochheben können, immerfort müssen sie rollen, Räder müssen rollen für den Sieg, und sei es nur der Sieg, im ICE bis zu seinem Sitzplatz vorzudringen, nachdem man mal wieder zu doof war, sich vorher den Wagenstandsanzeiger anzugucken. Ach was, wer Rollkoffer zieht, der ahnt überhaupt nichts von der Existenz von Wagenstandsanzeigern, der rollt und koffert einfach planlos los, und was sich in den Weg stellt, wird einfach übergerollt mit dem Hartschalenkoffer. Abwracken!

Und das ist erst der Anfang! Wir kriegen die Wirtschaft schon wieder auf Vordermann! Die ganzen Computer, die, ohne dass man sie darum gebeten hätte, irgendwelches Zeug aus dem Internet herunterladen und einem dann verkünden, sie hätten sich nun upgedatet und leider müsse man jetzt wieder ganz von vorn anfangen – abwracken!

Sogenannte Hotlines, die man selbst bei den banalsten Anlässen anrufen muss, die dann von einem verlangen, man möge seinen Namen, seine Telefonnummer, seine Adressdaten, seine Rechnungsnummer, sein Geburtsdatum und seinen Lebenslauf über die Tastatur seines Telefons eingeben und bei denen man, wenn man sehr gute Nerven hat und sich noch eine Viertelstunde lang irgendeine leiernde Warteschleifenmusik von circa 1982 anhört, dann endlich an einen Mitarbeiter gerät, der allen Ernstes als Erstes nach Namen, Telefonnummer, Adressdaten, Rechnungsnummer, Geburtsdatum und Lebenslauf fragt – abwracken!

Diesen ganzen albernen Social-Network-Scheiß. Abwracken! studiVZ, Facebook, MySpace, Twitter, Google plus – abwracken! Alles! Was sollen denn die ganzen armen alten Stasi-Offiziere denken, wenn alles, was die sich damals mühevoll und geheim zusammenspionieren mussten, von den Leuten heute einfach so, völlig freiwillig, ins Netz gestellt wird! Da bricht doch für die noch mal eine Welt zusammen!

Und diese Islamophobiker! Die immer, wenn irgendwo eine neue Dönerbude eröffnet wird, gleich den Untergang des Abendlandes und die Islamisierung Europas wittern – abwracken! Diese Klimaskeptiker, die einem ständig mit einer Weltverschwörung der gesamten Wissenschaft in den Ohren liegen und einem dann erzählen, das bisschen menschgemachte CO2, das mache ja nur nullkommanochwas Prozent in der Atmosphäre aus, das könne doch gar nicht so schlimm sein, und die diesen kenntnisfreien Quatsch auch noch als Ausdruck freier Meinungsäußerung mit dem Gestus des revolutionären Freidenkers in jeder Tageszeitung, jedem Fernsehsender und jedem Radioprogramm rauf- und runterbeten dürfen und dabei ebenso vollpfostig wie dummdreist behaupten, ihre Meinung würde aber ganz schlimm unterdrückt – abwracken! Henryk M. Broder – abwracken!

Und wo wir schon mal dabei sind: All die Radiosender mit den Super-Hits aus den Sechzigern, Siebzigern, Achtzigern, Neunzigern und dem Besten von heute – abwracken! Dieses ganze Event-Fernsehen! *Ich bin ein Star, Germany's next Topmodel, Deutschland sucht den Superstar* – abwracken!

Okay, zugegeben, das wird nicht einfach. Dieser ganze Kram samt seiner Mitwirkenden ist natürlich schon von sich aus derartig abgewrackt, dass die Gefahr besteht, die Prämie könnte ohne Gegenleistung, einfach so, ausgezahlt werden. Das geht natürlich nicht. Man muss immer wachsam bleiben. Sogar beim Abwracken.

Allein in Suhl

Robert Rescue

Vor einiger Zeit hatte ich mich mit Webdesign beschäftigt und mir dabei so umfassende Kenntnisse angeeignet, dass ich bislang selbst die launigsten Wünsche meiner Auftraggeber zu deren Zufriedenheit erfüllen konnte. In der Wahl meiner Kunden war ich dabei bedenkenlos, Hauptsache, sie trugen einen wohlklingenden Namen oder beschäftigten sich mit Ungewöhnlichem. Das Besondere an jedem Job war, dass jeder Misserfolg riskante Folgen für mich haben konnte. So hatte ich inzwischen die Webpräsenzen des Ku-Klux-Klan, der Al-Qaida sowie der nordirischen IRA gestaltet. Alle drei, ich sage mal »Organisationen« hatten mich auf unterschiedliche Weise für meine Dienste entlohnt – nur leider keine mit Geld.

Mein neuer Auftrag dagegen würde mir viel Geld bringen, da war ich mir sicher, schließlich waren meine Auftraggeber wohlhabend. Dennoch machte mir die Arbeit an der Website Sorgen, denn falls ich die Auftraggeber nicht zufriedenstellte, verlor ich nicht nur das Geld, sondern womöglich auch mein Leben. Ich hatte schwere Nächte auszutragen, quälte mich mit dem immer gleichen Alptraum, der stets denselben Verlauf nahm und der so ging:

Ich stand in einem Hinterzimmer des Lokals *Bikerhölle* in Berlin-Moabit. Es handelte sich, wie ich im Traum wusste, um die Stammkneipe der Berliner Sektion der Hells Angels. Vor mir stand ein PC, an dem ich meine Arbeit präsentieren sollte. Neben mir standen zwei Personen. Zu meiner Linken ein bulliger Klops in Lederkluft, an dem viele Ketten und Gürtel glitzerten und klingelten und der bürgerlich Harald hieß. In den Hells-Angels-Kreisen dagegen trug er den Namen Harry und dazu den Beinamen: »Wer mich als Mitglied eines Motorradfanclubs bezeichnet, der hat sein Leben verwirkt.«

Er hatte den Arm gönnerhaft auf meiner Schulter liegen.

Daneben stand Paule und von ihm hieß es, dass er alle Leute zum Schweigen brachte, die ihm intellektuell vorkamen. Ich begann meinen Vortrag:

»Nun, bei der Gestaltung des Webauftrittes legte ich Wert auf content-passende Farben. Die Seite soll ja unter anderem einen Bereich E-Commerce enthalten, der die Veräußerung von virtuellem Porno, Schwarzgeldwäsche und diverse Formen von Schwerstkriminalität ermöglicht. Der Übertreter verschiedener Gesetze soll sich in einer angenehmen, passenden Farbatmosphäre wohlfühlen und den Eindruck gewinnen, das Richtige zu tun. Die *Schwarzgeld-online-Wäsche* ist eingebettet in einen schwarzen Farbhintergrund, dazu selbstverständlich schwarze Textfarbe. Das garantiert absolute Sicherheit. Niemand wird erkennen können, was da gerade Ungesetzliches mittels Tastatur verrichtet wird.«

Ich richtete die Krawatte. Es war ein erster wichtiger Moment, um meine Klientel vom Webauftritt zu überzeugen. Paule wandte sich zu mir und meinte: »Du redest wie mein Deutschlehrer in der zweiten Klasse der Hauptschule.«

»Das wird nicht wieder vorkommen«, versicherte ich eilig und fuhr fort: »Den Bereich *Virtueller Porno* habe ich mit der Farbe Rot versehen. Der Farbe der Inbrunst, der Leidenschaft ...«

»Das verstehe ich nicht«, rief Paule. Ich verstand sofort. Ich streckte die Arme von mir und betonte meine Worte: »ROT ist die Farbe der KRAFT, die Farbe der POTENZ.«

»Ach so«, antwortete Paule, wuchtete sich in den Sessel vor dem PC und hieb regelrecht auf die Maustasten. »Da passiert ja nix«, rief er verärgert. Auf dem Bildschirm war ein Vorschau-Foto von Simone zu sehen, darunter als Text: »Klick mich und ich bin für dich tabulos ohne Ende.« Den Satz hatte ich mir ausgedacht.

»Oh«, rief ich sofort. »da muss mir ein kleiner Fehler in der Verlinkung untergekommen sein. Bei circa tausend Bildern kann das schon mal vorkommen.« Ich lächelte verlegen.

Harry wandte sich zu mir. »Ich gehe davon aus, dass es bei diesem ›kleinen‹ Fehler bleibt, oder?«

»Selbstverständlich«, hielt ich dagegen. »Ich werde es umgehend korrigieren. Wenn ihr auf den Button drückt, dann könnt ihr euch ja mal die anderen Bilder betrachten.«

Mit Erleichterung beobachtete ich, wie sich die beiden dem Monitor zuwandten und die Bilder von Anja, Petra, Cindy und wie sie alle hießen in Augenschein nahmen.

Plötzlich stand Harry neben mir. Das Geklingel seiner Ketten und Gürtel machte mich nervös. Da sich der Traum jede Nacht wiederholte, wusste ich auch, was mich jetzt erwartete. Sie waren zufrieden mit meiner Arbeit und wollten jetzt über die Belohnung sprechen. Das war bei meinen Kunden eine etwas spezielle Art und Weise. Der Ku-Klux-Klan hatte mich zum »Ritter des arischen Imperiums« geschlagen, während mich die Al-Qaida mit einer von Osama Bin Laden handsignierten Ausgabe des Korans geehrt hatte sowie dem dringend Ratschlag, »dem falschen Glauben abzuschwören«.

Von der IRA wiederum hatte ich eine CD mit irischen Volksweisen bekommen.

Aber wie erwähnt, die Hells Angels würden mich sicher mit Geld entlohnen.

»Nun gut, Rescue, das ist ja so weit eine gute Arbeit. Wir haben als Belohnung drei Dinge für dich zur Auswahl vorgesehen. Für eine davon kannst du dich entscheiden. Entweder du bekommst von uns zehntausend Euro bar auf die Hand oder du darfst einmal bei uns mitfahren, wenn wir auf Tour gehen und die Sau rauslassen ...«

»... oder?« Jede Nacht fragte ich ihn das und bekam jedes Mal dieselbe Antwort, um mich dann anschließend mit einem Ortswechsel konfrontiert zu sehen.

»... oder wir helfen dir ein einziges Mal, wenn du in Not gerätst.«

»Okay, dann nehme ich die zehntausend«, antwortete ich reflexartig und fand mich kurz darauf im Hof einer Plattenbausiedlung in Suhl wieder. Dass es ausgerechnet Suhl war, hat mir der Traum oder auch Alptraum bislang nicht erklären wollen. Bestimmt könnte dieser Teil des Traumes aber auch in jeder anderen Stadt spielen.

Vor mir stand eine Horde aus etwa zwanzig schlechtgelaunten Suhlern, Suhlernesen, Einwohnern von Suhl, genannt Skinheads. Ihre miese Laune hatten sie auch schon vor der Begegnung mit mir, aber ich gebe zu, was ab jetzt geschehen sollte, würde allein meine Schuld sein.

Jede Nacht machte ich denselben Fehler. Ich ging auf die Gruppe zu, steckte in einem Anfall von Coolness beide Daumen in die Hosentaschen und fragte: »Na, ihr blöden Skinheads, ihr kriegt wohl keinen mehr hoch, oder?«

Für Männer ist das ein Reizthema. Im vertrauten Kreis kann man das ansprechen oder vor einem Fünfundachtzigjährigen, der dann, in der Vergangenheit schwelgend, lächelt. Sonst ist das Thema unter Männern tabu. Dementsprechend konnte ich mir die Reaktion der Skinheads gut ausmalen. Nachdem sie kurz darüber nachdachten, was ich da Heikles angesprochen hatte, holten einige von ihnen Toter-als-Totschläger hervor und wie in vielen Nächten zuvor baute sich der Chef der Truppe vor mir auf.

Wieder einmal ging mir der Gedanke durch den Kopf, dass ich ihnen ja eigentlich nur eine Frage gestellt hatte, auf die sie ja einfach eine Antwort geben konnten wie: »Nö, wir haben damit keine Probleme. Aber vielleicht du, nicht wahr?«

In dem Fall würde ich, um die Situation zu entschärfen, einlenkend entgegnen: »Ja, Mensch, ihr habt doch recht. Was bin ich so blöd. Dann gehe ich mal gleich zum Doktor. Einen schönen Tag noch.«

Aber diese Vorstellung war gewissermaßen ein Traum im Traum. Es war mir natürlich klar, was ich angerichtet hatte.

Sie würden mich gleich derart »bearbeiten«, dass man danach aus meinem Körper eine Skulptur formen könnte. Ich sähe dann aus wie ein schlechtgeratenes Exponat der »Körperwelten«-Ausstellung. Aber eigentlich auch nicht, denn mir fiel, wie jede Nacht, die Rettung ein. »Kann ich noch ein letztes Mal mein Handy benutzen?«, fragte ich den Anführer, der übrigens auf den Namen Terror-Adolf hörte. Er nickte.

Natürlich rief ich Harry an und berichtete ihm von meiner misslichen Lage.

»Weißt du, Rescue«, meinte er. »Ich glaube, das mit Suhl ist so eine Art Wink des Schicksals. Irgendeine höhere Macht möchte dich durch diesen Traum darauf aufmerksam machen, dass du nicht immer das Geld als Belohnung wählen solltest, sondern die Tour, wo wir dann die Sau rauslassen. Aber wir kommen dann gleich mal rum und hauen dich raus.«

In Träumen spielt ja Zeit keine so große Rolle, sodass zwischen dem Aufbruch von Harry und seinen etwa sechshundert Hells Angels und ihrem dröhnenden Eintreffen keine zehn Sekunden vergingen. Harry stellte sich sogleich mit der Wucht seiner hundertfünfzig Kilogramm Lebendgewicht vor Terror-Adolf, der plötzlich klein und unbedeutend erschien.

»Also, Glatzkopf«, begann Harry auf sein Gegenüber einzusprechen. »Der Rescue da neben mir, der dir gerade die Zunge rausstreckt und den Stinkfinger zeigt, der hat für uns die Homepage gemacht. Dafür hat er bei uns was gut. Warum läufst du nicht einfach schreiend weg? Dann ist die Angelegenheit im Nu erledigt.«

»Wir laufen nicht weg«, entgegnete Terror-Adolf. »Wir laufen sonst jede Nacht weg. Heute werden wir das nicht tun, heute werden wir kämpfen, nicht wahr, Jungs?«

Hinter ihm war nur Stille. Terror-Adolf drehte sich um. Dann lief er schreiend weg.

Harry drehte sich zu mir.

»Okay, Rescue, wir sind quitt, so wie jede Nacht. Um ehrlich zu sein, möchte ich mal eine Nacht nicht in deinem komischen Traum mitspielen. Ich gebe dir den Rat, dich endlich mal für eine der beiden anderen Belohnungen zu entscheiden. Glaub mir, irgendwas hat das zu bedeuten, dass du jede Nacht dasselbe erlebst.«

Dann klopfte er mir auf den Rücken und setzte sich wieder auf seine Harley.

Sechshundert Hells Angels rasten vom Hof in Suhl. Ich war allein. Allein in Suhl und im Gedanken, morgen Nacht tatsächlich mal die Runde auf dem Sozius zu wählen oder die Rettung aus der Not.

Moment mal?

Ich wachte auf.

Arbeit als Charakterfestiger

Hinark Husen

Ich habe meine Herkunft aus einem Arbeiterhaushalt nie geleugnet. Folglich war es für mich auch kein Problem, mein erstes Geld als Schüler in einem Schlachthaus zu verdienen. Den Job hatte mir Mutter für die Osterferien besorgt. Wenn man mal so richtig mit Schweinehälften jongliert hat, tischtennisgroße Rinderaugen in Schubkarren durch die Gegend fährt, meterlange Gedärme auseinanderfriemelt oder durch noch warme Blutlachen watet, gewinnt man eine recht unsentimentale Sicht auf das Leben. Und gerade zu Ostern wären auch andere Eingebungen nachvollziehbar. Eine kritische Einstellung zur Religion kann doch nicht schaden. Und dann in der Sonntagspredigt sich empört erheben, um auszurufen, man hätte noch kein einziges Schwein auferstehen sehen.

Möglicherweise hoffte Mutter auch nur, dass ich nach diesen Erfahrungen endlich meine Barbiepuppen zur Seite legen und mit dem Fußballspielen beginnen würde. Mütter haben ja oft sehr pragmatische Hintergedanken. Ehrlich gesagt handelte es sich auch nicht so direkt um ein Schlachthaus, sondern um eine kleine Hühnerfarm. Einmal die Woche kam der Besitzer mit einem Verkaufswagen durch unsere Straße, von meinen Eltern und den Nachbarn wurde er nur der »Eier-Khomeini« genannt. So richtig geheuer war es mir ja nicht an meinem ersten Arbeitstag und ich glaube, so richtig wusste auch Eier-Khomeini nicht, was er mit mir anfangen sollte. Die ersten Tage wurde ich damit beschäftigt, die Fliesen des Schlachtraumes mit einem Topfschwamm zu reinigen, was meinen

Verdacht weiter nährte, meine Familie stecke mit dem niedersächsischen Ayatollah unter einer Decke, um einen richtigen Kerl aus mir zu machen. Ich war mir fast sicher, dass ich hier auch noch Überreste von Tieren entfernte, die beim Schahbesuch in Berlin gerade ihre letzten Körner gepickt hatten. Das alles geschah zu einer Zeit, als Ordnungs- und Gesundheitsamtsvollstrecker noch nicht mit RTL-Kamerateams unterwegs waren, um die Schmuddelecken der Lebensmittelbranche zu durchleuchten. Und warum eigentlich Khomeini? Der Mann war offenkundig weder Muslim noch Iraner, selbst einen Bart hatte er nicht. Der Spitzname musste einer charakterlichen Umschreibung entspringen. Dass es einfach nur um das Feilschen beim Preis ging, kam mir damals nicht in den Sinn.

Ich bemühte mich jedenfalls nach Kräften, den Schlachtraum einigermaßen sauber zu bekommen, um beim Ayatollah nicht in Ungnade zu fallen. Allzu oft bekam ich ihn allerdings auch nicht zu Gesicht, da er ständig mit dem Verkaufswagen unterwegs war, um juchzenden westfälischen Hausfrauen vorzuheulen, er würde sich mit seinen Preisverhandlungen in den Ruin treiben, während deren unschuldige Söhne für einen Hungerlohn seine blutigen Spuren mit Akopatz und Scheuerpulver verwischten. Dummerweise war ich auch noch der einzige Sohn, der sich hier verdingte. Hätte ich es, nur probeweise, doch mal mit dem Fußballspielen versucht! Dann wäre ich Zeitungsausträger oder so was geworden und müsste mir nicht jeden Morgen angucken, wie der Haushund genüsslich auf frischen und alten Hühnerköpfen herumknabbert wie unsereins auf Kartoffelchips.

Irgendwann bekam ich den Schlachtraum tatsächlich leidlich sauber, ohne mich allerdings danach irgendwie anders zu fühlen, von ein paar lächerlichen Schwielen an den Händen einmal abgesehen.

Die restlichen Tage durfte ich dann an der Eiersortiermaschine verbringen, erst durchleuchten und dann nach Gewichtsklassen in die Kartons packen. Eine stupide Arbeit, bei der man sich immerhin nicht großartig die Hände schmutzig machte.

Eigentlich hätte ich mich beim Abendbrot und Feierabendbierchen über die elende Maloche beschweren können. Aber Bier gab's noch keins für mich und beim Schimpfen gab immer noch Vater den Ton an, selbst wenn der auf Spätschicht war, war ich wohl kaum der richtige Ersatzspieler. Die einzige Erkenntnis bestand nach den Osterferien darin, die Schule mal wieder zu würdigen und Spaß an intellektuellen Herausforderungen zu finden, vom Latein-Unterricht einmal abgesehen, denn dort musste man ja richtig pauken. Zukünftig überließ es Mutter mir, bei Eier-Khomeini die Preise am Wagen auszuhandeln, weil ich den fachkundigen Blick hätte. Dummerweise bin ich immer gleich auf den ersten Preis eingegangen und ich war nicht beleidigt, als Mutter auch diesen Job nach wenigen Wochen wieder selbst übernahm.

Die allgemein schlechte wirtschaftliche Lage brachte es mit sich, dass in den folgenden Ferien kein Job mehr auf der Hühnerfarm frei war. Ich bin stattdessen in die Nachhilfebranche gewechselt. Mutter hatte die Idee mit dem Fußball ohnehin längst aufgegeben und, immerhin, die Barbiepuppen waren längst im Schrank verschwunden.

Photoshop, mon amour

Paul Bokowski

Ich hatte meine Nemesis gefunden, meinen Moriati. Gebückt stand Karl Jassinski an meinem Platz, die dünnen Ärmchen zu einem Knoten verschlungen, und blickte skeptisch, mit einer Missgunst in seinen Augen, auf mein Bild hinab. Seine spröden Lippen waren wie immer leicht geöffnet, sodass der faulige Geruch seines Charakters zwischen den Buddenbrook'schen Zähnchen entweichen konnte. »Schau an! Ein Kandinski!«, sagte er spitz und zog einen Schwall seines eigenen Gestankes durch seine dicken Nüstern. »Nein«, antwortete ich und unterdrückte den Tonfall der Überraschung, der in meiner Stimme lag. »Nur ein Bokowski!« sagte ich.

Der Kunstsaal im vierten Stock war in ein neonweißes Licht getaucht. Der Geruch von Patschuli, Käsebrot und Sportsocken hatte die Lüftung zum Erliegen gebracht.

»Nein nein. Ich bin mir ganz sicher«, sagte er. »Das ist Kandinski.«

Frau Menkhoff hatte den Schülern ihres Kunstkurses aufgetragen, sich in expressionistischer Malerei zu versuchen. Jetzt schlich sie wie eine alte Löwin durch die engen Reihen, brüllte in regelmäßigen Abständen, dass wir keine Spiegeleier malen sollten, woraufhin stets ein Reißen zu hören war und ein Ball zerknäulten Papiers durch die Luft flog.

»Ich glaube, du hast das Original einfach nur verändert«, sagte Karl. Fragend blickte ich ihn an. »Du hast das Bild in vier Teile geteilt!«, sagte er und fuchtelte mit seinen dünnen Fingern in der Luft herum. »Du hast die einzelnen Teile gespiegelt, neu zusammengefügt und die Farben einfach umgekehrt. Invertiert, nicht wahr? So nennt man das doch bei Photoshop.« In meiner Hosentasche fühlte ich den zusammengefalteten Ausdruck meines Photoshop-Entwurfes, sodass ich kaum verhindern konnte, dass mir eine nicht zu übersehende Schamesröte ins Gesicht stieg. »Aber mal erst mal weiter«, sagte Karl und verzog seine spröden Lippen zu einem listigen Grinsen. »Ich komme später noch mal wieder.«

»Der einfachste Weg ist der Weg der Wahrheit«, heißt es in einem meiner Lieblingsbücher. Ich habe dies von jeher als Herausforderung betrachtet, einen noch einfacheren Weg zu finden. Meine Karriere begann im Alter von elf Jahren. Ein nicht zu leugnender Hang zum Müßiggang hatte mir im Fach Mathematik eine Zensur eingehandelt, die in meinen Eltern keineswegs die Todsünde der Trägheit, sondern vielmehr die letzte der großen Sieben, den Zorn, erwecken würde. Eine rote strahlende »5« leuchtete mir aus meinem Matheheft entgegen. Genau fuhr ich mit meinem Blick die Linien und Rundungen der Ziffer entlang und überlegte fieberhaft, wie aus dieser »5« wohl eine »3« zu machen sei. Ein einfaches »befriedigend«, mehr verlangte ich gar nicht. Auf dem Heimweg kam mir die rettende Idee. Zu Hause angekommen, öffnete ich mit einem Taschenmesser die Metallklammern des Heftes und löste die Seiten aus ihrer Verankerung. Wenn aus der »5« schon keine anständige »3« zu formen war, so würde ich einfach eine neue Arbeit brauchen. Ich schrieb besagte Arbeit also ein zweites Mal. Am heimischen Schreibtisch. Ich erlaubte mir, hier und da ein paar kleine Verbesserungen meiner eigenen Rechnungen anzustellen, und konnte dann auch die Korrekturen, die ich natürlich selbst mit einem roten Stabilostift hinzufügte, ein bisschen milder ausfallen lassen. Als ich fertig war, fädelte ich die neuen Seiten wieder in das Heft, schrieb einen neuen Notenspiegel und setzte eine harmlos rote »3« unter mein Machwerk. Das Kürzel meines Lehrers hatte ich mir in den kleinen Arbeitspausen angeeignet – ein kurzer Schriftzug, der mir bis heute im Gedächtnis geblieben ist. Stolz blickte ich auf das fertige Ergebnis. Ich fühlte mich wie Konrad Kujau. Nächster Halt: Die Hitler-Tagebücher.

In der kurzen Pause, die zwischen den Kunststunden lag, konnte ich das niederträchtige Grinsen Karl Jassinskis in meinem Nacken brennen spüren. Langsam erhob ich mich von meinem Platz und schlängelte mich durch die Reihen bis an die hinterste Bank. »Gut Jassinski, was willst du?«, fragte ich in nüchternem Tonfall.

»Den Bokowski will ich«, sagte er spitz, ohne von seinem Spiegelei aufzublicken. »Unmöglich«, sagte ich. »Sie hat mein Bild doch schon gesehen. Vorhin erst!«

»Ich glaube, es gibt schon lange keinen Zusammenhang mehr«, entgegnete Jassinski, »zwischen dem, was Frau Menkhoff sieht, und dem, woran sie sich erinnern kann.«

Und mit diesem Satz ahmte er eine schnelle Handbewegung nach, als kippe er einen unsichtbaren Schnaps in sich hinein. Frau Menkhoffs Hang zum Frühschoppen und ihr Spirituosenbunker hinter dem Tonofen waren ein offenes Geheimnis an unserer Schule.

»Tut mir leid, Jassinski«, sagte ich und wollte mich wieder auf den Rückweg zu meinem Platz machen, als abermals seine krächzende Stimme, ein wenig lauter als zuvor, ertönte: »Ich weiß auch von den Parkzetteln«, sagte er. Das Blut in meinen Adern gefror.

In der neunten Klasse wurde ich Mitglied der Theater-AG. Jeden Samstagvormittag fuhr ich mit Natascha Winkler, die drei Jahre älter war als ich und nicht nur einen Führerschein, sondern auch ein kleines Auto hatte, über die Theodor-Heuss-Brücke nach Mainz. Die meisten Parkplätze um unsere Schule herum waren kostenpflichtig und so teilten wir uns das Parkgeld. Schnell begann ich, mir die Parkzettel, die der Automat ausspuckte, einmal genauer anzuschauen. Sie waren simpel konstruiert und verfügten weder über ein aufgedrucktes Logo noch über eine Kennzahl. Wenn man also wusste, wann und wo man parken wollte, sollte es kein Problem sein, die kleinen Dinger am heimischen Rechner nachzubasteln. Mein frühe Jugendliebe Photoshop gab mir recht in diesen Dingen. Schnell hatte ich die pixelige Schriftart nachgebastelt und druckte Parkzettel auf Sechzig-Gramm-Papier, die täuschend echt aussahen und über jede notwendige Information verfügten: Die Straße, das Datum, die Uhrzeit. Sogar an die maximale Parkdauer hatte ich gedacht und während die älteren Mitglieder unserer AG zum Rauchen vor die Tür gingen, schlenderte ich zu unserem Wagen und legte einen neuen selbstgemachten Parkzettel hinter die Windschutzscheibe. Hin und wieder warf ich dabei einen kurzen Blick in eines der anderen Autos, um auch ja sicherzugehen, dass sich das Design seit der letzten Woche nicht verändert hatte. Sechs Jahre lang war ich Mitglied der AG. Jeden Samstag probten wir, für gewöhnlich von zehn bis vierzehn Uhr. An den Wochen vor den jeweiligen Aufführungen kamen wir sogar sonntags im verlassenen Schulgebäude zusammen. Wenn ich mich nun richtig daran erinnere, dass eine Stunde Parken damals eine Mark gekostet hat und ich die Wochenenden überschlage, komme ich zu dem überraschenden Ergebnis, die Stadt Mainz in meinen sechs Jahren Theater-AG um knappe eintausendsiebenhundert Mark betrogen zu haben.

»Jassinski. Mit Doppel-s«, sagte Karl und blickte mir hämisch grinsend ins Gesicht. Als ich mich wortlos umwandte, um zu gehen, packte er mich am Handgelenk. »Ich meine das ernst, Bokowski«, zischte er. Voller Ekel löste ich meine Hand aus seinem Griff und schlich davon.

Als ich mit der Schule fertig war und mein Abitur in der Tasche hatte, beschloss ich, der Stadt Mainz, vielleicht auch wegen der Sache mit den Parkzetteln, den Rücken zu kehren. Ich wollte nach Berlin, was in meiner Familie auf kein besonders großes Maß an Gegenliebe stieß. Als einziges Kind meiner Eltern waren sie natürlich sehr darauf bedacht, mich in ihrer Nähe zu wissen. Besonders meine Mutter drängte mich dazu, an der Mainzer Uni Medizin zu studieren. Aber der Drang, in die Hauptstadt zu gehen, war sehr groß, und so entschloss man sich dazu, in dieser Angelegenheit den Zufall entscheiden zu lassen. Meine Mutter schlug mir vor, ich solle mich bei der ZVS, der Zentralstelle für die Vergabe von Studienplätzen, bewerben. Würden sie mich ablehnen, könne ich von ihr aus nach Berlin gehen, würden sie mich aber nehmen, bliebe ich bis zum Ende des Studiums in Mainz. Ich willigte ein und bewarb mich.

Nun ist so ein Ablehungsbescheid der ZVS aber ein ungemein simpel gestricktes Formular und so fing ich wenige Wochen später den Umschlag mit der Zusage ab, öffnete ihn mit heißem Wasserdampf, vernichtete seinen Inhalt und bestückte den leeren Umschlag mit dem Meisterstück meiner Photoshopkarriere. Vierzehn Tage später bezog ich meine erste Wohnung in der bundesdeutschen Hauptstadt.

Als die Doppelstunde zu Ende war und Frau Wenkhoff uns anwies, die fertigen Bilder nach vorne durchzureichen, drehte ich mich um und blickte kurz zurück. Karl Jassinski stand in der letzten Bank und starrte streng in meine Richtung. Ich hatte meine Nemesis gefunden, meinen Moriati. Ich wendete den Bogen Papier, auf den ich mein Plagiat gezeichnet hatte, und kritzelte Karl Jassinskis Namen auf die Rückseite. Eine Woche später bekam er fünfzehn Punkte dafür, die Bestnote. Welche Zensur ich für sein giftgrünes Spiegelei bekommen habe, muss an dieser Stelle wohl nicht einmal erwähnt werden. Ich bekam mein Abitur trotzdem, machte an der Mainzer Uniklinik meinen Zivildienst und zog frohen Mutes nach Berlin. Karl Jassinski habe ich seit unserer Schulzeit nicht wiedergesehen. Irgendwann hörte ich von Freunden, er wolle sich in Heidelberg bewerben. Für Pharmazie. Bei der ZVS. Und sagen wir mal so: Ob sie ihn genommen haben, weiß ich nicht. Aber einen Ablehungsbescheid hat er bekommen.

Das Märchen vom Bauer Jonathan und dem bösen Geist

Robert Rescue

Es war einmal der gute und kluge Bauer Jonathan, der machte gerade auf Ernte, als der böse Geist Rudolf erschien und Folgendes zu ihm sagte: »Tar dek be kollerat bi dos put pal aldi nek so na, dol git gerta bin dol h-milch schlücht.«

Der Bauer Jonathan fragte zu Recht: »Wie jetzt?« und holte ein Universallexikon hervor, um schnell mal die Sprache der bösen Geister zu lernen. Anschließend übersetzte er: »Gehe in den nächsten Supermarkt und kaufe dort ein. Das längste Haltbarkeitsdatum soll sein, wo ich komme und dich totmache.«

»Wie jetzt?«, wiederholte der Bauer Jonathan.

»Na, ich meinte, du gehst jetzt einkaufen, und das Produkt, welches du kaufst und was das längste Haltbarkeitsdatum hat; zu dem Zeitpunkt, wo das abläuft, werde ich wiederkehren und dich in die Hölle Minsk holen.«

»Von Minsk hast du aber vorhin nichts gesagt«, entgegnete der aufmerksame Bauer. »Du hast von H-Milch gesprochen.«

»Schluss mit der Haarspalterei!«, rief der böse Geist Rudolf. »Mit H-Milch meinte ich, dass die die längste Haltbarkeit hat, nämlich vier Monate. In vier Monaten hole ich dich! Und kaufe ja keine Zahnpasta! Die wird nämlich erst in einem Jahr so hart, dass man sie nicht mehr benutzen kann.«

Der Bauer Jonathan zuckte mit den Schultern und ging los zum nächsten Supermarkt. Als Erstes besorgte er eine Fernsehzeitschrift für diese Woche. Das war dumm, gestand er sich ein und kaufte dazu noch eine Tafel Schokolade. Deren Haltbarkeitsdatum lief erst in sechs Monaten ab. Damit hatte er den bösen Geist Rudolf fürs Erste vom Hals. Aber das wollte dem Bauern nicht genug sein.

Angestrengt dachte er darüber nach, was er noch kaufen konnte, was ihn noch länger leben ließ. Er hatte Glück! Als er sich weiter im Supermarkt umschaute, entdeckte er einen Sonderposten Uran 236 im Zehn-Kilo-CASTOR-Vorratspack für nur 19,99 Euro.

Da griff er natürlich zu, denn wie jeder weiß, hat Uran eine Halbwertszeit von vierundzwanzig Millionen Jahren. Dem Bauer war klar, dass er es nicht so lange machen würde, aber immerhin ginge ihm der böse Geist Rudolf nicht mehr auf den Keks.

Frohgemut ging er zurück zum Hof, wo er schon erwartet wurde.

Als Jonathan die Fernsehzeitschrift hervorholte, da lachte der böse Geist auf, bei der Tafel Schokolade war ihm auch noch ganz freudig zumute, doch bei dem Uran fiel ihm, man muss es so deutlich sagen, die Fresse aus dem Gesicht. Er polterte ganz furchtbar und beschwerte sich über nicht eingehaltene Spielregeln, die aber gar nicht aufgestellt worden waren. Schließlich verschwand er in einer Rauchwolke und wurde fortan auf dem Hof des klugen Bauern Jonathan nicht mehr gesehen.

Ein Tag im Leben eines zweibeinigen Bielefelder Baguettes

Hinark Husen

Morgens gegen halb sieben auf dem Bahnhofsvorplatz in Bielefeld. Die Szenerie wirkt irgendwie irreal und das vor allem, weil ich drin vorkomme: da links, rauchend vor dem Haupteingang, mit den winzigen unausgeschlafenen Schlitzaugen und der abgestellten Reisetasche vor den Füßen. Tatsächlich halb sieben, tatsächlich Bielefeld.

Wenn mir das jemand vor zwei Monaten prophezeit hätte, auf die Frage, wie ich den Donnerstagmorgen drei Tage nach meinen vierzigsten Geburtstag verbringen würde, vielleicht aus einer Kristallkugel heraus oder mit Kartenlegen in einem spärlich belichteten, verräucherten Wahrsagerzelt auf einem sommerlichen Festplatz! Und zwar folgendermaßen: »*Am 13.Oktober, warten Sie einen Moment, ah ja, es ist etwas verschwommen, Sie stehen im Dunkeln, herbstliche Kühle umgibt Sie, ich kann den Ort nicht genau erkennen, es wirkt ein bisschen wie nicht von dieser Welt, es sieht aus wie ein Bahnhofsvorplatz ... in der Ferne leuchtet eine Dr.-Oetker-Lichtreklame. Das muss Bielefeld sein!*«

»*Wie bitte? Bielefeld?*«

»*Ja richtig, und gerade legen Sie einem ungefähr einsachtzig großen, vegetarischem Baguette auf zwei Beinen die Hand auf die Schulter.*«

»*Einem Baguette?*«

»*Ja, doch, so ist es, ich kann auch nichts dafür, was ich hier in der Kristallkugel sehe, es ist eindeutig. Warum Sie das tun? Nun, auch das kann ich nicht genau erkennen, aber es scheint fast, als wollten Sie das*

Baguette irgendwie trösten. Warum Sie ein Baguette in Bielefeld trösten wollen ... Nun, ich habe keine Ahnung, ich bin Wahrsager, aber kein Analytiker oder so etwas. Vielleicht ist es falsch belegt worden. Es wirkt niedergeschlagen.«

»Falsch belegt?«

Empört hätte ich das Zelt verlassen und mich über das verschwendete Geld geärgert.

Und doch ist es so gekommen. Ich habe ein etwa einmeterachtzig großes Baguette getröstet, aber nicht, weil es falsch belegt wurde, nein, man hatte es beleidigt.

Der Reihe nach: ein *Brauseboys*-Auftritt in der Bielefelder City, am nächsten Morgen bringt mich Kollege Volker zum Bahnhof, weil ich um elf Uhr einen Termin bei meinem Fallmanager habe. Auf dem Platz vor dem Bahnhof steht ein Werbeteam der Fastfoodkette *Subway*, Gratisbrötchen werden verteilt, das Team hat auch ein Maskottchen mitgebracht, einen Typ mit Baguettekostüm, er wirkt ein bisschen wie *Bernd das Brot*, nur aufgemotzter, mit überdimensionierten Gurken- und Tomatenscheiben sowie Salatblättern, die aus ihm rausgucken. Es gibt sicherlich bessere Jobs, zum Beispiel als große Tiefkühlpizza von Dr. Oetker, da wäre man ja quasi in der Heimat und würde mehr oder minder akzeptiert. Obwohl niemand dem Baguette vorwirft, es hätte sich von den Amis kaufen lassen, die Bielefelder Passanten sind viel zu sehr damit beschäftigt, ihren Zug zur Arbeit zu kriegen. Das Team hat durchaus Schwierigkeiten, seine kostenlosen Brötchen an die Passanten zu bringen. Aber alle versuchen ihr Bestes. Auch das Baguette-Maskottchen.

Dann eilt eine Frau vorbei, schicke Kurzhaarfrisur, modischer Hosenanzug. Sichtlich genervt lehnt sie das ihr hingehaltene Brötchen ab, schüttelt den Kopf und ruft dem Sandwich-Propagandisten hinterher, er solle sich lieber einen anderen Job suchen. Die Kollegen lachen verstohlen, der Angepflaumte hat wegen des vielen

Pseudoweißbrotes um seinen Kopf herum nicht sofort verstanden, aber die Kollegen stecken es ihm. Er wirkt niedergeschlagen.

Nun komme ich ins Spiel. Ich gehe auf das Baguette zu, frage nach der Auswahl, und als er mir auf meine Bitte hin ein Salamibrötchen aushändigt, lege ich meine Hand auf seine rechte Schultergurke – oder war es eine Tomate? Es war ja immer noch dunkel –; na, jedenfalls sage ich ihm, dass ich ihn schon eine Weile beobachtet habe und finde, auf die blöde Businesstante solle er gar nicht hören, es gäbe sicherlich viel schlechtere Jobs hier in Bielefeld, und er mache seine Sache meiner Meinung nach ganz ausgezeichnet.

»Sie sind ein gutes Baguette, junger Mann!«

Er bedankt sich artig und ich erahne ein Lächeln im mimiklosen Weißbrotgesicht. Dann muss auch ich zum Zug und verlasse Bielefeld.

Ein paar Stunden später bietet mir meine Fallmanagerin einen Job bei der Schildkröte gGmbH an, Essen auf Rädern und so. Danach sehe ich mich vor meinem geistigen Auge schon als Schildkröte verkleidet in Altersheimen Essen austragen. Vielleicht wird mir dann ja auch jemand auf die Schulter klopfen und sagen, ich sei eine gute Schildkröte. Ich will da nichts mehr ausschließen.

Wie ich einmal die Welt veränderte

Volker Surmann

1. Blaugenossen

Fünf Jahre lang lebte ich im Friedrichshain gegenüber eines blauen Hauses. Ich liebte es. Das Zeichen meiner Liebe, eine kurze Geschichte, erschien in »Provinz Berlin«.

Im Jahr 2008 las ich den Text vom blauen Haus einmal im kulturellen Rahmenprogramm eines ostwestfälischen Städtebaukongresses in Bielefeld vor und sorgte für Begeisterung. Ein Wohnungsbaugenossenschaftsgenosse kam danach mit Tränen der Rührung in den Augen zu mir und bedankte sich. Ihre Firma würde auch gern kräftige Farben verwenden, sagte er, während er meine Wangen tätschelte. Meine Kritik an mutloser Fassadengestaltung spräche ihm aus der Seele. Dann nahm er mich in den Arm und drückte mich an seine quietschbunte Krawatte. Blaugenossen unter sich.

2. Anruf vom Engerschen Anzeiger

»Hallo? Herr Surmann? Gut, dass ich Sie erreiche«, sagte die Frau am anderen Ende der Leitung, »hier ist Julia Lüttmann vom Engerschen Anzeiger. Sie sorgen in Enger ja für gehörige Aufregung.«

Ich sagte: »Äh, was?«

Dann klärte sie mich auf. In Enger/Westfalen, einem Vorort von Bielefeld, hatte die lokale Wohnungsbaugenossenschaft ein Mehrgenerationenhaus gebaut und dieses blau angestrichen, sehr zum Ärger der Anwohner. Frau Lüttmann mailte mir ihren Artikel zu.

»Bei ›Jürgings Hof‹ sehen die Bürger blau. Auffälliger Farbton spaltet die Gemüter«, sprangen mich fette Lettern an. Eine Wolke von Ungemach zog über Enger auf und die Wolke war blau. Ich las weiter: *»Eigens für die Stadt Enger wurde er entwickelt: der auffällige blaue Farbton der Wohnanlage ›Jürgings Hof‹. Die Bau- und Siedlungsgenossenschaft für den Kreis Herford (B&S) hat dafür eigens einen Farbpsychologen engagiert. ›Die Farbe sollte ins städtebauliche Umfeld passen und auch dem Gebäude gut tun‹, sagt Architekt Florian Ohmes im Gespräch mit dem Engerschen Anzeiger.«* Das Amt für Denkmalpflege hätte das Farbkonzept gelobt, auch mit der Stadtverwaltung wäre es abgestimmt gewesen. Ein Politskandal warf seine blauen Schatten voraus, denn der Bürgermeister war zugleich im Aufsichtsrat der besagten Blaugenossenschaft!

Bürgermeister Klaus Rieke, von der berühmt-berüchtigten Engerschen Schnauze sicherlich schon »Blauer Klaus« getauft, übte sich gegenüber der Zeitung dann auch in Diplomatie: *»Bei der Stadtverwaltung liegt ein Computerausdruck vor, auf dem die Farbe nicht ganz so kräftig, aber kräftig ist.«*

3. The städtebauliche Umfeld strikes back

»Aha«, sagte ich zu Frau Lüttmann, »aber was hat das mit mir zu tun?«

Die Anwohner hätten sich erbost an die Baugenossenschaft gewandt: *»Wir verstehen nicht, wie Sie als Träger und Dorfentwickler ein Farbkonzept wählen konnten, das in keinerlei Weise in die umliegende Wohnumgebung passt und von allen Betrachtern als störend empfunden wird«*. In Enger wurden also gerade die Klingen gewetzt. Protest. Ziviler Ungehorsam. Bürgerinitiativen. Straßenkampf. Irgendwann brennen Autos. Kennt man ja aus Friedrichshain.

»Aha«, sagte ich zu Frau Lüttmann, »aber was hat das mit mir zu tun?«

Nun, die Baugenossenschaft hätte den Anwohnern gegenüber alle Register feinsinnigster Diplomatie gezogen: *»Aufgrund Ihrer direkten*

Nähe zu unserer Wohnanlage nehmen Sie deren Farbgebung besonders intensiv wahr, daher möchten wir Ihre zum Teil nicht ganz objektiven und verallgemeinernden Äußerungen nicht weiter bewerten.«

Solcher einfühlsamen Worte nicht genug, wurde den blaugebeutelten Nachbarn noch Folgendes mit auf den bunten Leidensweg gegeben: »*Als Anlage haben wir Ihnen einen kleinen Auszug eines Textes des Kabarettisten Volker Surmann beigefügt, der Ihnen Zugang zu einer etwas differenzierteren Sichtweise über die Wahl der Fassadenfarbe gewähren mag.«*

Angefügt war ein Auszug aus meiner Geschichte »Das blaue Haus«, mit Textmarker angestrichen die Passage: »*Blaue Häuser gibt es viel zu selten.«*

»Wollen Sie mir dazu vielleicht einen O-Ton geben, den ich zitieren darf?«, fragte Frau Lüttmann.

4. Ein O-Ton, den Frau Lüttmann zitieren durfte

»Ich fühle mich sehr geehrt, dass mein kleiner Text solche Kreise zieht. Vielleicht kann man als Satiriker die Welt ja doch verändern. Ja, ich bin für kreative Fassadengestaltung! Farbe hat noch niemandem geschadet, vor allem nicht in Ostwestfalen, wo eigens Nieselregen in den Farbkreis aufgenommen wurde. Das Haus ist wirklich schön blau! Respekt! Über die Architektur sollte man sich streiten, über die Farbe nicht.«

5. Das städtebauliche Umfeld gibt nicht auf

Der O-Ton war noch nicht einmal publiziert, da erhielt ich schon eine E-Mail: »*Lieber Volker, im Anhang senden wir dir drei Bilder eines blauen Hauses. Warum? Nun, besagtes Gebäude mit barrierefreien Wohnungen insbesondere für Senioren wurde innerhalb der letzten Monate direkt neben unserem Grundstück erstellt.* [...] *Doch am Ende der Bauarbeiten stand natürlich der Anstrich – in einem strahlenden Dunkelblau, das unserer Mei-*

nung nach in keinerlei Weise in die umliegende Wohnästhetik passt und von allen Betrachtern als störend empfunden wird. Die erhoffte Gewöhnung an die Farbe ist uns bis jetzt noch nicht gelungen, [...] *Weißt Du, dass Dein Text von der Baugenossenschaft zur Verteidigung einer – nicht nur subjektiv – misslungenen Farbwahl genutzt wird? Dürfen die das eigentlich?* [...] *Kannst Du verstehen, dass man beim täglichen Anblick unseres Nachbargebäudes – auch im Zusammenspiel mit unseren klassisch grün gestrichenen Remisen- und Deelentoren oder der nebenstehenden Villa im dezenten Schlüpferrosa – zu einer komplett anderen Meinung über zumindest dieses blaue Haus kommen kann?* [...] *Beste Grüße aus Enger-Rockcity,*

Gregor, Susanne und Franz-Enrico Wittenbrock«

Angehängt waren drei Bilder. Auf allen sah man das blaue Haus des Anstoßes, einmal mit schlüpferrosa Villa, einmal mit den klassisch grün gestrichenen Toren inmitten einer tristen Landschaft aus grau verwitterten Garagen mit dunkelgrauen Eternit-Dächern. Ein einsames Gerippe eines kahlen Birnbaums ragte aus einem Meer aus grauen Pflastersteinen heraus. Genau, so muss ordentliches Ostwestfalen aussehen! Grau in grau mit grünen Garagentoren.

6. Exkurs über die Farbgestaltung von Feuerwehrgerätehäusern in Paderborn-Mönkeloh

Plötzlich fiel mir ein Szene ein, die ich einmal für das Kabarett *Die Stachelschweine* geschrieben hatte, in welcher ein Bundestagsabgeordneter aus Paderborn über die Macht der Medien referiert: »Öffentlichkeitsarbeit kann manchmal sehr erfolgreich sein. Als ich damals mitgekriegt habe, dass in Paderborn-Mönkeloh das Feuerwehrgerätehaus grün gestrichen werden sollte, da hab ich sofort das Westfalenblatt angerufen und, ha!, da war was los! Da sind Köpfe gerollt, Köpfe! Malermeister Strunkenkötter kriegt im Schützenverein seitdem keinen Fuß mehr an die Erde! ... Ein Feuerwehrgerätehaus ... in grün?! Ja, wo leben wir denn! Wehret den Anfängen, sag ich immer! Feuerwehrgerätehäuser in Deutschland sind weiß mit einem roten Dach! Wo kämen wir sonst hin? Das wäre doch so, als würden in allen Bundesländern die Polizeiautos unterschiedlich aussehen! Und wieso ist das Feuerwehrgerätehaus in Paderborn-Mönkeloh jetzt rot-weiß? Weil ich das Westfalenblatt eingeschaltet hab!«

Der Engersche Anzeiger ist eine Lokalausgabe des Westfalenblatts.

7. Das blaue Haus im städtebaulichen Umfeld

Erschrocken war ich vom jovialen Ton der Nachbarn. Es schien sich um eine junge Familie zu handeln. Ich schaute mir ein Internet-Bild aus einem weiteren Artikel des Engerschen Anzeigers an. Darin waren sie abgebildet, die Nachbarn, die Speerspitze des antiblauen Widerstandes, die Rudi Dutschkes von Enger/Westfalen: Eine ganz normale junge Familie, umrahmt von zwei Rentnern. Sie wurden zitiert mit dem Satz: *»Ob Volker Surmann immer noch seiner Meinung ist, wenn er dieses Haus gesehen hat?«*

»Ja«, schrieb ich Gregor, Susanne und Franz-Enrico zurück, *»die Baugesellschaft darf meinen Text verwenden, denn er dient einer guten Sache. Ich bin, was blaue Häuser angeht, kompromisslos. Ich wüsste auch nicht, wieso man die Farbe Blau anders behandeln sollte als Blassgelb, Schweinchenrosa oder Mausgrau. Und überhaupt: Von wem stammt überhaupt die ästhetische Doktrin, alles müsse sich immer einfügen und anpassen? Anpassen, Einfügen, Unterordnen, bloß nicht auffallen. Das zielt doch im Grunde auf eine totalitäre Gleichschaltung—«* Die letzten Sätze strich ich lieber wieder, wie sollte man seine Gedanken weiten in einem Örtchen, das schon »Enger« hieß?

Noch einmal schaute ich auf das verwaschene Internetbild. Im Hintergrund des protestierenden städtebaulichen Umfelds leuchtete das blaue Haus von Enger fröhlich in der spätwinterlichen Nachmittagssonne. Toll! Da sag noch einer, Schriftsteller könnten nicht die Welt verändern.

Authentische internationale Spezialitäten

Heiko Werning

Wenn es so etwas wie einen kollektiven Fundus an Meinungen und Überzeugungen der sich weltläufig und progressiv empfindenden Menschen eines Landes geben sollte, dann ist in jenem der Deutschen eines ganz fest verankert: nämlich der unerschütterliche Glaube, dass Restaurants mit Spezialitäten anderer Länder immer nur eine irgendwie eingedeutschte, mithin also falsche Version der fremden Gerichte anbieten. Denn so ist er halt, der Ausländer: Irgendwie will er uns ja doch immer bescheißen und sei es, dass er seine Pizzen nicht standesgemäß backt oder die Süßsauer-Soße verhunzt. Aber ihm, dem weltläufigen und progressiven Deutschen, kann er so schnell nichts vormachen, denn er weiß ja schließlich, was so abgeht da draußen. Und darin, dem Ausländer zu erklären, wie er sich als Ausländer zu verhalten hat, darin ist der Deutsche ja ohnehin Spitzenklasse.

Besonders gerne beklagen sich diese Deutschen etwa in mexikanischen oder anderen lateinamerikanischen Restaurants darüber, dass das Essen ja gar nicht ordentlich scharf sei, das sei doch wieder nur so eine verweichlichte, abgeschmackte, kommerzielle Sache, um das besser an die anderen Deutschen zu verkaufen – die der weltläufig-progressive Deutsche nämlich generell für provinziell-reaktionär hält und so dumm, dass sie sich jeden Scheiß als exotisches Gericht andrehen lassen. Viele Mexikaner in den Szene-Bezirken deutscher Städte haben angesichts des fortwährenden Genörgels irgendwann kapituliert und bieten nun tatsächlich scharfe Gerichte an und dann freut der weltläufige und progressive Deutsche sich, dass er endlich mal etwas bewirkt hat. Mit dem bizarren Resultat, dass es nun tatsächlich sozusagen eingedeutschtes scharfes Essen in Latino-Restaurants gibt.

Denn in ganz Mexiko bekommt man so gut wie nie was Scharfes auf den Teller. Das Scharfe steht vielmehr neben dem Teller, ist rot oder grün und zähflüssig, und jeder Mexikaner dosiert es sich selbst nach eigenem Geschmack in sein Gericht hinein, meistens sehr vorsichtig, und er weiß auch, wieso.

Wenn so ein weltläufiger und progressiver Deutscher das in Mexiko erstmals sieht, dann meint er, jetzt müsse er es den Mexikanern aber mal richtig zeigen, was für ein aufgeschlossener Typ und gleichzeitig harter Hund er ist, nicht so ein luschiger Provinzler, kein blöder Gringo, der nichts verträgt, nein! Er nimmt die Soße und löffelt sie ordentlich über das Essen und noch einen Schlag und dann noch einen. Der mexikanische Wirt steht im Hintergrund, beobachtet alles interessiert, zieht vielleicht unauffällig ein wenig die Brauen hoch, aber er sagt nichts. Beifallheischend guckt der weltläufige und progressive Deutsche sich um – ha! Habt ihr's gesehen! Ich hab's richtig scharf gemacht!

Und dann gibt es eine sehr lustige Szene, die immer nach dem gleichen Schema verläuft:

Phase 1: Zunächst, nachdem der Deutsche sich die Gabel in den Mund geschoben hat, kurzes Erstarren, nur für den Bruchteil einer Sekunde.

Phase 2: Ein Moment des ungläubigen Retardierens. Die wenigen überlebenden Geschmacksnerven des Erstkontakts mit der kulinarischen Biowaffe melden höchste Alarmstufe, aber er glaubt es nicht, man sieht geradezu, wie es in ihm arbeitet: Das kann gar nicht sein. Ich mag scharfes Essen. Ich kann das ab. Ich bin nicht so ein weichlicher Gringo. Hier muss irgendein Missverständnis vorliegen. Am besten, ich ignorier das einfach und esse ganz normal weiter. Bloß nichts anmerken lassen.

Phase 3: Die Kau-, Zungen- und Gesichtsmuskeln setzen sich wieder in Bewegung und nehmen ihre Arbeit auf, der Bissen wird weiter im Mund zerkleinert und dann – der nächste Fehler – hinuntergeschluckt.

Phase 4: Alle Systeme im Körper schlagen Alarm. Aber der Deutsche ist willensstark. Er verträgt scharf. Er mag scharf sogar total gern. Er nimmt ungerührt eine zweite Gabel und führt sie zum Mund. Vielleicht noch eine dritte oder vierte.

Phase 5: Für alle Umstehenden sichtbar, treten dicke Schweißtropfen auf seine Stirn.

Phase 6: Der Mund wird geöffnet, mit kruppstählernem Willen wird Gabel um Gabel Millimeter um Millimeter Richtung Gaumen geführt, man sieht den aussichtslosen Kampf, den der Körper mit allen Mitteln dagegen führt, aber der Deutsche will sich keine Blöße geben, dieser Gedanke besiegt alles andere, kaum merklich langsamer als normal gelangen die Bissen in den Mund.

Phase 7: Die Kau- und Speichelbemühungen des Mundes werden sichtbar langsamer. Von außen betrachtet wirkt jetzt alles wie in Zeitlupe. Von innen betrachtet würde man einen heftigen Kampf zwischen Willen, Glauben und den Signalen des Körpers, die noch Restkontakt zur Realität haben, beobachten.

Phase 8: Ungesunde Gesichtsverfärbung, der Schweiß beginnt zu fließen, die Hände zittern.

Phase 9: Mühsame und langsame letzte Kau- und Zungenbewegungen.

Phase 10: Wille und Glauben kapitulieren. Jetzt endlich putscht der Körper und übernimmt die Alleinherrschaft.

Phase 11: Sofort brechen alle Dämme. Schnauben, Prusten, entweder panisches Runterschlucken oder Ausspucken des letzten Bissens in Hand oder Serviette.

Phase 12: Hektischer Griff zum Getränk. Trinken, trinken, trinken. Schlucken, schlucken, schlucken. Noch mehr trinken. Alles in allem: der nächste Fehler.

Phase 13: Ungläubiges Entsetzen.

Phase 14: Erster Gedanke daran, dass er das hier womöglich nicht überleben könnte. Aber immer noch keine Einsicht, denn:

Phase 15: Noch mehr trinken. Schlucken. Trinken. Schlucken.

Phase 16: Durch das Getränk ist die feindliche Substanz nun perfekt in Mund-, Rachen- und Kehlraum verteilt und kann ihre volle Wirkung entfalten. Nun ist nichts mehr zu retten.

Phase 17: Er flüchtet panikartig zu den Toiletten.

Phase 18: Unwürdige Geräusche von dort.

Phase 19: Die Mexikaner lachen sehr ausgelassen.

Phase 20: Noch zwei Tage danach wird der Deutsche bei jedem Stuhlgang, und er wird viele Stuhlgänge haben, eindringlich und schmerzhaft an seine Lektion erinnert, denn ihm brennt der Arsch, und zwar höllisch. Und beim Abputzen wird alles noch schlimmer.

Sie glauben mir nicht? Sie meinen, das sei übertrieben? Ist es nicht. Ich weiß das, denn ich war selbst mal so ein Idiot.

IV. *Die Welt da draußen*

Komische Welt

Frank Sorge

Vielleicht sollte ich einfach mal ausschlafen oder weniger dies und das tun, weil von dies und das kommt das eben, weil nichts von nichts kommt. Aber komisch ist dann doch so manches. Zum Beispiel der neue Currywurstverkäufer an der Fritteuse der Mittelpromenade, optisch würden die meisten Menschen auf »Freigang« tippen. Ihm darf man nicht schön scharf sagen, denn was der mir da in den Ketchup getan hat, lässt mir einen ganzen Schweißstrom minutenlang auf der Stirn ausbrechen, was dann nicht mehr ästhetisch und erst recht nicht schön ist. Unter »schön scharf« versteht er also »hässlich scharf«, war ja klar bei den Tätowierungen. Die Mischung zündet eine »innere Sauna«, verätzt mir gerade den Magen und es wird meine »finale Wurst«, die goldene Wurst mit einem Schuss Chilicocktail aus der Großkaliber-Currykanone. Ritueller Selbstmord per Wurst.

Neben dem Imbiss an der Tramhaltestelle sitzen zwei türkische Jungs. Eigentlich sehen sie wie zwei »normale« türkische Jugendliche aus, aber der eine krault dem anderen minutenlang zärtlich versonnen den Kopf. Komisches Bild.

Auch komisch, vor meiner Tür steht eine Frau von Kabel Deutschland, die eine Qualitätskontrolle unseres Anschlusses machen will.

»Wofür das denn?«, sage ich. »Ich bin nicht bei Kabel Deutschland.«

»Doch, Sie sind bei Kabel Deutschland«, sagt sie.

»Nein, bin ich nicht.«

»Doch, sind Sie wohl«, beteuert sie.

»Nein und dreimal nein.«

»Doch unendlich.«

»Bin ich wirklich?«

»Ja, sind Sie.«

»Aber davon weiß ich nichts.«

»Aber Sie bezahlen dafür.«

»Ich bezahle nicht dafür.«

»Doch, Sie bezahlen dafür.«

»Sind das die neuen Werbetricks?«

»Nein, schauen Sie nach, es ist in Ihrer Miete dabei.«

»Aber das ist nicht in meiner Miete dabei.«

»Doch, ist es.«

»Na dann schauen Sie mal nach meinem Anschluss«, sage ich und lasse sie rein. In bester Handwerkermanier hockt sie sich vor die Dose und eröffnet mir ihr Arschgeweih. Auch komisch irgendwie, aber soll mich nicht weiter stören. Sie trägt irgendwelche Messwerte ein, sagt, dass ich nur das Kabel in das, also mein, Gerät stecken müsse und ich hätte Kabelfernsehen.

»Aber ich hab doch gar kein Kabelfernsehen.«

»Doch, haben Sie.« Und so weiter.

Sie ist zwar fertig mit allem, aber scheint gar nicht mehr gehen zu wollen. Hätte ich im Bademantel öffnen sollen? Aber dann hätte ich schon im Bademantel die Currywurst holen müssen, da sie ja bei meiner Rückkehr vor der Tür stand. Und das Bild wollte ich dem Wedding dann doch nicht zumuten, also im Nachhinein betrachtet war es gut, nicht im Bademantel auf die Mittelpromenade zu gehen, auch wenn ich mich ernsthaft frage, ob sie nicht irgendwie darauf wartet, dass ich doch noch den Bademantel hole. Ach, das führt alles zu weit, kaum ist die Freundin mal nicht da, wird hier gleich an Fremdverkabelung gedacht, und moralisch ist Polen ziemlich offen, das geht ja auch nicht. Sie zeigt auf eine große Holzplastik in meinem Wohnzimmer und fragt, ob ich die Kunst gemacht hätte. Hab ich aber nicht.

Als sie weg ist, setze ich mich mit der noch harmlos wirkenden Currywurst vor den Fernseher und habe tatsächlich Kabelfernsehen. Hilft dennoch nicht, mir das Fernsehen wieder schmackhaft zu machen. Im schnellen Vergleich hat das Upgrade uns spannende Sender wie 123tv, Euroshopping und JuweloTV gebracht. Als Frau Kabel Deutschland noch da war und ich sie eher sanft und schnell wieder aus der Wohnung schieben wollte und nicht weiter hinein, entpuppte sie sich dann doch als Verkäuferin und riet mir, Telefon, Internet und Konsorten auch über sie zu beziehen. Aber das mache ich nicht, das wird mir alles zu kompliziert.

Erst einmal müsste ich aus der Vodafone-Arcor-Verwirrung wieder herausfinden, die auch irgendwie komisch ist. Denn ich war lange bei Arcor, bis Arcor mir mitteilte, dass es jetzt Vodafone wäre. Also wollte ich einen Vodafone-Tarif, aber ich kann nicht sofort einen Vodafone-Tarif bekommen, da ich zwar bei Vodafone bin, aber doch noch bei Arcor, das zwar jetzt Vodafone ist, aber dennoch irgendwie Arcor geblieben ist. Der komische Verkäufer erläuterte es mir so, dass Vodafone Arcor gekauft und eingegliedert hätte, aber als eigenständige Firma Vodafone-Arcor bei Vodafone. Wenn ich also jetzt von Vodafone zu Vodafone wechseln wollte, müsste ich erst warten, bis der Vodafone-Vertrag auslaufe, um einen Vodafone-Vertrag zu machen. »Alles klar?«, fragte der Verkäufer und ich antwortete: »Ja klar, alles ganz logisch. Vodafone will also nicht, dass jetzt alle Kunden von Vodafone zu Vodafone wechseln.« – »Richtig.«

Das Maulhelden-Büro meldet sich, ob ich beim Blauen Mittwoch mitwochen will. In Frankfurt/Oder oder eben nicht. Also war ich gestern in Frankfurt/Oder, was auch ein komischer Ort ist. Eine Stadt, aber nach zweiundzwanzig Uhr kein Auto mehr auf der Straße wie im Dorf. Ich lese was über 3D-Kinos vor, aber Frankfurt/Oder hat gar kein 3D-Kino. Für 3D muss man als Frankfurter nach Eisenhüttenstadt, das ist die harte dreidimensionale Realität. Gastgeber Arnulf Rating merkt an, aber schon 2D wäre bei der eindimensionalen Denke hier eine Überforderung. Komisch, oder? Auch über die Oder zu laufen, ist komisch, nach Polen rüber, wo ich mich mit einer Stange Zigaretten neben eine geplünderte Computerleiche ans polnische Ufer setze und nach Deutschland rübergucke. Komisch dieses Land, so von außen betrachtet. Ach, wenn ich ehrlich bin, auch die ganze Welt dahinter.

Ein eigenes Denkmal

Paul Bokowski

»Heimat ist Entmündigung«, denke ich und krieche auf die Rückbank des alten Corsas, den ich schon im Kindesalter regelmäßig vollgekotzt habe. »So viele olfaktorische Erinnerungsbröckchen«, staune ich und versuche angestrengt durch den Mund zu atmen. Ein Regenschirm bohrt sich in meinen Rücken, ein Stück Leergut in mein Gesäß, eine Tortenhaube in mein Gesicht. »Halt das mal«, dringt die Stimme meiner Mutter von draußen in diesen Kubikmeter auf Rädern, sodass ich gerade noch nach dieser Tupperware-Biosphäre greifen kann, bevor der Beifahrersitz schlagartig zurückklappt und mir gefühlt die Beine bricht. »Geht das?«, fragt sie und schwingt sich, ohne eine Antwort abzuwarten, mit einer ausladenden Hüftbewegung in das Vehikel, worauf meine Beine abermals zu brechen scheinen und sich spitz in ihren Rücken bohren. Ich könnte in diesem Augenblick mit meinen Knien ihren Büstenhalter öffnen.

Seit einigen Jahren fahre ich nur noch zu besonderen Gelegenheiten in die alte Heimat. Am liebsten, wenn jemand stirbt, dann reduziert sich die Wahrscheinlichkeit, wegen dieser Person ein weiteres Mal wiederkommen zu müssen. So ist es mir am liebsten. Wer diese Aussage nun für morbide und menschenverachtend hält, dem sei zwar nicht unbedingt widersprochen, aber zumindest Folgendes gesagt: »Der Pole an sich ist eben so.« Da ist es im Grunde ganz egal, zu welcher Gelegenheit und in welchem Restaurant oder Hobbykeller man feierlich zusammenkommt. Schon nach wenigen Minuten wird man damit beginnen, jener Verwandten und Bekannten zu gedenken, die man seit dem letzten Familienfest entweder an den Tod oder eben an das allzu wilde Leben verloren hat, während die anderen, die nichts zu erzählen haben oder dem Tod womöglich noch einmal davongekommen sind, bedächtig lauschen und, so geduckt wie nur möglich, ihre Nudelsuppe schlürfen. Und dann, noch bevor der jugoslawische Kellner Gelegenheit hat, die kleinen Salatteller aufzufahren, wird ein sonderbares Spiel beginnen, das ich gerne »Das Verstorbenenquartett« nenne. Es wird gespielt wie jedes andere Quartett auch, nur geht es nicht darum, die Eigenschaften von Autos, Flugzeugen oder Schiffen gegeneinander auszustechen, sondern die Umstände jener Lieben, die seit dem letzten Zusammentreffen verschüttgegangen sind.

»Tante Anna. Gestorben mit sechsundachtzig. Intensivstation. Vier Wochen.«

»Ha! Da komm ich drüber. Cousine Margot. Gestorben mit fünfundsechzig. Künstlich beatmet. Vierzehn Tage lang.«

»Ach. Das ist doch Pipifax. Die zweite Frau von Onkel Klaus. Gestorben mit nur neunundvierzig und das bei sechs Wochen Intensivstation.«

»Ja. Von wegen! Im künstlichen Koma lag die. Das gilt nicht!«

»Na gut, na gut! Dann die Tochter von Waczinskys. Gestorben mit zweiundzwanzig. Zwar nur drei Tage Intensivstation, aber hirntot!«

Das makabere Spiel wird so lange getrieben, bis niemand mehr überbieten kann, dann werden die Blicke kollektiv zu Tisch gesenkt, zuerst, um der Betrübung einen sinngemäßgen Ausdruck zu verleihen und sich dann mit nahtlosem Übergang dem Salatteller zu widmen, sodass ein Knacken und Schmatzen der bedächtigen Stille ein jähes Ende bereitet.

Während ich versuche, mich und die Tortenhaube anzuschnallen und meine Mutter ihre Handtasche und ein in Geschenkpapier gewickeltes Päckchen Filterkaffee zwischen ihren Beinen verstaut, sitzt mein Vater mit stoischer Miene auf dem Fahrersitz, die linke Hand auf dem Lenkrad, die rechte am Zündschlüssel, den Blick stur geradeaus. Genaugenommen sitzt er schon seit einer Viertelstunde so im Auto, sitzt und wartet, wartet in seiner ehelichen Resignation entweder auf den Aufbruch oder auf den Tod, je nachdem, was wohl früher eintreten mag.

Dieses Warten ist vermutlich kulturell bedingt und in polnischen Familienstrukturen eingebettet wie der Katholizismus in antisemitischer Reinform. »Noch ist Polen nicht verloren, aber wir sind gern bereit zu warten.« Eine zweifelhafte Überzeugung, die auch nach einem fast dreißigjährigen Auslandsaufenthalt noch immer in meinem innersten Familienkreis verwachsen ist. Statistisch gesehen haben nämlich die meisten Menschen das Glück, im Schlaf zu sterben, mein Vater allerdings wird mit großer Wahrscheinlichkeit das Zeitliche segnen, während er auf meine Mutter wartet. Im Auto vermutlich. Das ist chronisch. Wenn Sie in einem Mainzer Parkhaus einen Mann in einem Auto sitzen sehen, dann ist das vermutlich mein Vater, der auf meine Mutter hofft. Im Sommer 1982, heißt es, hätte ein Mann in der Mainzer Neustadt tagelang in einem weißen VW-Käfer gesessen. Auch auf wiederholtes Klopfen der Polizei hin hätte der Mann nicht reagiert. Erst vier Tage später, als am 2. August eine junge Frau aus dem nahegelegenen Hildegardis-Krankenhaus kam und in den weißen Käfer stieg, in ihren Armen ein Neugeborenes, hätte der Mann endlich den Wagen gestartet und wäre davongefahren.

Noch immer ist meine Mutter zwischen ihren Beinen zugange. Der muffige Geruch des Wagens lässt ein sonderbares Unwohlsein in mir heraufziehen. Vielleicht ist es aber auch der literarische Missgriff, dass meine Mutter noch immer zwischen ihren Beinen zugange sei. Mir wird immer schlecht in diesen alten Autos, da helfen auch die Lutschbonbons nicht, die ich aus Vaters Seitenfach gefischt habe. Sie machen meine Zunge pelzig und schmecken im Abgang nach Neuwagen. Eigentlich macht das alles nur noch schlimmer. So wie die Erwartung, einen ganzen Tag in einem jugoslawischen Restaurant zu verbringen. Seit geraumer Zeit schmort mein Magen deshalb im eigenen Saft. Die Aussicht auf ein derartiges Fressgelage hatte ein Frühstück unnötig erscheinen lassen. Eigentlich auch das morgige. Ich spüre, wie mir das Blut in die Beine sackt. Langsam werde ich blass um die Nase.

Wer auf polnischen Familienfesten allerdings Aufmerksamkeit erhaschen möchte, der muss sich schon etwas Besseres einfallen lassen als eine grünliche Blässe im Gesicht. Folgt die Hierarchie an diesen schlesischen Festtafeln doch einem einzigen Prinzip: der Art und Intensität mühevoll erworbener Krankheiten. Da habe ich mit meiner Paradontitis schon fast Glück, dass ich nicht mehr am Kindertisch sitzen muss, während meine Mutter, die Gute, es mit ihrem Gichtfinger und ihrer Migräne schon auf einen stolzen Platz im Mittelfeld gebracht hat. Allen voran aber, die Poleposition, hat seit einigen Monaten Oma Christa inne. Ich bin allerdings der Überzeugung, eine Halbseitenspastik und ein künstlicher Darmausgang sind ein hoher Preis für einen solch vergänglichen Ruhm. Obgleich zugegeben sei, dass sich Oma Christa mit dem leisen Gluckern ihres Fäkalbeutels wirklich ein eigenes Denkmal gesetzt hat. Mit diesem schwerflüssigen, für alle sichtbaren Ausfluss aus ihrem Unterbauch kann sie sich einer steten Aufmerksamkeit gewiss sein. Die alte Rampensau.

Der Moribundus der Herzen allerdings ist seit vielen Jahren unangefochten Onkel Johann. Der hat sein Leiden schon vor Jahren aus der alten Heimat herübergebracht und genaugenommen ist sein Alkoholismus auch das Einzige, was ihm noch aus dieser Zeit geblieben ist. Mit der Entschlossenheit eines arbeitslosen Workaholic hat er seine Leberzirrhose vorangetrieben und während die anderen ihre fleischlichen Leiden noch in sich begraben, unter Unmengen von Schweinemedaillons und Lammhack, Holzfällersteaks und Cevapcici, schleicht er schon unbemerkt zur Bar und kippt einen kurzen Korn. Der Verdauung wegen, wird er sagen, oder der Selbstverdauung. Das macht schon lange keinen Unterschied mehr.

Endlich klackt der Sicherheitsgurt meiner Mutter. Die Handtasche und ihre Mitbringsel sind sicher zwischen ihren Beinen verstaut und auch die Tortenhaube dürfte bei einem Auffahrunfall glimpflicher davonkommen als ich. Langsam reibe ich mir den Bauch, noch immer einen leicht pelzigen Neuwagenbrechreiz auf der Zunge, blicke nervös auf die Uhr und versuche krampfhaft an Dinge zu denken, die nichts mit Essen zu tun haben. Vielleicht sollte ich vorne sitzen, denke ich. »Oder möchtest du vorne sitzen?«, ruft meine Mutter nach hinten, in mein fahles grünliches Gesicht, als hätte sie die Gedanken dahinter lesen können.

»Nix da. Wir fahr'n jetzt los«, wirft mein Vater lautstark dazwischen, startet Flüche murmelnd den Wagen und braust mit einem Grunzen aus der Einfahrt. »Heimat ist Entmündigung«, denke ich, halte mir den Bauch und starre krampfhaft durch die Windschutzscheibe.

Berlin, Berlin! Wir fahren nach Berlin!

Volker Surmann

»Hier! Da müssen wir hin!« Ich deute auf die Landkarte Nevadas, auf genau den Punkt, wo klitzeklein »Berlin« geschrieben steht.

»Och nööö«, mault Christian, mein Gastgeber. »Da ist doch nix! Und die Road 50 bin ich schon zigmal gefahren, die ist voll öde.«

»Aber hey, es ist Berlin! Du hast fünf Jahre in Berlin gelebt, hast du überhaupt keinen Patriotismus?«

Hat er offensichtlich nicht. Kein Wunder, er hat ja fünf Jahre in Berlin gelebt. Nun lebt Christian in Reno/Nevada, nah der kalifornischen Grenze, und macht seinen Doktor in Geologie. Also versuche ich, den Naturwissenschaftler in ihm zu locken und werfe ihm einen Saurierknochen hin: »Es gibt dort sogar Fossilien!« Etwas dicker steht nämlich neben Berlin *»Ichthyosaur State Park«*.

Christian schaut immer noch zweifelnd und ich blättere im Verzeichnis von Nevadas State Parks: » ... und es gibt eine verlassene Goldmine!«

Sehe ich da etwa Funkeln in den Augen des Geologen?

»Außerdem regnet es seit Tagen, da können wir ruhig einen Tag im Auto verbringen!«

Stimmt. An Badeausflüge an den Wüstensee Pyramid Lake oder Wanderungen in der Sierra Nevada ist eh nicht zu denken und wenn man in Renos Casinos seine ersten zwanzig Dollar verdaddelt hat, ist der Reiz da, wo auch das Geld ist: weg. Ein Ausflug ins Landesinnere verspricht da Abwechslung. Christian ist nicht überzeugt, aber überredet.

Am nächsten Morgen satteln wir seinen Mustang und reiten los. Auf Nevadas Straßen ist der blaue Sportwagen ein Ausdruck motorisierter Bescheidenheit; die Interstate 80 teilen wir uns mit Pick-ups in Fantasieformaten. Bei Fernley biegen wir ab auf die gefürchtete Road 50.

Ende der Achtzigerjahre hat das Life Magazine über diese Bundesstraße geschrieben: »*It's totally empty. There are no points of interest. We don't recommend it.*«, verbunden mit der Warnung, man möge diese Straße nur befahren, wenn man sich des eigenen Überlebenswillens sicher sei. Dieses vernichtende Urteil nahm Nevadas Tourismusbüro dankbar zum Anlass, den Highway 50 offiziell als »The lonliest road of America« zu vermarkten. Wer sich Stempel in allen fünf Tourist-Infos entlang der dreihundert Meilen langen Strecke durch das kargste Nevada holt, bekommt von der Regierung einen offiziellen Survivalpass. Gleich in Fernley springt Christian aus dem Auto und holt sich einen Stempel. In Fallon wieder.

Dieser Ort kommt uns vor wie der letzte Außenposten der Zivilisation. Eine amerikanische Kleinstadt im Nirgendwo, Hauptattraktion: eine Kreuzung zweier Bundesstraßen. Immerhin, es gibt einen *Starbuck's*. Das darf ich daheim in Friedrichshain niemandem erzählen, aber nach drei Wochen in den USA ist ein *Starbuck's* unsere Definition menschlicher Zivilisation.

Doch das sagt viel weniger über uns aus als über amerikanischen Filterkaffee.

Hinter Fallon kommt erst einmal nichts. Nächste Ortschaft in einhundertfünf Meilen. Der Mustang röhrt vor sich hin, im CD-Player singen *The Killers*, Nevadas erfolgreichster Rockexport: »I awoke on the roadside / In the land of the free ride / And I can't pull it any longer / The sun is beating down my neck.«

Von brennender Sonne ist heute nichts zu spüren. Ein famoser Gewitterschauer prasselt auf uns nieder. Im Salt Wells Basin, durch das wir gerade fahren, sonst ein blütenweißer Salzsee, steht heute eine graubraune Brühe. Gewitterwolken paaren sich mit den bizarren Bergketten Nevadas zu einem Wetterbastard, der sich gewaschen hat. Aufregende Wolken-, Regen- und Lichtpanoramen erfüllen den Horizont. Noch gut neunzig Meilen bis nach Berlin.

Christian deutet nach links aus dem Fenster.

»Guck mal, da ist Kwazi«, sagt er.

»Da ist quasi was?«

»Quasi Kwazi.« So heißt eine gewaltige Sanddüne, die hier am Rande des Salzsees träge im toten Winkel des Tals döst. Wegen des geschwungenen Kamms gaben Indianer ihr den Namen einer gigantischen Schlange, die sie unter dem Sand vermuteten.

Da der Himmel gerade aufreißt, unterbrechen wir unsere Berlinexpedition, um Kwazi einen kurzen Besuch abzustatten. Wir sind nicht die Einzigen. Die Düne steht zwar unter Naturschutz, aber nach amerikanischer Lesart schließt das eine Nutzung als Motocrossrevier nicht aus. Wenn ich eine schlafende Schlange wäre, ginge mir all das Geknatter auf meinem Rücken gehörig auf die Nerven.

Plötzlich deutet Christian auf Abdrücke im noch feuchten Sand: »Ey, das sind Puma-Spuren!« Er fotografiert begeistert. Mir wird etwas mulmig. *Frische* Pumaspuren! Ich schaue auf die Pfotenabdrücke, da geraten meine eigene Schuhe in den Blick. Puma. Das könnte ein lustiges Wettrennen werden. Ich schaue mich nervös um. »Brauchst du nicht«, sagt Christian, »wenn wir einen Puma sehen, ist es eh zu spät.«

Im Wagen hat Christian einen Naturführer für Nevada liegen. Es war kein Puma, nur ein Kojote. Christian grinst. Manchmal glaube ich, es macht ihm Spaß, mich zu verunsichern. Seit meiner Ankunft wird er nicht müde, bei jeder Gelegenheit auf die hiesige Erdbebengefahr hinzuweisen. Auf der Baybridge nach San Francisco meinte er beispielsweise: »Oh, hier hätten wir bei einem Erdbeben der Stärke acht Glück.«

»Wieso? Ist die Brücke erdbebensicher?«

»Nein, aber wir fahren auf der unteren Spur. Hier wären wir sofort tot.« Geologenhumor.

Eine halbe Stunde stoppen wir das nächste Mal. Der Route-50-Führer preist den Shoetree von Middlegate an. Eine einsame Pappel am Rande der Straße hat ordentlich was in der Krone: Schuhe. Tausende! Turnschuhe, Lederslipper, Mokassins, Quadratlatschen, Kinderschühchen, Gummistiefel – alles. Tonnenweise hängen sie im Baum, verschnürt, verworren oder zu langen Girlanden zusammengeknüpft. Ein bizarrer Anblick. Darunter, der Sneaker fällt nicht weit vom Stamm, jede Menge Fallschuhe. – Okay, verrückt scheinen die Leute hier schon mal zu sein, offenbar nähern wir uns Berlin.

Der Legende nach campte einst ein Paar in seiner Hochzeitsnacht unter dem Baum und geriet in Streit. Vielleicht über die Tatsache, dass sie in der Hochzeitsnacht campten. Die Braut wollte nach Hause gehen (stammte sie etwa aus Berlin?) und ihr frisch Angetrauter rief: »Dann geh doch! Aber du wirst barfuß gehen müssen!« und zeckerte ihre Schuhe in die Pappel. Man versöhnte sich gleich am nächsten Morgen und als Zeichen seiner Liebe warf der reumütige Gatte ebenfalls seine Schuhe in den Baum. Schon ein Jahr später warfen die beiden die ersten Babyschühchen hinterher. – Ein Märchen, wie geschrieben für Ursula von der Leyen.

Wir greifen ein paar Falltreter und üben uns nun selbst in der Disziplin des Schuhweitwurfs. Gar nicht so einfach. Mit einer Mischung aus Aerobic und Hammerwurf erreicht man die passende Höhe und wenn man rechtzeitig loslässt, finden die Schuhe sogar den Weg in den Baum. Wenn nicht, prasseln die Chucks knapp neben dem Kotflügel des Mustangs in den Staub.

Middlegate selbst ist ein einzelnes, baufälliges Motel am Wegesrand. Hier verlassen wir die Road 50 und folgen dem Hinweisschild zum »*Berlin Ichthysaur State Park*«. Vorfreude schwappt in mir hoch: »Berlin, Berlin! Wir fahren nach Berlin!«, skandiere ich fröhlich, bis

Christian mich nach einer halben Stunde fragt, ob ich schon mal in der Wüste ausgesetzt worden sei.

»Ich bin in Bielefeld aufgewachsen, gilt das?«

War die einsamste Straße Amerikas noch vergleichsweise belebt, müsste man die Nevada State Route 361 zur leblosesten Straße Amerikas küren. Hier möchte ich nicht tot über dem Zaun hängen. Ginge auch gar nicht, denn nicht mal Zäune gibt's hier.

Vierzig Meilen geht es durch menschenleere, unwirtliche Wüste und Ödnis – es ist ein bisschen wie auf der A2 in Brandenburg. Nevada ist wie das Ostdeutschland von morgen: trockene Steppe, hier und da ein Geisterdorf. Die Jugend im Berliner Umland scheint auch ähnlichen Freizeitbeschäftigungen nachzugehen wie ihr Brandenburger Pendant. Alle Verkehrszeichen tragen Spuren von Langeweile und sinnloser Gewalt, der letzte Hinweis auf Berlin/Nevada ist vor Einschusslöchern kaum zu entziffern.

Die letzten Meilen geht es über eine rumplige Schotterpiste, dann endlich sehen wir eine Bergkette und am Hang ein paar Holzhütten. Die Berge heißen Shoshone Mountains, sind über dreitausend Meter hoch und ein wenig schneebedeckt, und, ja, dieses winzige Dörflein dort, das muss dann wohl Berlin sein.

Berlin/Nevada ist eine Ghostown. Ein paar frühindustriell anmutende Holzbauten lehnen windschief am Hang. Bewohnt ist nur ein einziges Häuschen, das des State Park-Rangers.

Bei Berlin öffnet sich der Union Canyon. Mitte des neunzehnten Jahrhunderts wurde hier Silber gefunden. Nevadas Gebirge enthalten so viel Rohstoffe wie Schweizer Käse Fett, inzwischen sind sie ähnlich durchlöchert. Berlin ist Zeuge dieser Bergbaukultur.

Ab 1896 wird die *Berlin Mine* ausgebeutet, erfahren wir, bald floriert die kleine Stadt, wächst auf knapp fünfzig Gebäude an. Auf Trampelpfaden steuern wir die alten Minengebäude an: die alte Erzmühle mit dem markanten Holzturm; durch zerkratze Glasscheiben schauen wir auf den Schreibtisch der Minenverwaltung. Neben der prähistorischen Schreibmaschine verstauben aufgeschlagene Kassenbücher.

Ein Lehrpfad und ein Faltblatt führen uns durch das Gelände: *»During its heyday, Berlin and its Union suburbs supportet 200-250 people including miners, woodcutters, charcoal makers, a doctor and nurse, a forest ranger and a prostitute.«* Schau an, eine Nutte gab's und *Billy Bell's Saloon* – das klingt doch fast wie eine Bonsaiausgabe der Oranienburger Straße.

Heute ist der Verkehr hier zum Erliegen gekommen: Ein morscher Dodge fault vor sich hin; seine Kabine ist aus Holz – vor hundert Jahren waren Autos noch biologisch abbaubar.

An Schnelllebigkeit stellt Berlin/Nevada seinen deutschen Namensgeber deutlich in den Schatten: 1896 gegründet, zehn Jahre Blütezeit, 1911 schon aufgegeben. 849.000 Dollar hat die Mine in dieser Zeit erwirtschaftet. Heute wäre dieselbe Menge Gold knapp vierundzwanzig Millionen Euro wert. »Arm aber sexy« war Berlin/Nevada nie.

Wir laufen etwas in den Union Canyon hinein, Christian hebt ein Steinchen auf. »Guck mal! Malachit und Azurit«. Grünlicher und königsblauer Pelz hat den quarzartigen Stein überzogen. Christian erklärt, dass beides Kupfermineralien sind. Kupfer also auch. Und Gold und Silber. – Berlin ist echt ein schillerndes Kaff.

Über das Tal sehen wir die nächste Gewitterfront auf die Shoshonen zuziehen, mit den Ruinen und Resten der einstigen Goldgräberstadt im Vordergrund entsteht eine gespenstische Atmosphäre. Als solle Berlin ein weiteres Mal untergehen. Erste Regentropfen fallen.

Es gab Zeiten, das war es in Berlin/Nevada deutlich feuchter. Im Mesozoikum waren große Teile Nevadas von Ozean eingenommen, in dem sich urzeitliche Wesen trieben: Ichthyosaurier zum Beispiel. Viele verendeten hier; Berlin/Nevada ist ein großer Reptilienfriedhof.

1928 hat man hier entsprechende Fossilien gefunden, heute ist dieses Grabungsfeld von einer kleinen Halle überspannt – das einzige moderne Gebäude der Siedlung. Versteinerte Knochen von knapp vierzig Fischsauriern kann man hier besichtigen.

Um vierzehn Uhr soll das Museum öffnen. Niemand wartet mit uns. Doch exakt pünktlich kommt der Ranger vorgefahren und schließt uns auf. Er scheint sich über den Besuch zu freuen. Berlin/Nevada zieht die Touristen nicht in Scharen an. Gut gelaunt lässt er uns eine kleine Privatführung angedeihen.

Mein deutscher Begleitgeologe zeigt sich unbeeindruckt. Kein Wunder, denn die besterhaltenden Ichthyosaurier-Fossilien findet man ausgerechnet in Deutschland. Berlin/Nevada hat dafür die längsten. Im Land des »Big is better« waren schon die Fischsaurier größer: Die im Aussehen delfinähnlichen Tiere mit tellergroßen Augen wurden hier bis zu fünfzehn Meter lang.

Bevor wir uns vom Ranger verabschieden, schiebt er uns das Gästebuch des Museums zu. Wir leisten den ersten Eintrag seit vier Tagen. Es ist einsam in Berlin/Nevada. Vor uns waren spanische Touristen da. Hier also auch. Gefragt wird auch nach unserem Herkunftsort. »Berlin« tragen wir ein, natürlich.

Dann stehen wir wieder vor dem azuritfarbenen Mustang.

»Und jetzt?«, fragt Christian.

»Weiterfahren«, schlage ich vor, »das nächste Berlin ist in North Dakota.«

Achtzig Mücken für einen Frosch

Heiko Werning

Ich will nicht verhehlen, dass ich ein wenig stolz darauf bin, dass das Lieblingskuscheltier meines älteren Sohnes ein Frosch ist. Ein kuscheliger Handpuppenfrosch aus der Kuschelwuschel-Serie von Karstadt genaugenommen, mit dem daher präzisen Namen: Kuschel. Kuschel wurde unserem Sohn, als er vier Monate alt war, von dem berühmten Froschforscher Axel Kwet vom Rosenstein-Museum in Stuttgart als Gastgeschenk überreicht, der am Naturkundemuseum Berlin einige Zeit weniger kuschelige, in Alkohol eingelegte Holotypen diverser Artgenossen von Kuschel auszumessen und zu fotografieren hatte und deshalb für einige Tage bei uns Unterschlupf fand. Dass er in seinem Forscherauto neben Kuschel auch eine Kiste Tannenzäpfle-Bier aus Schwaben nach Berlin schaffte und die marode Karre damit hart an die Grenze ihrer Leistungskapazität brachte, um dann hier entsetzt festzustellen, dass einem eben jenes, von ihm als große, geheime Lokalspezialität seiner Heimat gepriesene Gebräu in Berlin inzwischen an jeder Pommesbude als das neue In-Bier hinterhergeworfen wird, sei nur am Rande erwähnt.

So kam Kuschel jedenfalls zu uns und aus irgendeinem Grund wählte unser Sohn ihn zielsicher unter einer kleine Armada diverser Stoffhunde, -bären und anderer Kuschelsäuger als das von ihm bevorzugte Kuscheltier aus, ohne dass ich gezielt darauf hingewirkt hätte. Wie gesagt, ich kann nicht verhehlen, dass ich ein wenig stolz darauf bin.

Als Freund Hinark Husen und ich aber bei einem gemeinsamen Spaziergang den Kinderwagen nicht gut genug im Auge behielten und Kuschel irgendwie hinausgeraten war, war das spätere Gejammer groß. Kein Teddy, kein Flauschpferd konnte den Schmerz lindern. Der Sohn konnte noch kein Wort sagen, aber zornig schleuderte er jedes ihm angebotene Tier von sich und wehklagte vor sich hin und erst ein Besuch bei Karstadt brachte Linderung. Sicherheitshalber kauften wir gleich zwei amphibische Kuschelwuschel, der Zweite als Reserve im Schrank, der Erste wurde gleich liebevoll umklammert und es herrschte wieder Ruhe. So wurde Kuschel zum treusten Begleiter eines kleinen Kinderlebens: Anfangs nur für die Nachtruhe, später verdrängte er das bis dahin noch recht beliebte Kuschelkrokodil auch beim Mittagsschlaf, und heute ist er ständiger Begleiter und Kommentator praktisch jeder Lebenssituation. Möchte unser Sohn uns wirklich wichtige Dinge mitteilen, fordert er uns auf, den Kuschel auf die Hand zu streifen, und mit verstellter Stimme müssen wir dann fragen, was er denn heute erlebt hat, was er tun möchte oder was ihn geärgert hat, alles eben, was er uns nicht ins Gesicht sagen möchte, sondern lieber in das inzwischen arg in Mitleidenschaft gezogene, breite des Frosches, der auf einem Auge schon einen ausgeprägten Grauen Star zeigt und dessen schief gewordenes Grinsen an einen Schlaganfallpatienten denken lässt.

Die wirklich wichtigen Dinge sagt einem ja keiner vorher und so gingen wir anfangs an die Kuschelproblematik recht unbedarft heran und versäumten die wichtige Technik, die uns Elternveteranen jetzt hinterher als ganz selbstverständlich erläutern, nämlich diverse Klone des Lieblingskuscheltiers regelmäßig hinter dem Rücken des Kindes auszutauschen, damit sie alle gleichermaßen altern und somit austauschbar bleiben. Das haben wir nicht bedacht und so ist Kuschel inzwischen ein Unikat, das vormals im Schrank befindliche Ersatztier ist längst als »Bruder von Kuschel« im Umlauf, wird aber eben behandelt wie ein ungeliebter Verwandter.

Entsprechend risikoreich, das wurde uns nach und nach bewusst, ist der Umgang mit Kuschel. Während unserer dreimonatigen Recherchereise auf der Suche nach Reptilien durch den Südwesten der USA achteten wir streng darauf, dass Kuschel das Wohnmobil nicht verließ. Zu groß die Gefahr, ihn in irgendeiner Felsspalte in irgendeinem gottverdammten Wüstencanyon zu vergessen und dann nie wieder zu finden. Kuschel erhielt also strengen Hausarrest und musste sich all die aufregenden Erlebnisse abends berichten lassen – aber sehen hätte er, siehe oben, ja ohnehin nicht mehr allzu viel können.

Und dann passierte es doch. Am letzten Tag. Im Gewühl der Abgabe des Wohnmobils. Während wir die Utensilien und Sammlungsergebnisse von drei Monaten auf insgesamt sieben, zusammen hundertfünfzig Kilo schwere Taschen und Rucksäcke verteilten, dabei bemüht waren, die gröbsten Beschädigungen der Einrichtung unserer temporären Fünfzehn-Quadratmeter-Heimat möglichst gut zu kaschieren, und darüber nachdachten, wie viel ein abgefahrenes Dach und eine verbeulte Stoßstange wohl letztlich kosten würden, in all dieser Aufregung also war ich nicht nervenstark genug, den Kuschelkrieg durchzufechten und erlaubte also, den Frosch noch einmal aus seinem Rucksackfach zu befreien, es sollte ja wohl möglich sein, daran bei der Abreise zu denken.

War es nicht. Es fiel uns erst in der Nacht auf, als auch der Sohn noch nach all den Büchern, Prospekten, Festplatten, Sonnenkappen, zerschlissenen Hosen und Ferngläsern weggepackt werden musste. »Wo ist Kuschel?« – lähmend stand seine Frage im Raum, wir sahen uns erst kurz ratlos, dann zunehmend entsetzt an: »Ich dachte, du hättest ...« – »Ja, hast du denn nicht ...« Nein, niemand hatte. Und das Flugzeug startete am nächsten Morgen. Und wir waren in einer anderen Stadt. Und wir hatten kein Auto mehr. Ich verzichte mal auf die Beschreibung der folgenden Szenen. Ein in Las Vegas beim Katapultieren von Suppenhühnern in Kochtöpfe über dem Feuer gewonnener blauer Hummer musste schließlich den notdürftigen Ersatz besorgen, aber die immer wieder bang gestellte Frage: »Kommt Kuschel zurück?«, die konnte auch er nicht beantworten. Warum wir nicht einfach am nächsten Morgen zum Wohnmobilverleih fahren und Kuschel holen? »Wir fliegen morgen früh zurück nach Berlin!« – »Dann fliegen wir eben, nachdem wir Kuschel wiedergeholt haben.«

Wir setzten auf den Autoverleiher und hofften, er könnte uns das Stofftier einfach nachschicken, obwohl unser Sohn ankündigte, er würde das Land ohne Kuschel auf gar keinen Fall verlassen. Unglücklicherweise hatte zudem niemand eine Ahnung, wo der Frosch überhaupt sein mochte. Das Gelände des Verleihers war groß, sehr groß. Es standen dort mindestens zweihundert Wohnmobile. Weiß der Himmel, wo der Kleine den Frosch hatte hinhüpfen lassen. Wir trösteten scheinheilig, Kuschel werde schon irgendwie wieder auftauchen, aber wir glaubten nicht daran. Auch ich wurde sehr traurig und das nicht nur wegen des Leids des Kindes. Ich musste mir eingestehen, inzwischen auch an dem Vieh zu hängen. Sehr sogar.

[Exkurs]

»Jetzt schreibt er schon sentimentale Geschichtchen über alte Stofftiere, das ist ja wie bei Reinhard Mey! Das ist ja total unpolitisch!«, höre ich es grummeln. Ich aber sage euch: Erstens, Reinhard Mey hat auch wunderbare Lieder geschrieben, die noch in Jahrzehnten Bestand haben werden. Zweitens, wer Rührung und Sentimentalität nicht thematisiert wissen möchte und nicht zulassen kann, der weiß nichts vom Schmerz und damit von der Welt, der macht sich hingegen zum Handlanger des auf Nutzbarkeit fokussierten Neoliberalismus, der zeigt nur seinen inneren Westerwelle. Steile These? Warum das so sein soll? Drittens, ich habe drei Monate mit einem Kleinkind und einem Baby in einem Wohnmobil zusammengelebt, vierundzwanzig Stunden am Tag. Danach muss man entweder buddhistischen Langmut entwickelt haben oder man gibt nervenden Zeitgenossen zukünftig lieber direkt aufs Maul. Und jetzt ratet mal, ihr Arschlöcher, wie es bei mir war. Los, kommt her!

[Exkurs Ende]

Trotzdem riefen wir noch nachts beim Verleiher an und sprachen auf Band, dass wir dringend nach einem grünen Stofffrosch suchten. Am nächsten Morgen erneut. Schließlich bekamen wir einen Mitarbeiter der Firma ans Telefon. Er war hörbar irritiert, versprach aber, nach dem Frosch zu suchen. Er riefe zurück. Natürlich rief er nicht zurück. Dafür wir aber, inzwischen vom Flughafen. Nein, kein Frosch, man werde aber die Augen offen halten. Uns war klar: Genauso gut könnten wir darauf hoffen, der Frosch käme, seinen heimischen Artgenossen gleich, zur nächsten Fortpflanzungssaison von selbst zurück zu seinem Ursprungsort. Anderthalb Stunden noch bis zum Abflug, das Gepäck schon eingecheckt, Mesa, die Stadt des Wohnmobilverleihers, war 20 Autominuten entfernt – das sollte reichen.

Der Taxifahrer war höchst erfreut über den Auftrag. Klar, Mesa hin und zurück und zwischendurch warten, das mache er gerne. Sehr gerne sogar. Er hatte einen Akzent wie die Verbrecher in den amerikanischen Filmen. Klar, ein Bulgare. Amerika sei ein großartiges Land zum Geldmachen, verkündete er mir unterwegs in einem fort. Außerdem müsse man praktisch keine Steuern bezahlen. Wie viel wir in Deutschland an Steuern zahlen müssten? Ich verzichtete lieber auf eine Antwort. Nicht so mein Thema. Natürlich wolle er zurück nach Bulgarien, es sei ihm hier viel zu heiß und Europa fehle ihm, aber in keinem anderen Land der Welt könne man als Einwanderer ohne Ausbildung so gut so schnell Geld machen wie in Amerika und die Chance hätte er eben ergriffen. Besorgt starrte ich auf das Taxameter. Es sei sehr einfach, Geld zu machen in Amerika, besonders als Taxifahrer, führte er seine Ausführungen fort. Jetzt reichte es aber allmählich mal, fand ich. In Bulgarien sei ja alles ganz hoffnungslos, da könne man kein Geld verdienen, da gebe es kein Geld und da gebe es keine Ausbildung. Deshalb hätte man als Bulgare im Grunde nur eine Chance im Leben, nämlich indem man nach Amerika gehe. Klar, einfach sei das alles nicht, seine Familie sei in Bulgarien und er in Amerika, und besuchen könne ihn niemand, wegen der Visabestimmungen, aber im Sommer, wenn es in Arizona so heiß sei, dass niemand sich mehr bewege, nicht mal im Taxi, da fahre er jedes Jahr zurück nach Hause, und ein paar Jahre noch, dann habe er genug Geld gemacht, um zurückzukehren. Das Taxameter glühte auf.

Beim Verleiher angekommen, begann ich mit der systematischen Kuschelerhebung. Zuerst beim Mann von der Autorückgabe, ein Mexikaner. Der hatte uns gestern erzählt, wie gut man in Amerika Geld verdienen könne. Erst habe er in Jackson Hole in Wyoming gearbeitet, das sei ihm dann aber doch zu kalt gewesen, jetzt lebe er eben hier in Arizona und man müsse praktisch keine Steuern bezahlen und er könne das ganze Geld zu seiner Familie in Guadalajara schicken und wenn er genug davon gemacht hätte, dann würde er zurückkehren. Er erinnerte sich zum Glück sofort an uns. Ich war hoffnungsvoll:

»Did you find yesterday ... äh ... a green frog?«

»A frog?«

»A frog. For kids. A Kuschelfrog. Äh, a frog for petting? You understand?«

»A frog for petting?« Er starrte mich an. Vielleicht auf Spanisch?

»Una ranita? De textilo? Para ... äh, para los niños?«

»Kermit?«

»No, no Kermit, otra ranita.«

Nein, er habe weder Kermit noch einen anderen Frosch hier gefunden. Daheim, in Guadalajara, da gebe es ganz viele Frösche, jeden Abend könne man sie an den Wänden des Patio sehen, wie sie an den Laternen den Motten nachstellten, aber hier sei Arizona, hier gebe es keine Frösche, er wolle ja sowieso bald zurück nach Mexiko, da sei es nicht so trocken, das gefalle den Fröschen auch besser und seiner Familie, einer seiner Niños habe sogar auch einen Stoff-Kermit.

»No, not Kermit, another frog«, versuchte ich es noch mal, aber er verwies mich an die Dame vom Empfang, die sei aus Mérida, da gebe es auch viele Frösche, und die würde immer mitbekommen, wenn etwas gefunden würde, von den Reinigungskräften etwa. Aber er glaube nicht, dass die Reinigungskräfte den Frosch gefunden hätten, die würden nämlich äußerst schlecht reinigen, die seien aus Osteuropa. Aber selbst wenn sie den Frosch gefunden hätten, hätten sie ihn bestimmt weggeworfen, die kämen alle nur, um das schnelle Geld zu machen, die Osteuropäer, aber ich solle mal die Frau aus Mérida fragen, die sei eine Gute, die hätte den Frosch bestimmt aufgehoben, wenn sie ihn gefunden hätte, vielleicht hätte sie ihn sonst für ihre Kinder mit nach Yucatán genommen, aber ja erst im nächsten Sommer, da sei es hier zu heiß, da könne man nichts verdienen, da bräuchten sie nicht so viel Personal, da fahre sie immer zurück nach Yucatán, er müsse ja dagegen das ganze Jahr hier bleiben, das sei schon hart manchmal. Besorgt schaute ich auf die Uhr, bestätigte ihm noch einmal, dass er hier gutes Geld verdienen könne, dachte an das Taxameter und eilte in die Eingangshalle.

Die Frau aus Mérida sah mich verständnislos an:

»A frog? For petting?«

Ich erzählte die Geschichte: dreijähriger Sohn, Lieblingstier, ganze Nacht geweint, Rückflug. Sie war alarmiert. Eine ihrer Töchter, die hatte eine Lieblingskuh, also, eine ganz kleine aus Stoff, selbst gemacht, die sei auch mal verloren gegangen, eine Katastrophe! Und dann verlor sie keine Zeit mehr und rief sofort per Handy die Leute der Reinigungstruppe an, ich sollte mir aber keine zu großen Hoffnungen machen, das seien alles Osteuropäer.

In der Zwischenzeit begann ich selbst mit der Suche, die Zeit raste, in der Halle waren zur Dekoration einige Zelte aufgestellt, ein Blick hinein, da, unter der Isomatte – tatsächlich: der Kuschel! Glücklich streifte ich ihn mir über die Hand, ließ Kuschel fröhlich der Empfangsfrau zum Abschied winken und eilte zurück zum Taxi.

Der Fahrer blickte in den Rückspiegel und lachte auf:

»A frog? You came here for a frog?«

»Yes, exactly. My son forgot it here, yesterday!«

Er deutete auf das Taxameter: »Eigthy bucks! You will come out at eighty bucks. Eighty bucks for a frog! You could buy a dozen frogs for eigthy bucks!«

»Yes, but not this particular frog!« Freudestrahlend hielt ich das Gesicht mit den ergrauten Augen und dem verschlissenen Fell in den Rückspiegel.

Er nickte zufrieden, während er Gas gab und sich in aberwitzigen Manövern durch die acht Autobahnspuren in Richtung Tempe schlängelte: »You can't buy everything for money«, sagte er nachdenklich.

»Yes, that's true.«

»There is no easier place to make bucks than here«, sinnierte er, »but you can't buy everything for bucks. One day I go back to Bulgaria. When I've made enough bucks.«

Vorher aber nahm er noch eigthy bucks von mir. Wir nickten uns zum Abschied freundlich zu. Ich solle Europa grüßen, trug er mir noch auf. Was hiermit geschehen sei.

Griechischer Ausverkauf

Hinark Husen

Ich bin nur ein einziges Mal in Griechenland gewesen. Und zwar auf Kreta. Aber Griechenland hat mich nachhaltig beeindruckt. All dies geschah im September 1989. Die DDR brach gerade zusammen, ich flog mit einem von Franz-Josef Strauß organisierten Airbus. Dank des bayrischen Ministerpräsidenten hatte Interflug zwei davon im Westen kaufen dürfen.

Die erste Übernachtung in einer Bananenplantage im Nordosten der Insel. Nicht ganz freiwillig, ehrlich gesagt, denn eine Pension hatte ich gebucht, ich hatte sie in der Nacht nur nicht wiedergefunden, nachdem auf dem Dorfplatz eine big fat greek wedding gefeiert worden war, bei der neben allen Dorfbewohnern auch Touristen eingeladen waren. Die Pension lag an einem Hang über dem Dorf, dazwischen die Plantage, und ich wollte einfach die Abkürzung nehmen. Mittendrin fand ich diese Idee dann nicht mehr so gut. Orientierung gleich null, die kretischen Bananen sind zwar wirklich winzig, nicht aber die Stauden, da staunt man bei den Stauden. Da kann man durchaus zum Bananenhasser werden. Aber immerhin boten sie einem die Möglichkeit, den ouzo- und souvlakigeschändeten Magen durch ein paar Kontraktionen desselben ein wenig Erleichterung zu verschaffen, ohne dass das Brautpaar sehen konnte, wie man sich für deren Gastfreundschaft bedankte.

Schöner Urlaubstagebucheintrag: *»Erste Nacht orientierungslos durch eine Bananenplantage geirrt, nebenher gekotzt. Im Morgengrauen passend zum Frühstück in der Pension.«*

Dort lernte ich Malte kennen, einen Mittfünfziger aus Bremen, der auf Kreta Kamelhaardecken verticken wollte. Was für eine Geschäftsidee! Wo deutsche Touristen sind, da kann man wohl auch Kaffeefahrten veranstalten, haben er und sein Kompagnon sich gedacht. Er war nun seit einem guten halben Jahr hier und sollte die Kontakte mit den verschiedensten Hotels herstellen, wo eine erkleckliche Anzahl an deutschen Pauschaltouristen unterkommen. Er war allerdings deutlich mehr an den Kontakten zu jungen alleinreisenden Frauen interessiert, ansonsten pflegte er noch die gute Zusammenarbeit mit den Betreibern der Touristenbars in Strandnähe. Alle zwei Tage wurde er von der Pensionswirtin ans Telefon gerufen, wo ein genervter Kompagnon am anderen Ende der Leitung auf die neuesten Wasserstandsmeldungen von *der* Geschäftsidee des ausgehenden Jahrtausends wartete. Die Telefonate verliefen meist sehr laut und danach begab sich Malte zu einem ordentlichen Frühstück mit Whisky und Bier in seine Lieblingsbar.

Er hatte schon seit Wochen keine Hotelkontakte mehr geknüpft. In seinem Zimmer stapelten sich Lammfellpantoffeln und Decken bis an die Decke. Und die alleinreisenden Mädchen hatten zunehmend weniger Lust, seine bezaubernde Assistentin zu spielen, während er schwitzenden Dortmundern oder Schwaben die Vorzüge seiner Betten erläuterte.

Und in Ermangelung hübscher Frauen und nach dem zweiten Whiskyfrühstück kam ich ins Spiel. Warum nicht auch mal ein männlicher Assistent? Er versprach mir eine fette Provision und ich dachte mir: Warum den ganzen Tag am Strand herumliegen und sich einen Sonnenbrand nach dem anderen holen, schmachtend griechische Adonisse in knappen Badehosen anstieren, während sich die Haut gleichzeitig bauernsalattellergroß vom verbrannten Körper löst?

So wurde ich zum wohl einzigen männlichen Kamelhaardeckenverkäuferassistenten, den es in ganz Griechenland jemals gegeben haben dürfte.

Eine Woche lang tingelte ich mit Malte über die Insel. Ich selbst wollte es zunächst nicht glauben, aber die Veranstaltungen in den Hotels waren tatsächlich meistens sehr gut besucht. Zumeist Pärchen in den unterschiedlichsten Altersstufen. Und während Malte über die alten muffigen Federbetten aus Großmutters Zeiten schwadronierte, machte ich meine Runden mit den Rezina-Flaschen und schenkte ordentlich aus. Der harzige Wein verfehlte nicht seine Wirkung bei den ordentlich vorausplanenden Deutschen, es wurde tatsächlich bestellt. Das ein oder andere Geschäft fädelte ich selber ein, denn nach zwei Veranstaltungen hatte ich das passende Vokabular locker drauf: »Also ich schlaf seit Jahren in der preisgünstigeren Alpaka-Variante und ich weiß gar nicht, wie ich es vorher überhaupt ausgehalten habe, noch einen Rezina, ja gern, Sie werden es nicht bereuen ...«

Was soll ich sagen? Malte war sehr zufrieden mit mir und auch er wurde wieder etwas geschäftstüchtiger und drosselte seinen Whiskykonsum am Abend auf ein mittelfristig überlebensfähiges Niveau. Das Geschäft brach allerdings jäh zusammen, als Malte von einem Tag auf den anderen abreiste. Aus Angst vor einem jähzornigen jungen Griechen namens Jorgus und seiner Clique.

Die Geschichte dazu bekam ich erst am Tag seiner Abreise erzählt: Im Frühsommer hatte er im Whisky-Rausch eben jenen Griechen und seine holländische Freundin auf ihrem Motorrad angefahren. Der Biker kam mit ein paar blauen Flecken davon, die Holländerin hatte es mit einem komplizierten Armbruch etwas böser erwischt. Der zornige Grieche wollte nun wochenlang von Malte die Krankenhauskosten erstattet bekommen und dieser vertröstete ihn beständig mit seiner Versicherung und dass das noch dauern würde. Versprochene Anzahlungen wurden natürlich nie ausgezahlt, zu vereinbarten Treffen verschwand Malte einfach mal für ein paar Tage oder tauchte bei einem schottischen Barbesitzer unter.

Eines Abends fuhren wir nun in seinem abgewrackten Opel Ascona von der Pension ins Dorf und nahmen auf der Rückbank noch

Rita und Marianne mit, zwei ostfriesische Touristinnen, die einen männerfreien Urlaub machen wollten.

[Kleiner Einschub:]

Frauen, die gemeinschaftlich einen männerfreien Urlaub machen wollen, sind in der Regel an nichts anderem interessiert als an Männern. Und während sich Rita einen adretten Innenarchitekturstudenten aus Trier namens Lars schnappte, auf den eigentlich ich es abgesehen hatte, warf Marianne ihre Köder nach mir aus. Ich bekam noch Wochen später Post von ihr, als Letztes einen Kettenbrief mit der Aufforderung, Unterwäsche an eine Liste von sechs Personen zu verschicken. Rita und Lars wurden natürlich ein Paar und besuchten mich auch noch in Berlin. Ich hoffe, sie haben inzwischen viele hyperaktive Kinder miteinander.

[Ende des Einschubs.]

An der Hauptstraße verfolgte uns in der Dämmerung eine sechsköpfige Motorradclique. Malte brummelte nur »Scheiße-Scheiße-Scheiße« vor sich hin und gab Gas. Aber noch bevor wir fragen konnten, was eigentlich los war, überholte uns der wütende Jorgus, stellte das Motorrad quer und wedelte tatsächlich noch aufsitzend mit einem Morgenstern vor sich her. Malte stieg voll in die Eisen. Auf der Rückbank kicherten die Ostfriesinnen genau bis zu dem Zeitpunkt, als Jorgus den Morgenstern ohne Ankündigung in die Windschutzscheibe knallte. Die Ostfriesinnen ließen sich von Malte nicht zweimal bitten, jetzt vielleicht doch auszusteigen und sich eine nette Bar zu suchen.

Und in diesem Augenblick schloss ich ab mit meinem Leben als einzigem Kamelhaardeckenverkäuferassistenten Griechenlands.

Immerhin widmete sich Jorgus nun der Fahrerseite, wo er ebenfalls die Scheibe einschlug, weil Malte in der Aufregung wohl vergessen hatte, sie rechtzeitig runterzukurbeln. Wüste Beschimpfungen in einem Mix aus Englisch und Griechisch folgten, das Wort »Malakka« hat sich damals bei mir eingeprägt. Erst viel später erfuhr ich, dass man es auch durchaus liebevoll benutzen kann.

Malte und ich kamen überraschenderweise unverletzt aus dem Schlamassel heraus. Wie auch immer konnte der quirlige Whiskysäufer und Geschäftsmann den Griechen davon überzeugen, gleich am nächsten Morgen sein Geld zu erhalten. Jorgus hatte sich durch die Demolierung des Autos wohl so weit runtergeregelt, dass er das akzeptierte.

Und am nächsten Morgen ließ sich der Bremer dann von mir in aller Frühe zum Flughafen fahren.

Dummerweise hatte ich bei der Rückfahrt vergessen, dass in meinem netten Urlaubsdorf immer noch ein wütender Grieche auf das Erscheinen eines grünen Opel Ascona wartete, der keine Windschutzscheibe mehr besaß. Wir lieferten uns noch eine kleine Verfolgungsjagd durch die Straßen von Malia, denn natürlich erkannte er den Wagen, aber dankenswerterweise dann auch den falschen Fahrer. Die Griechen sind nicht blind in ihrer Wut. So viel kann ich sagen. Immerhin konnte ich Jorgus noch insofern behilflich sein, als dass ich ihn mit Maltes Kontaktdaten in Bremen versorgte.

Mir war klar, dass ich von meiner Kamelhaarprovision nie einen Pfennig sehen würde. Von daher wäre es nur gerecht, wenn Malte durch Jorgus vielleicht noch ein bisschen an seine Verpflichtungen erinnert werden würde.

Die letzten Tage verbrachte ich damit, mir Marianne vom Hals zu halten und eifersüchtig auf Rita zu sein, dann war es an der Zeit, mit Interflug nach Berlin zurückzukehren.

Ich bin nur ein einziges Mal in Griechenland gewesen. Und zwar auf Kreta. Aber Griechenland hat mich nachhaltig beeindruckt.

Mittelmeer

Frank Sorge

Mittel. Am Mittelmeer war es mittel. Wie war das am Mittelmeer noch mal? Es war mittel. Mittel am Meer. War's wirklich nur mittel? War es nicht mehr? War da nicht mehr am Mittelmeer, na komm, sag schon, da war doch was, da war doch noch was. Mittel am Meer? Glaub ich nicht, sag schon, was war noch am Mittelmeer?

Mittel, sag ich, am Mittelmeer war es mittel. Nur Mittel zum Zweck, nur ein Zwicken und Zwacken, mitten im Meer, im Mittelmeer. Zwicken und Zwacken im Mittelmeer, mitten im Meer, Mittelmeer, mehr war nicht. Nicht mehr und nicht weniger, also nur mittel am Meer, mittel am Meer, Mittelmeer. Nicht viel mehr.

Nur mehr Betäubungsmittel am Mittelmeer, abgefüllt in dunklen Flaschen, gesoffen ham wir am Mittelmeer, aber nicht mehr. Nicht mehr? Doch, mehr gesoffen, besoffen am Mittelmeer, besoffen im Mittelmeer drin, wieder raus, und geraucht, und getrunken, mehr Bier, mehr Whisky, mehr Wein, rein in die Schlünde, Abgründe, besoffen am Mittelmeer, lallen am Mittelmeer, küssen, kämpfen, und all das, gesoffen ham wir am Mittelmeer, und immer mehr Mittel in Flaschen, schäumen, die Wellen machen Durst, sie schäumen und brausen, Wellen machen Durst, auf Brause und Schaum im Kaffee. Wodka, ein Mittel zum Zweck, Mittel, mehr Mittel zum Zweck bitte. Mittel, viel Mittel am Meer.

Wir lagen im Mittelmeer, mitten im Meer, trieben wie Flaschen im Meer, wie zwei Flaschen im Meer, und klack-klack aneinander, klack-klack, zwei Flaschen im Mittelmeer, leere Flaschen am Mittelmeer. Nicht mal ’ne Post drin, oder ein Schiffchen, oder zwei Schiffchen im Mittelmeer. Aufgefüllt ham wir uns, aufgefüllt mit Mittelmeer, aber nicht getrunken, nur mehr Bier, und mehr Whisky, und mehr Wein, rein in die Schlünde, Abgründe, besoffen am Mittelmeer, mehr nicht, war mittel am Mittelmeer.

Völkerverständigung in Wien

Robert Rescue

Wenn man vor Reiseantritt nicht alle Haupt-, Neben- und Seitentaschen des Rucksacks auf unnütze Dinge hin durchsucht und ausräumt, dann nimmt man irgendetwas in den Urlaub mit, das man vor Ort nicht gebrauchen kann. In meinem Fall ist es eine Einstecklampe für das Vorderrad sowie zwei Ersatzbatterien, die ich vor der Gepäckkontrolle im Rucksack entdecke und in die Reisetasche umpacke. Aus der Sorge heraus, bei der Kontrolle wieder etwas vernichten zu müssen wie im letzten Jahr ein Duschgel, das ich dummerweise im Handgepäck verstaut hatte, unterziehe ich mich einer Leibesvisitation und räume alles an bedenklichem Inhalt in die Sporttasche. Kritiklos komme ich aber auch diesmal nicht davon. Ich habe in einer Tasche meiner Weste zwei Feuerzeuge und die unfreundliche Frau am Scanner weist mich darauf hin, dass nächstes Mal doch eines reichen würde. Zwei Feuerzeuge habe ich in der Tasche, weil ich ein Ersatzfeuerzeug haben möchte, wenn bei dem eigentlichen das Gas ausgeht. Zudem bin ich oft in der Gesellschaft von Feuerzeugdieben und da ist ein Ersatz stets hilfreich.

Was von der Gepäckkontrolle nicht getadelt oder eingezogen wird, ist mein Belegexemplar des zweiten Wedding-Magazins. Das habe ich eingepackt, um es während des Fluges zu lesen. Bislang hatte ich das nicht geschafft, obwohl das Magazin schon gute drei Monate erhältlich ist. Die ganze Zeit lag es auf dem Sofa und wenn mich der Herausgeber Axel Völcker am Tresen des Mastul fragte, wie ich denn das Magazin fände, habe ich ihm einfach keine Antwort gegeben. Dieses Fehlverhalten möchte ich künftig ausschließen.

Während des Fluges schaffe ich die Hälfte des Magazins, denn zum einen beträgt die Flugzeit nur knapp eine Stunde, zum anderen schaue ich sehr oft aus dem Fenster hinunter auf die Wolken oder Siedlungen, um auf diese Weise wieder mal meiner Höhenangst Herr zu werden. Ich beschließe, den Rest des Heftes während der Urlaubstage zu lesen oder auf dem Rückflug. Nachdem wir gelandet sind, steigen Julia und ich die Treppen zur S-Bahn hinunter, die uns vom Airport Wien zur Stadtmitte bringen soll. Am Fahrkartenautomaten wollen wir uns ein Ticket kaufen, verzweifeln aber an der uns unbekannten Technik. Jede Großstadt hat eine eigene Fahrkartenautomatentechnik und an der verzweifeln nicht nur Touristen aus der Provinz, die so etwas gar nicht kennen, sondern auch Weltstädter wie Julia und ich, die bislang dachten, die Automaten der BVG hätten weltweit Verbreitung gefunden.

Der Clou an den Wiener Automaten ist, wie wir bald feststellen sollen, dass man nach Auswahl des Tickets noch einen Menüpunkt berühren muss, um dem Automaten mitzuteilen, dass man den Fahrschein auch wirklich kaufen will. Dann erst lassen sich Münzen einwerfen oder Scheine einziehen. Während wir am Automaten stehen und überlegen, wie er denn funktioniert, stellt sich hinter uns jemand an. Wir machen ihm Platz und schauen gebannt zu, wie er geradezu meisterlich den Automaten bedient. Offenbar ist er ein begabter Mensch, was Fahrkartenautomaten anbetrifft, oder Wiener. Wir fragen ihn, ob er uns helfen kann. Kurz darauf halten wir unsere Tickets in den Händen und haben das System begriffen. Zusammen mit dem freundlichen Fremden stehen wir am Bahnsteig und kommen ins Gespräch. Er heißt Dirk und ist geborener Wiener. Vor acht Wochen ist er nach Berlin gezogen. Wien findet er grausig, Berlin dagegen fasziniert ihn. Die Stadt sei ein Schmelztiegel verschiedener Kulturen und der kreative Output sei gewaltig. Wie wir ihm so zuhören, gewinnen wir den Eindruck, Wien sei dagegen stinklangweilig. Nach unseren fünf Tagen Urlaub sind wir der Ansicht, Wien sei ein Schmelztiegel der verschiedenen Kulturen und der kreative Output sei gewaltig, wohingegen wir Berlin stinklangweilig finden.

Dirk ist Molekular-Biologe, wie er uns verrät, und arbeitet seit Kurzem in einer Forschungseinrichtung in Buch. Ausgiebig berichtet er uns, dass er mit oder an Plattwürmern forscht, die aufgrund ihrer Stammzellen fast unsterblich sind. Schneidet man diese Würmer mit einem Messer in mehrere Teile, dann entstehen aus diesen Teilen neue Würmer. Wir sind baff, vor allem über die Tatsache, dass in Berlin-Buch mit Stammzellen gearbeitet wird. Dirk erzählt weiter, dass er noch im Gästehaus der Forschungseinrichtung wohnt, sich aber bald eine Wohnung suchen will. Prenzlauer Berg sei ihm aber zu versnobt, teilt er uns zu unserer Freude mit. Gerne würde er in den Wedding ziehen, auch wenn er von dem Bezirk bislang nicht viel mitbekommen hat. Wir gestehen ihm, dass wir beide im Wedding wohnen, und Julia schlägt mit einem Mal vor, ich könne ihm doch mein Exemplar vom Wedding-Magazin schenken, damit er sich ein Bild vom Bezirk machen kann.

Was denkt sich die blöde Kuh eigentlich?, geht es mir durch den Kopf. Ich gebe doch nicht mein Belegexemplar her, zumal ich es noch nicht zu Ende gelesen habe! Wo kommen wir denn da hin? »Eine gute Idee«, meine ich zu Dirk und Julia, krame das Magazin aus dem Rucksack und gebe es dem Neuberliner. Ich erzähle ihm stichwortartig von den Hintergründen und den beiden Machern und füge hinzu, dass es kein besseres Medium gebe, um sich vom Charme des Wedding zu überzeugen.

Dirk zeigt sich erfreut und kramt seinerseits in seiner Tasche. Dann hält er mir das Taschenbuch »Der Knochenmann« von Wolf Haas hin, einem renommierten österreichischen Krimiautor. Dieser Roman wurde vor Kurzem mit dem von mir geschätzten österreichischen Kabarettisten und Schauspieler Josef Hader verfilmt.

Dennoch bin ich mit dem Tausch nicht ganz zufrieden, denn lieber hätte ich das Magazin weitergelesen, auch weil da eine Menge Fotos drin sind. Bücher lese ich nicht so gerne, denn die sind mir zu textlastig. Am liebsten lese ich ja Discounterprospekte, die sind so eingängig.

Erst später, als Julia und ich in unserem Quartier angekommen sind, habe ich mich mit dem Tausch abgefunden. Vielleicht wird Dirk durch das Studium des Wedding-Magazins in seiner Absicht, in den Wedding zu ziehen, bestärkt. Molekularbiologen, die mit Stammzellen forschen, haben wir im Wedding bestimmt noch keine, und wenn es bei ihm bleibt, dann steht auch keine Gentrifizierung zu befürchten.

Was Josef Hader anbetrifft, einen Abend später hatten Julia und ich die Gelegenheit, ihn im Volkstheater live zu sehen. Insofern hatte die Begegnung mit Dirk auch etwas mit Vorsehung zu tun.

Berlin a. T. W.
Oder: Die Milchzitze Gottes

Volker Surmann

»Wir sollten dieses Wochenende vielleicht besser nicht an den Strand fahren«, sagt Christian und im Fernsehen schaltet der Anchorman von Fox-News raus zu seinem Kollegen am Strand von North Carolina, wo Hurrikan Irene als Erstes eintreffen soll. Der Reporter steht in North Carolina auf einer Seebrücke im Wind und berichtet aufgeregt, dass er gerade auf einer Seebrücke in North Carolina im Wind steht und es ganz schön windig sei. Ob er denn schon etwas vom Hurrikan spüre, fragt der Fox-Moderator und der Reporter sagt, ja, es sei ganz schön windig in North Carolina und es werde womöglich noch windiger. Dann reden sie noch fünf Minuten über Wind und erwartete Windstärken, dann schaltet Fox-News zur Außenmoderatorin auf der Strandpromenade von Virginia Beach in Virginia und die Außenmoderatorin steht im Wind auf der Strandpromenade, sagt, dass sie auf der Strandpromenade im Wind stehe, ihre Haare wehen ihr vors Gesicht und der Fox-Anchorman fragt, ob es denn windig sei da draußen in Virginia Beach.

Ich verstehe amerikanischen Fernsehjournalismus nicht. Die ganzen Nachrichten scheinen ausschließlich aus Wechselschalten zu bestehen, wo sich Studiomoderator und Außenreporter gegenseitig interviewen. Das geht immer fünf Minuten so, dann quatscht der Anchorman mit einem Experten im Studio, der erklärt, dass Hurrikan Irene ja nur noch ein Hurrikan der Stufe Eins, aber sein Regengebiet außerordentlich groß sei, dann kommt Werbung, danach wird zum nächsten Außenmoderator geschaltet. Damit man merkt, dass es nicht derselbe von eben ist, ist dieser Außenmoderator entweder Frau oder schwarz.

»Wir könnten stattdessen ins Landesinnere fahren«, schlägt Christian vor, »da gibt's einen Nationalpark und sogar ein Berlin.«

Christian weiß, wie er mich ködern kann. Wie praktisch, dass er an die Ostküste gezogen ist, hier gibt's viel mehr Berlins.

Am nächsten Morgen schauen wir, während wir für den Wochenendtrip packen, noch kurz in die Nachrichten. Auf allen Kanälen stehen Reporter im Wind. Es sind dieselben von gestern Abend, nur haben sie jetzt alle Windjacken an, weil die sich so aufblähen, und die Mikrophone haben Windpuschel bekommen. Nur die Reporterin in Atlantic Beach/North Carolina hat eine Regenjacke an und steht in Regen und Sturm und berichtet ganz aufgeregt, dass es in Atlantic Beach/North Carolina gerade regne und stürme.

Wir schalten aus und steigen ins Auto. »Berlin, Berlin, wir fahren nach Berlin!«, skandiere ich wieder. Unser Plan ist, auf dem Weg zum Shenandoah-Nationalpark einen Abstecher in den Süden Pennsylvanias zu machen, wo ein Berlin auf der Landkarte lockt. Dort wollen wir uns mal umschauen, einen Kaffee trinken und dann zurückfahren.

Knapp zwölf Meilen liegt Berlin von der Grenze zu Maryland entfernt. Dessen Hinterland ist in etwa so aufregend wie das Weserbergland. Hügel, Wald, Hügel, Wald. Jeden Moment erwarte ich das Hinweisschild: *»Porta Westfalica 10 Kilometer«*.

In Cumberland biegen wir ab. Ein kleines Städtchen mit knapp zwanzigtausend Einwohnern im Tal des Potomac-Rivers. Wir zählen auf Anhieb acht bis zehn Kirchtürme. »Scheint ganz schön religiös zu sein, das Kaff«, meint Christian, dann biegen wir auf den Highway 160.

Auf den wenigen Meilen bis nach Berlin/Pennsylvania passieren wir vereinzelt Farmen, kleinere Siedlungen; dabei stellen wir interessante Wechselwirkungen fest:

Je einsamer die Landschaft wird, desto größer wird die Kirchendichte. Sechs Gotteshäuser auf fünfzehn Kilometern faktisch unbewohnter Landstraße. Zweite Regel: Je ländlicher die Gegend, desto länger werden die Namen der Gebetshäuser. An einigen Kirchen ist der Eingang extra an der Querseite des Gebäudes, sonst würde der Name nicht über die Tür passen. Wir passieren nacheinander die *Mount Harmony Methodist Church,* die *Mount Carmel Lutheran Curch White Oak,* die *St. Johns United Methodist Church,* die *New Hope United Church of Christ* (der Zusatz ist wichtig, denn vermutlich waren all die anderen Kirchen unchristlich) sowie die *Victory Bible Church.*

Wenn wir einem anderen Auto begegnen, dann fährt es unangenehm dicht auf, drängelt im Rückspiegel und überholt vor der nächsten Neunzig-Grad-Kurve – im Grunde ganz typisches Fahrverhalten für das Berliner Umland. Kurz vor Berlin stehen Windräder auf einer Anhöhe. Auch das kommt mir bekannt vor.

Das Ortseingangsschild Berlins steht inmitten grüner Wiesen, auf denen Kühe grasen. »*Welcome to Berlin*«, begrüßt es uns. »*Milksquirts*« verheißt die Stadt.

Gibt man »Milksquirts« bei Google ein, erhält man fast nur unanständige Ergebnisse: »*Girl fingers her pussy until milk quirts out – Amateur Real Home Sex Videos*«, »*Warm Milkssquirts and Gay Facial*«. Ob das die Einwohner von Berlin wohl wissen? Besonders internetaffin scheinen sie nicht zu sein, eine eigene Homepage hat Berlin/Pennsylvania bislang nicht. Korrekt übersetzt müsste es wohl heißen, dass Berlin die Heimat von »Milchspritzern« ist. – Na super, ich bin im Teutoburger Wald auf einem Bauernhof mit Milchkühen groß geworden, da werde ich mich hier ja wie zu Hause fühlen.

Hinter zwei Kurven liegt endlich das Zentrum der Gemeinde. Wir parken an der Hauptstraße, die originellerweise Main Street heißt. Hier finden wir alles, was Berlin zu bieten hat: ein paar hübsche Häuser, eine hübsche kleine Post, erstaunlich viele Chiropraktiker, sogar ein blaues Haus gibt es, wie ich das von einem anständigen Berlin erwarte. Da sind vor allem aber Kirchen: *United Church of Christ, Berlin Brethren Church, Holy Trinity Lutherian Church.* Es gibt ein *Luther-House* und das einzige Café des Ortes ist geschlossen, jedoch zugleich mit »*Orthodox Christian Bookstore*« überschrieben.

»Ach du Scheiße«, sagt Christian.

»Heilige Scheiße!«, korrigiere ich. Milchkühe und religiöser Fundamentalismus. Berlin/Pennsylvania ist anscheinend so etwas wie die Milchzitze Gottes.

Verzweifelt suche ich nach etwas, das auf das deutsche Berlin hinweist. Irgendwelche Spuren müssen die Berliner in Berlin doch hinterlassen haben! Dann werde ich fündig. Ein Gedenkschild weist darauf hin, dass Berlin 1794 in der »Whiskey Rebellion« eine Protestzelle gegen die neue Alkoholsteuer war. Na also, es gab *doch* mal echte Berliner in Berlin!

Die Stadt ist eins der ältesten Berlins Amerikas und hat knapp zweitausend Einwohner. Tante Google weiß zu berichten, dass die meisten davon in einer Fabrik für Kartoffelchips arbeiten. Die haben wir nicht gefunden.

Die Einwohner allerdings auch nicht. An einem Samstagnachmittag im August ist Berlin/Pennsylvania wie ausgestorben. Entgegen US-amerikanischen Gepflogenheiten gelten hier quasi urdeutsche Ladenöffnungszeiten. Samstags um 15.30 Uhr hat so gut wie alles zu. Der einzige Einwohner, den wir bei unserem Rundgang draußen sehen, wäscht gerade sein Auto. Der Rasen ist überall akkurat gestutzt. Verdammt, Berlin/Pennsylvania ist offenbar deutscher als Berlin/Deutschland es je war.

Doch wir geben die Hoffnung auf einen Kaffee in Berlin nicht auf. Es gibt immerhin eine *Subway*-Filiale. Zwei ungefähr sechzehnjährige Jungs tun hier Dienst.

»Kann man hier einen Kaffee kriegen?«, fragen wir.

»Ja«, sagen die Jungs, aber der sei von heute Morgen um neun, ob wir den wirklich wollten. – Nee, lieber nicht.

»Kann man hier irgendwo anders einen Kaffee trinken?«

»Versucht's mal an der Tanke.«

Die besagte Tankstelle liegt im Zentrum der Stadt, das heißt an der Straßenkreuzung der Highways 160 und 219. Hier steht Berlins einzige Verkehrsampel. Sie regelt vor allem den fehlenden Verkehr. Am Selbstbedienungstresen der Tanke gibt es halbwegs erträglichen Aufguss-Kaffee. An der Kasse lässt uns eine ältere Frau vor. Sie wolle gleich noch ihren Lottoschein ausfüllen, das dauere länger, sagt sie und erklärt: »Hier im Ort, hier spielen alle Lotto.« – Das wundert uns nicht.

Mit unseren Bechern setzen wir uns gegenüber zur Creamy Station, einem Eiswagen auf der anderen Seite der Kreuzung. Dort bestellen wir Softeis zum Kaffee. Zwei etwa sechzehnjährige Mädels tun hier Dienst, vermutlich die Freundinnen von den beiden Jungs im *Subway*. Pistazie sei heute im Angebot. Das Softeis ist ganz lecker, trotzdem höre ich mich zu Christian sagen: »Das Pistazien-Eis in Berlin ist aber besser.«

Auf dem Rückweg zum Auto ignorieren wir die Ampel und gehen bei rot. Hey, wir sind schließlich aus Berlin, wir dürfen das! Einen Moment lang fühlen wir uns wie die Hauptattraktion des Ortes. Dann kommt ein Zwanzigtonner und fährt uns tot.

Am Abend sitzen wir im Motel in Winchester/Virginia. Von Berlin hierher waren es drei Stunden Fahrt, eine kuriose Grenzziehung hat uns dabei zwei ganze Bundesstaaten durchqueren lassen: Maryland (hier acht Kilometer breit) und Vest Virginia (hier fünfundzwanzig Kilometer breit). Unendlich viele weiße Holzhäuser mit riesigen, akkuraten Rasenflächen haben wir aus dem Auto gesehen. Amerika ist nicht das Land der unbegrenzten Möglichkeiten, Amerika ist das Land der Aufsitzrasenmäher.

Im Motelzimmer zappen wir durch die Fernsehkanäle. Auf sämtlichen Kanälen laufen Breaking News: Hurrikan Irene hat die Ostküste erreicht, schon sechs Staaten und der District of Columbia sind betroffen. Das bedeutet: mindestens sieben Wechselschalten hintereinander nach North Carolina, Virgina, Maryland, Washington D.C., Delaware, New Jersey und New York. Auf allen Kanälen. Einziges Problem: Hurrikan Irene wurde mittlerweile herabgestuft zu einem tropischen Sturm mit Windstärke 6 bis 8, an den Küsten auch mal bis 10. Die Reporter legen sich daher mächtig ins Zeug, um noch genügend Wind zu machen.

Alle tragen nun bunte Regenjacken und stehen samt und sonders mit Mikrophonen im Regen und berichten, dass es regnet. In D.C. hat es ein paar alterschwache Bäume erwischt. Minutenlange Kameraschwenks über einen umgefallenen Baum im strömenden Regen. Davor stehen mehrere Reporter und erklären aufgeregt, das dies ein umgefallener Baum sei.

Steve von Fox-News legt sich richtig ins Zeug und steht bis zu den Knöcheln im Wasser auf der überschwemmten Strandpromenade von Ocean City und platscht demonstrativ in seiner Pfütze herum. Minutenlange Großaufnahmen seiner Gummistiefel. Dann reicht ihm jemand von außen ein Stück Kunststoffverschalung vom Bau: »Sehen Sie, dieses Teil ist hier eben noch durch die Luft geflogen! Wenn so ein Teil einen Menschen trifft, kann das ganz schön gefährlich werden. Es hat nämlich furchtbar scharfe Kanten.« Steve zeigt uns die furchtbar scharfen Kanten, dann reicht er das Teil aus dem Bild. Wir zappen weiter.

Die Breaking News auf ABC schalten gerade zu Nicole nach Ocean City, wo es ordentlich regne und stürme. Nicole trägt eine quietschgrüne Regenjacke und berichtet, dass es in Ocean City gerade ordentlich regne und stürme. Dann reicht ihr jemand ein Stück Kunststoffverschalung ins Bild, es kommt mir irgendwie bekannt vor. Solche Teile wirbelten hier durch die Luft und man könne von

Glück sagen, dass noch niemand verletzt worden sei. Ist aber niemand, denn bei diesem Wetter schickt man keinen Hund vor die Tür, nur Reporter.

In Berlin/Pennsylvania war es trocken, nur etwas bedeckt. Um den Ort machen selbst Hurrikans einen Bogen.

[Nachtrag:]
Das Konzept eines Buchprojekts, alle Berlins Nordamerikas zu bereisen und zu jedem einen Text zu schreiben, habe ich mal einem Literaturagenten vorgestellt. Er fand die Idee total toll und absolut interessant, lehnte dann aber ab mit der Begründung, das Buch würde ja »erwartbar langweilig«. Vermutlich war der Herr mal in Berlin/Pennsylvania.

Im Regenwald. Oder: Wie man ein Thema weichspülen kann

Hinark Husen

Es regnet. Im Regenwald. Als deutscher Tourist käme jetzt der ein oder andere auf die Idee, seinen Reiseveranstalter zu verklagen. Wir haben einen Karibikurlaub gebucht, da hat gefälligst die Sonne zu scheinen. Von mir aus kann es im Regenwald ruhig regnen, das macht die Stimmung gleich viel authentischer. Noch dazu handelt es sich um einen sehr schönen, geschützten Regenwald auf Puerto Rico, *El Yunque* heißt er und all das, was in anderen Regenwäldern auf die Haut gehen könnte, wie Moskitos, oder an die Kehle, wie Jaguare, fehlt hier. Überhaupt fehlen die Tiere. Nur hin und wieder sieht man ein kleines Reptil an Ästen oder Baumstämmen herumlaufen, eine Anolis-Art zumeist. Völlig ungefährlich, eher niedlich. Nein, doch nicht niedlich, viel zu unscheinbar, um niedlich zu sein. Giftschlangen gibt es natürlich auch nicht. Es ist ein Kinder- und Seniorenregenwald, ohne wirkliche Herausforderungen für Menschen in der Midlife-Crisis.

Ich bin zwar schon ziemlich im Mittelleben angekommen, aber zur Krise reicht's bei mir noch nicht. Wenn ich in dieser Krise wäre, hätte ich schon im Wedding das Joggen anfangen müssen oder mir eine sonstige Risiko-Extremsportart zum Austoben ausgesucht. Araberjungs-frech-Anbaggern zum Beispiel. Natürlich nur die über Achtzehnjährigen, versteht sich von selbst. Einfach fragen: »Ey, sach mal, Alter, bist du eigentlich schon über achtzehn?«, und wenn man dann ein »Ja« zu hören kriegt, dann sagte ich ihm, was er für hübsche Augen hätte oder für einen knackigen Po – und dann schnell weglaufen.

Vielleicht sollte man sich zum Üben erst mal die Gehbehinderten aussuchen, da gibt's bestimmt auch welche mit hübschen Augen und knackigem Po, dann hat man beim Weglaufen die besseren Karten. Aber überhaupt, wer sagt eigentlich, dass man weglaufen muss, weil man sonst verprügelt wird? Vielleicht fühlen die sich ja auch geschmeichelt und man muss sich immer mehr Komplimente ausdenken. Dein Haar, das schimmert so schön schwarz, was benutzt denn du für ein Shampoo? Und du riechst so gut. Welchen Weichspüler benutzt deine Mutter eigentlich? Und das hören die sich geduldig an und geben dann freudig Auskunft.

Bei denen, die stark nach Weichspüler riechen, sollte man aber vorsichtiger sein, die werden von Mutter und Vater an der kurzen Leine gehalten und draußen auf der Straße toben sie sich aus. Viele Menschen aus meinem Bekanntenkreis wechseln sogar die Straßenseite, wenn sie auf so ein Grüppchen von zehn bis fünfzehn Jungs treffen. Um Stress zu vermeiden. Das kann man sich sparen, wenn sie im Wind stehen, dann erschnuppert man einfach die Weichspülerkonzentration in der Luft. Funktioniert natürlich nur bei Gegenwind, ist klar.

Ich mach das schon seit Jahren so und habe damit beste Erfahrungen gemacht. Nur letzte Woche ist das ziemlich in die Hose gegangen. Es war so ein fies nasskalter Abend, als ich noch mal raus bin, ich zog mir die Mütze also tief ins Gesicht und plötzlich schnupperte ich eine heftige Konzentration von Weichspüler. Ich guckte mich also um, ob irgendwo streitsüchtige Bengels unterwegs waren, aber totale Fehlanzeige, die waren bei dem Wetter anscheinend ausnahmsweise mal nicht auf der Straße. Aber der Geruch umwehte mich trotzdem weiter. Dann fiel mir ein, dass ich meine Mütze am Vortag gewaschen hatte, und tatsächlich das erste Mal seit Jahren wieder mit Weichspüler. Ich wasche eigentlich nie mit Weichspüler, aber mein österreichischer Untermieter hatte eine Flasche dagelassen und die kippt man nun auch nicht einfach ins Klo. Hab ich also ein bisschen in die Wäsche getan und es dann komplett vergessen. So funktioniert das natürlich nicht mit der Früherkennung.

Aber es waren ja ohnehin keine Weichspüljungs unterwegs und ich könnte mich nun endlich mal wieder meinem eigentlichen Thema widmen, dem Regenwald. Hier erkennt man hervorragend, was für ein miserabler Schriftsteller ich bin. Meine Geschichte heißt *»Im Regenwald«* und handelt von jungen Erwachsenen mit Migrationshintergrund und gesteigertem Aggressionspotenzial. Vielleicht gebe ich schnell noch einen Untertitel dazu: *»Im Regenwald. Oder: Wie man ein Thema weichspülen kann.«* Na, damit ist es doch halbwegs wieder hingebogen. Nur gut, dass ich nicht Deutschlehrer geworden bin, wie ich es mal vorgehabt habe, Deutsch und Biologie. Das wären schöne Unterrichtsstunden geworden. Heute haben wir das Thema Regenwald. Hassan, was weißt du über den Regenwald, ja das stimmt, es regnet im Regenwald. Okay, noch mehr? Nein? Macht nichts, immerhin ist das ein Anfang für eine schöne Geschichte, vielleicht sollte sie von deutschen Touristen handeln, die nicht von ihrer Heimat loskommen.

Schlimme Nächte: Guayaquil

Heiko Werning

Wir hatten uns längst daran gewöhnt, dass, ganz gleich, wohin wir fahren wollten, höchste Gefahr drohte. Denn der Ecuadorianer lebt in einer eigenartigen Vorstellungswelt, die mich sehr an die meiner Mutter erinnert: überall, wo er nicht wohnt, ist es äußerst bedrohlich. Schon ins benachbarte Hamm ließ Muttern uns als Jugendliche ungern fahren, denn das sei ja schon Ruhrgebiet, und im Ruhrgebiet, da leben fremde Menschen. Arbeiter eben und der Arbeiter galt in Münster, einer reinen Verwaltungs- und Universitätsstadt, als unheimliche, latent gefährliche Kreatur. Schon weil er mitunter sogar SPD wählt. Eine fremde Welt eben. Ganz zu schweigen davon, dass im noch schlimmeren, aber keineswegs seltenen Fall der Arbeiter gar keine Arbeit hat, sondern vielmehr als Arbeitsloser seine Ruhrgebietsexistenz fristet, was ihn in den Augen des Münsteraners zur tickenden Zeitbombe und stetigen Bedrohung von Leib und Leben macht.

In Ecuador ist die Situation ähnlich, nur zusätzlich noch mit einer ordentlichen Portion Binnen-Rassismus aufgeladen. Wir waren bei einer freundlichen Familie der mestizischen Mittelschicht des hoch in den Anden gelegenen Quito untergekommen. Ihr Haus am Rand der Neustadt diente uns als Basislager, wenn wir einige Tage an der Universität zu tun hatten. Unser Forschungsgebiet war der Otavalo-See, der rund hundert Kilometer nördlich der Hauptstadt liegt. Für unsere Gastgeber war es vollständig unverständlich, dass wir immer wieder lebend und mit allen Gliedmaßen von dort zurückkehrten, denn Otavalo ist eine Hochburg der Indígenas und die hält der Mittelschichtsquiteño generell für im Dreck lebende, frauenverprügelnde und touristenausraubende Alkoholiker mit zahlreichen ansteckenden Krankheiten. In Otavalo dagegen wunderte die Indígena-Familie, bei der wir lebten, sich nach jedem unserer Aufenthalte in Quito, dass wir tatsächlich zurückkamen, denn die Hauptstadt galt als akut lebensbedrohlich und unwägbar gefährlich, Verbrecher lauerten an jeder Ecke und würden einen umbringen, sofern man nicht zuvor von einem der geistesgestörten Autofahrer umgenietet würde, und in Quito, das war klar, war jeder Autofahrer vollständig geistesgestört. Gleichzeitig warnten beide Parteien uns beständig davor, ins Tiefland zu fahren. Dort lebten nämlich die »monos«, die Affen, und gemeint waren selbstverständlich nicht die dort auch in Restbeständen vorkommenden Pelztiere, sondern ihre weitgehend nackigen Verwandten, die allesamt schwer bewaffnet und vollständig skrupellos seien. Entsprechend entsetzt waren unsere Gastgeber an beiden Orten, als wir verkündeten, ins Tiefland reisen zu wollen. Nachdem sie uns vergeblich die Gefahren ausgemalt hatten, zogen sie in ihrer Verzweiflung die letzte Trumpfkarte: außerdem gebe es dort Schlangen! Eben drum, antworteten wir vergnügt und zogen los. Traurig ließen unsere Gastgeber uns ziehen und wir hätten ihren Kummer nur noch steigern können, indem wir ihnen gesagt hätten, dass wir nach Peru, Brasilien oder in ein anderes südamerikanisches Land fahren, denn in einem waren sich Quiteños wie Indígenas vollständig einig: Ecuador ist die einzige Insel des Friedens und der Ruhe in einem Ozean aus Gewalt und Verderbtheit.

Wir hatten also gelernt, auf die Warnungen der Einheimischen nichts zu geben, und auch die *Dangers and Annoyances* im *Lonely Planet* sahen wir skeptisch. Die fielen zwar insgesamt deutlich mäßiger aus, aber was dort beispielsweise über die größte Stadt des Landes, Guayaquil, zu lesen war, schien uns arg übertrieben. Man solle sich dort generell nicht mehr nach Einbruch der Dunkelheit auf der Straße bewegen.

Wir kamen abends um zehn mit dem Bus in Guayaquil an. Wir nahmen uns ein Taxi und wollten erst mal ein Hotel suchen, so, wie wir es immer taten. Wo wir denn reserviert hätten, fragte der Taxifahrer und wir belehrten ihn, dass wir frei reisende, spontane Rucksacktouristen seien, wir würden keine Hotels reservieren! Er schüttelte den Kopf: Es sei aber schon nachts, da sei es nicht besonders klug, ohne feste Adresse nach Guayaquil zu kommen. Wahrscheinlich kommt der Mann aus Quito, dachte ich. Er solle uns einfach irgendwohin fahren, wo es in der Umgebung einige preisgünstige Hosterías gebe, wir würden uns schon durchschlagen. Das werde er auf keinen Fall machen, sagte der Taxifahrer recht bestimmt, es sei bereits nachts, da könne man hier nicht einfach durch die Straßen laufen. Er fahre uns jetzt zu einem Hotel und warte dann, bis wir ein Zimmer hätten. Wir wunderten uns noch ein bisschen mehr, aber ließen ihn gewähren. Wir wollten zwar auch noch einen kleinen Bummel durch die Stadt machen und vor allem nach der langen Busfahrt etwas essen gehen, aber er würde uns ja kaum die ganze Nacht bewachen, also konnten wir auch zuerst das Zimmer beziehen. Er fuhr uns durch die Stadt. Wir schauten ein wenig misstrauisch durchs Fenster. Das sieht ja finster aus, dachte ich, hoffentlich verarscht der uns hier nicht gerade und fährt uns in irgendeine miese Gegend, wo er uns dann ausplündert. Sämtliche Läden waren regelrecht verbarrikadiert, alle Schaufenster mit Gittern, meist aber durch massive Rollläden gesichert. Nirgends war etwas geöffnet. Dann hielt der Fahrer. Der ganze Straßenzug sah genauso tot und verbarrikadiert aus wie der Rest bislang. Nein, nein, versuchten wir ihm klarzumachen, wir wollten ins Zentrum, da gebe es doch eine Hotelgegend mit preiswerten Pensionen. Wir zeigten ihm unseren Stadtplan aus dem *Lonely Planet*, wo die Empfehlungen alle hübsch markiert waren. Er nickte, deutete auf einen Straßennamen auf der Karte, dann auf das Straßenschild neben uns, auf den Namen der *Hostería Maria* auf der Karte im Buch und auf das

Schild neben einem vergitterten Eingang: *Hostería Maria.* Wir waren da. Im laut *Lonely Planet* Rucksacktouri-Bezirk von Guayaquil. Wo auch die ganzen Restaurants sein sollten. Wir waren einerseits erleichtert, dass unser Taxifahrer uns offenbar doch nicht in die Falle locken wollte, andererseits erstaunt – wo denn die ganzen Restaurants seien, fragten wir ihn, wir wollten schließlich später noch was essen. Er wurde langsam unwirsch. Es sei nachts, wiederholte er, da könne man nichts mehr essen. Wir könnten ja in der Hostería fragen, ob wir dort noch etwas bekommen. Ich glaubte ihm kein Wort. Er musste einfach aus Quito kommen. Seit Monaten reisten wir im ganzen Land umher und bisher hatte es noch überall abends um zehn etwas zu essen gegeben, und ausgerechnet im Rucksacktouristenbezirk der größten Stadt des Landes sollte das nicht gehen? Absurd. Wenn wir noch etwas essen wollten, fügte der Fahrer an, dann könne er uns zum *Holiday Inn* oder zum *Best Western* bringen, das sei sowieso sicherer, die seien bewacht. Das aber wiesen wir empört von uns. Wir waren Rucksackreisende, wir gingen doch nicht in richtige Touristenhotels, ganz abgesehen davon, dass das unseren Finanzrahmen deutlich gesprengt hätte. Ich stieg aus und klingelte bei der *Hostería Maria.* Eine Klappe in der Tür ging auf, eine ältere Frau sah mich erstaunt an. Ob wir reserviert hätten, wollte sie wissen, sonst könne sie nichts für uns tun. Wenn das so weitergeht, würde Guayaquil mir allmählich auf die Nerven gehen, dachte ich. Wo wir denn vielleicht etwas kriegen könnten, fragte ich und sie empfahl mir nachdrücklich das *Holiday Inn* oder das *Best Western,* die seien sicher. Ich schaute mich um und erblickte gegenüber eine andere Hostería. Ich ging über die Straße, um dort zu fragen. Der Taxifahrer rief mir aufgeregt irgendetwas hinterher, aber ich wollte die Sache hier allmählich zu Ende bringen, ich hatte Hunger. Wir würden schon irgendwen Normales hier finden, der uns ein Zimmer gibt und dann sagt, wo wir was zu essen kriegen. Ich wollte gerade in den Hauseingang der *Hostería Guayas* treten, als plötzlich ein Mann im Tarnanzug vor mir stand und ein ziemlich martialisch aussehendes Gewehr auf mich richtete. Gut, die Sache war klar – Guayaquil ging mir tatsächlich auf die Nerven. Um nicht zu sagen: an die Nerven. Und zwar empfindlich. Ich wagte vor Schreck nicht, etwas zu sagen. Mein Gegenüber verhielt sich ähnlich. Mit heulendem Motor fuhr das Taxi vor, nachdem es eine rasante Wendung auf der engen Straße hingelegt hatte. Der Fahrer rief dem Typ mit der Knarre etwas in einem für mich völlig unverständlichen Dialekt zu, der ließ die Waffe sinken, schüttelte den Kopf und sagte, ich müsse entschuldigen, er sei hier für die Sicherheit zuständig. Der Taxifahrer hatte ihm die Lage offenbar erklärt, mit einer Kopfbewegung wies er zur Tür der *Hostería Guayas* und befahl mir, dort zu klingeln, er warte so lange und sichere die Lage. Mit weichen Knien ging ich dorthin. Ein hutzeliges Männlein ließ mich ein, es gab tatsächlich noch ein Zimmer, ich atmete auf. Wir trugen unser Gepäck hinein und gaben aus einem Gefühl der Demut unserem Fahrer ein Extra-Trinkgeld. Das Männlein zeigte uns unser Zimmer, es stank widerlich. Eine funzelige Glühlampe war die einzige Lichtquelle, die kaum ausreichte, den ganzen Raum zu beleuchten, aber es gab ohnehin nicht viel zu sehen. In der Mitte stand ein Bett, das war's. Die Matratze war mit einem Laken bezogen, das zahlreiche Flecken aufwies, die uns vermuten ließen, dass das Zimmer sonst eher halbstundenweise vermietet wurde. Die Luft war stickig und muffig. »Boah, mach das Fenster auf«, raunte Vera, dann sahen wir uns erstaunt um: es gab gar kein Fenster. Misstrauisch warfen wir einen Blick ins Badezimmer. Normalerweise bin ich durchaus nicht empfindlich, wenn mal eine Kakerlake über die Fliesen huscht, erst recht nicht, wenn es sich um die hübschen Totenkopfschaben handelt wie hier, aber ich sah ein: das waren zu viele. Sie waren in der Überzahl. Also halt nicht duschen. Und wohl auch nicht essen, denn nun wollten wir keinesfalls mehr einen Fuß vor die Tür setzen und auch nicht das Männlein fragen, ob es in der Küche noch etwas für uns gebe, da schien es uns noch appetitanregender, ein paar der Schaben in die Pfanne unseres kleinen Campingkochers zu hauen. Leider hatten wir kein Öl mehr.

Vera zog erst mal das Laken ab, weil sie meinte, darauf wollte sie jedenfalls nicht schlafen. Was darunter zum Vorschein kam, brachte uns allerdings beide sofort zu der Überzeugung, dass wir darauf erst recht nicht schlafen wollten. Ich unterdrückte einen Würgereiz, schon deswegen, weil ich mir auf keinen Fall von den Schaben einen freien Platz im Bad erkämpfen wollte, um mich vor die Kloschüssel knien zu können. Also gut: Wir bauten mitten im Zimmer unser Zelt auf. Das hatte eine solide Plastikplane als Boden und war mücken- wie schabensicher. Dass es darin schnell stickig wurde, war hier kein Argument. Es war eine furchtbare Nacht.

Am nächsten Morgen stellten wir dann fest, dass Guayaquil gar nicht so unangenehm ist. Es gab, wie sonst auch überall, nette kleine Restaurants, eine schöne Promenade am Guayas-Fluss, und vor allem einen kleinen Stadtpark, in dem jede Menge Grüne Leguane lebten, für die man von fliegenden Händlern Mangoscheiben kaufen konnte, die einem die Großechsen dann umstandslos aus der Hand zupften. Es war paradiesisch. Trotzdem sahen wir zu, dass wir bei Einbruch der Dunkelheit aus der Stadt verschwunden waren, und freuten uns über eine kleine Hütte am Rande eines Schutzgebietes mitten im Wald. Wir sollten auf die Schlangen achten, warnte uns die Vermieterin, die kämen oft bis auf die Terrasse. Kein Problem, beruhigten wir sie, wirklich kein Problem.

Käse nach Holland

Frank Sorge

Nach den Wutbürgern seien jetzt die Mutbürger gefragt, lese ich in der Zeitung. Wutbürger, Mutbürger, was kommt noch?

Hutbürger?

Glutbürger?

Blutbürger?

Brutbürger?

Flutbürger?

Knutbürger?

Hab schnell gegoogelt, gibt's alles schon. Und auch einen, der schon eine solche Zusammenstellung gemacht hat – wahrscheinlich vor Tagen. Und es gab auch schon welche, die mal was geschrieben haben, und sogar welche, die mal was vorgelesen haben. Gabs alles schon, was aber immer noch besser ist als: Gibt's nicht mehr. Amsterdam gibt's noch, kann ich berichten. Und den Frühling gibt's auch noch, der ist da schon etwas länger. Ist hängengeblieben, kommt aber gleich. »Süße, wohlbekannte Düfte, streifen ahnungsvoll das Land.« Ja, er ist's, ich hab ihn vernommen.

Wenn in Berlin die erste Sonne den Lenz ahnen lässt und die geheimnisvolle Strahlung die Büromolche auf die Straße zieht. Wenn man sich mehrfach gewandet unter dem Wintermantel an eine Straßenecke stellt, um ein paar vereinzelte, wohltuende Photonen durch den schmalen Schlitz zwischen Pudelmütze und dem um das Gesicht gewickelten Schal rieseln zu lassen. Und der Kragen hoch aufgeschlagen ist gegen den Ostwind, in dem jedes Wassermolekül ein Messer in der Hand hält. Dann ist in Amsterdam schon längst Frühling.

Zwei Wochen schon Frühlingswetter, erzählen die sommerlich gebräunten Freunde, die mit ihrem Schiff im Amsterdamer Hafen liegen. Wir haben eine größere Menge Käse im Kofferraum für sie dabei, weil er bei einem Besuch bei ihrer Mutter als Holländer zum in Deutschland gereichten Käse gesagt hatte: »Das ist ja mal ein guter Käse.« Seitdem schickt sie den immergleichen Käse mit aufs Schiff, wann immer es geht. Das könnten sie alles gar nicht verbrauchen, jammern sie, als wir einen streng riechenden Beutel und noch einen streng riechenden und noch einen dritten streng riechenden Beutel auspacken. Außerdem wäre es nicht unbedingt so, dass es hier im Supermarkt nicht auch Käse gäbe. Käse nach Holland zu tragen, das erinnere doch stark an eine ähnliche Konstruktion mit den Eulen und der Hauptstadt der Griechen.

In Amsterdam pflege ich zwei Rituale: Ein Kaassouffle aus einem speckigen Imbissautomaten ziehen und ein Besuch im Coffee Shop. Einen warmen panierten Käse für gerade mal etwas mehr als einen Euro aus einem Automaten ziehen zu können, das ist mein ganz persönliches Paradies in der Fremde, mein Traum einer idealen Welt. In der zu leben ich allerdings recht schnell mit einer Verdopplung meines Körpergewichts bezahlen würde. Aber egal: Das Kaassouffle ist der Rausch für den Körper, der Coffee Shop der Rausch für die Seele. Oder der Rauch für die Seele. Obwohl viel wichtiger als das Rauchen das Kennernlernen fremder Raucher ist, mit denen man sich in zeitlich unübersichtliche, stolprige Konversationen von hier bis Buxtehude, Mars, Sonne, New York und zurück begeben wird.

Am Imbissautomaten sehe ich den ständigen Strom der Touristen. Große Gruppen, kleine Gruppen, hintereinander gruppierte Gruppen. Und überall der süße Duft des Frühlings. Zudem hat der Holländer und Hollandbesucher schon das meiste von dem abgeworfen, was in Berlin noch am Körper klebt. Socken, Strumpfhosen, Mäntel,

Pullover, Mützen, Schals, alles schon wieder im Keller. Hier herrscht schon die Sandale und Tausende um Tausende von fremden Latschen stürmen die Stadt, ein Frühlingsfest.

Im Coffee Shop dauert es keine Minute am Tresen, als ich meinen Gesprächspartner für die nächsten ein bis zehn Stunden gefunden habe: ein nicht mit allen Gepflogenheiten vertrauter, älterer Kanadier, der nimmt, was ich nehme, und mich fragt, ob wir zusammen rauchen wollen. Mit Kaffeetassen und Rauchware geht es also auf den Balkon, von dessen sicherer Warte wir die nackten Waden der Vorbeischlendernden beobachten können. Er stellt sich als Mike vor, ist seit dreißig Jahren verheiratet, Ingenieur und er baut Panzer. Beziehungsweise kauft er Panzer, vor allem auch deutsche Panzer, und baut sie dann um. Ob ich gedient hätte? Nein danke, sage ich und erläutere den abgeleisteten Zivildienst. Außerdem wäre es ja vorbei gerade mit der Armee in Deutschland, sage ich, vorgestern zack, war sie schon abgeschafft. Die Armee? Nein, die Wehrpflicht. Aber Wehrpflicht kennt er nicht, vermutlich kennt er nur Wehrfreiwilligkeit. Was ich wohl machen würde, wenn sie denn kommen, sagt er. Die Araber, die uns alle abknallen wollen? Ob ich es da nicht auch sicherer fände, im Panzer zu sitzen, als draußen zu stehen? Aber wenn ich im Panzer sitze, sage ich, dann bin ich doch das Ziel und nicht, wenn ich draußen stehe.

Er selbst war dreißig Jahre in der Armee, vor dem Job jetzt, erzählt er. Dreißig Jahre Ehe, dreißig Jahre Armee – hatte außerdem ziemlich genau seit Geburt der Kinder keinen und jetzt auch schon wieder vier Jahre keinen Sex mehr und fast nur selbst angebautes Gras in Kanada – ein wenig würde er sich in Amsterdam schon in jeder Richtung mal umgucken. Gleich um die Ecke liegt das Rotlichtviertel, in dem die Frauen hinter der Scheibe stehen – einen Besucher kenne ich jetzt.

Nach einer ungeklärten Zahl von Erdumdrehungen muss ich los, um mit den anderen Käsefondue auf dem Schiff zu essen, und er muss mit seinem Geschäftspartner noch etwas essen gehen. Mit freudigem Gruß gehen wir unserer Wege. Das ist ein Coffee Shop.

Es ist nicht wie der andere Ort, an dem sie grölen oder jeder Beweglichkeit beraubt das Klo in hohem Bogen besprühen. Wo sie mit dem Stuhl umkippen und scharlachrote Hälse haben. Es ist keine Kneipe, sondern etwas anderes. Dann wiederum ist es doch eine Kneipe, man muss es sich aber so vorstellen, als gäbe es in ganz Europa nur Kneipen in Deutschland. Und auch hier im Wesentlichen nur in den Großstädten und streng kontrolliert. Die ganze Welt würde, wenn sie nach Berlin käme, in großen Scharen in den Wedding reisen, um einmal im Leben zwei Schnäpse im Ecklokal trinken zu können, ohne sich in irgendeiner Weise strafbar oder unmöglich zu machen. Und vielleicht wird es ja einmal so sein, alle Zeichen deuten dahin, unsere Enkel werden womöglich den Kopf schütteln über ihre Großeltern, wenn die ihnen erzählen, in ihrer Jugend hätten sie ständig Alkohol getrunken. »Boah, was wart ihr denn für Junkies?«, werden sie sagen und es kaum glauben. Klar, denken sie, da haben Oma und Opa in ihrer Jugend mal an *einer* Bierflasche genippt und schon behaupten sie, man hätte sich damals wirklich mehrmals im Jahr betrunken.

Das ist natürlich Quatsch, denken wir jetzt, das Trinken wird doch niemand verbieten. Aber wartet es nur ab, wenn sich die Wutbürger die Flutbürger vornehmen wie jetzt schon die Glutbürger und dabei erst richtig zu Blutbürgern werden. Vor hundert Jahren hätte auch niemand gedacht, dass man eine so praktische Wald- und Wiesenpflanze weltweit mal für Teufelszeug halten würde.

»Verdammtes Teufelszeug«, denke ich, als ich eine Weile hemmungslos im Kreis und dann konsequent in die falsche Richtung gelaufen bin. Ich bleibe kurz stehen, lausche dem Klackern der Sandalen und versuche, meinen richtigen Kurs nach der Sonne zu bestimmen. Sie geht grad unter und im Norden liegt das Schiff – mir ist gar nicht kalt.

V. Parallelgesellschaftskunde

Aus alt wird neu

Robert Rescue

Als meine letzte Jobcenter-Maßnahme zu Ende ging und ich wieder nach Moabit fahren musste, um mich arbeitslos zu melden, kam mir ein merkwürdiger, ein naiver Gedanke. Ich glaubte, dass sich nach neun Monaten Abwesenheit dort etwas positiv verändert haben könnte. Ich hoffte, dass die Atmosphäre unter den Wartenden besser geworden wäre und sich die Antragsabgabe unkomplizierter gestalten würde.

Dabei sprachen die Vorzeichen eine andere Sprache. Meine Kollegen und ich rätselten, welches Formular wir abgeben mussten. Einen Weiterbewilligungsantrag, weil wir zwar irgendwie Arbeit gehabt hatten, aber eigentlich auch wieder nicht, oder einen Neuantrag, weil wir ein Dreivierteljahr lang raus aus der Statistik waren? Einige Kollegen fuhren früher als ich nach Moabit und die Ergebnisse waren widersprüchlich. Einige hatten einen Weiterbewilligungsantrag gestellt und der war kommentarlos angenommen worden, andere einen Neuantrag, der auch nicht beanstandet worden war. Die nächste Frage war, ob man den Antrag persönlich abgeben musste oder ob es reichte, ihn draußen in den Briefkasten zu werfen? Die einen machten es so, die anderen so, und beides schien in Ordnung zu gehen. Irgendwie erweckte es den Eindruck, als wüssten wir nach neun Monaten Jobcenterabwesenheit nicht mehr, wie Arbeitslosigkeit geht. Ich entschloss mich zu einem flexiblen Vorgehen. Ich lud beide Formulare herunter und füllte diese am Computer aus, im Wissen, dass die Sachbearbeiter die handschriftlichen und oft unleserlichen Anträge zum Kotzen fanden und viele deshalb sofort ablehnten. Ich füllte auch sämtliche Zusatzformulare aus, obwohl dort oft dieselben Fragen zu beantworten waren wie im Hauptantrag. Jedes Formularpaket heftete ich mit einer hellgrünen Büroklammer und nach einer Ordnung zusammen, von der ich glaubte, dass sie dem Sachbearbeiter Tränen der Freude in die Augen treiben würde. Ich fühlte mich für alle Fälle gerüstet und fuhr nach Moabit.

Die Schlange vor den Countern war kurz und es ging zügig voran. Erneut glaubte ich, im Jobcenter hätte sich was zum Besseren getan. Als ich den Counter erreichte, zerstoben meine Hoffnungen:

»Gehen Sie links durch den Gang bis in den Warteraum und ziehen Sie dort eine Marke. Sie werden aufgerufen und erhalten einen Termin, zu dem Sie Ihre Unterlagen abgeben können.«

Ich schaute ihn verständnislos an.

»Sie waren über sechs Monate nicht mehr hier, deshalb gelten sie als Neukunde«, erklärte mir der Mitarbeiter. »Die Kollegen hinten geben Ihre Daten ein und versorgen Sie mit den nötigen Antragsunterlagen.«

»Aber was ist mit meinen ganzen Jahren der Arbeitslosigkeit?«, fragte ich zurück. »Was ist mit den Webmiles, den Payback-Punkten? All die ganzen angesammelten Jahre?«

»Die sind verfallen«, erklärte der Mitarbeiter. Ich war verdattert und ging in Richtung Warteraum. Es dauerte eine Dreiviertelstunde, bis meine Nummer aufgerufen wurde. Kurz darauf saß ich einer jungen Frau gegenüber und legte ihr meine Anträge hin. »Die habe ich runtergeladen und am Computer ausgefüllt, damit Sie diese besser lesen können«, erklärte ich. Die junge Frau warf nur einen kurzen Blick darauf. Sie gab Daten in den Computer ein. Dann legte sie mir noch zwei weitere Formulare hin und druckte mir einen Zettel aus. »Hier ist Ihr Termin. Da erscheinen Sie und geben den Antrag ab und zwar handschriftlich. Wir beschäftigen Graphologen, die anhand der Handschrift etwaige Krankheitsbilder bei Ihnen erkennen und damit Ihre Vermittlungschancen bestimmen können.« Dann nahm sie meinen Stapel Formulare und steckte ihn in den Papierkorb.

Eine Woche später erschien ich abermals beim Jobcenter. Die Anreise war stressig, denn an diesem Tag war erstmals Schnee gefallen in Berlin und natürlich ging die S-Bahn kaputt. Ich hatte gemeinsam mit zwölftausend Pendlern morgens um acht Uhr die letzte S-Bahn der Ringbahn in Richtung Beusselstraße bekommen und kam fünf Minuten zu spät.

»Ich hatte sie um 8:30 Uhr das erste Mal aufgerufen«, sagte die Sachbeabeiterin, als sie mich um neun Uhr ein weiteres Mal aufrief.

»Es gab Probleme mit der S-Bahn«, erklärte ich. »Eine Kollegin von Ihnen meinte im Flur, sie sei bereits seit zwei Stunden unterwegs.«

»Das interessiert mich nicht, was meine Kollegen treiben. Von meinen Kunden erwarte ich Pünktlichkeit. Ich streiche Ihnen für einen Monat das Geld. Geben Sie mir die Unterlagen.«

Ich hatte sämtliche Formulare nochmals handschriftlich ausgefüllt, aber einen Computerausdruck auch dabei. Ich konnte nicht verstehen, warum ihre Kollegin meine Formulare vernichtet hatte. Die Sachbearbeiterin besah sich beide Formularberge, nahm schließlich den handschriftlichen und steckte ihn in den Papierkorb.

»Ich nehme an, Sie waren neulich bei Frau Kromberger, richtig?«

Ich nickte.

»Und sie hat Ihnen diese Geschichte mit den Graphologen erzählt?«

Abermals nickte ich.

»Frau Kromberger hat ein Problem mit den Arbeitsinhalten hier. Sie hasst Computer, seit ihr Mann sie verlassen hat, weil er bei einer Partnerbörse im Internet eine andere gefunden hat. Wir würden sie gerne anderweitig einsetzen, aber da alle Arbeitsplätze hier computergestützt funktionieren, ist das schwer möglich. Sie sind übrigens der Erste, der über sie gekommen ist und trotzdem Ausdrucke angefertigt hat. Die erleichtern mir die Bearbeitung enorm. Bevor Sie sich jetzt freuen – einen Monat sperre ich Ihnen das Geld trotzdem, denn Sie bekommen noch ein Gehalt vom Maßnahmeträger. Wundern Sie sich also nicht, wenn Sie in ein paar Tagen einen Bewilligungsbescheid und einen Tag später einen Ablehnungsbescheid erhalten. Erfreulich ist zudem, dass Sie alle Formulare beigefügt und mit der Farbe der Büroklammern sogar meine Lieblingsfarbe gewählt haben. Endlich mal jemand, der weiß, was er tut, kann ich da nur sagen. Sollten Sie in nächster Zeit aus ihrem Umfeld die Kritik hören, Sie würden Ihr Leben nicht auf die Reihe bekommen, dann können Sie entgegen, dass Sie zumindest auf dem Amt Kompetenz bewiesen haben. Als Belohnung schicke ich Sie jetzt noch zu Ihrem Arbeitsvermittler zum Erstgespräch. Herr Molke ist allerdings nicht mehr Ihr Arbeitsvermittler, sondern Frau Geißler, aber weil die in Urlaub ist, übernimmt Herr Molke die Vertretung.«

Auf dem Weg zu Herrn Molke traf ich auf eine Veränderung, etwas, das es früher nicht gegeben hatte. Am Aufzug stand ein besoffener Mann. Verkatert wäre nicht so das Problem gewesen und drei Bier auch nicht. Aber dieser Mann kam gerade aus der Kneipe und hatte sich lange dort aufgehalten. Während wir auf den Aufzug warteten, stierte er mich mit glasigen Augen an. Ich war überrascht, wie er hierher gelangen konnte. Früher wurden Kunden, die vor ihrem Termin erst mal in der Stammkneipe Gesprächsthemen gesammelt und dabei den Durst gestillt hatten, von der Security abgefangen und nach Hause geschickt. Offensichtlich überließ die Sicherheit den Mann nun der Obhut seines Arbeitsvermittlers, der wiederum die Sicherheit rufen würde. »Biste zum ersten Mal hier?«, hörte ich es von dem Besoffenen. Ich überlegte einen Moment und antwortete dann: »Ich bin mit den Gepflogenheiten dieses Hauses vertraut« und fügte nach einer Pause hinzu: »Glaube ich zumindest«. Der Betrunkene brauchte eine Minute, bis er meine Aussage verarbeitet hatte und das Gehörte mit den Worten kommentierte: »Du bist eher so ein Gehirnorientierter, was?«

Ich verzichtete auf eine Antwort und als er im zweiten Stock ausstieg, schubste er zwei Frauen weg, die einsteigen wollten.

Bald darauf rief mich Herr Molke auf und zu meinem Glück verzichtete er darauf, mich zu fragen, ob die Maßnahme mir was gebracht hatte. Herr Molke entpuppte sich bald als der angenehmste Arbeitsvermittler, den ich je kennengelernt hatte. Er ging seinen Job mit Humor an und das fand ich sympathisch. »Wie viele Bewerbungen wollen Sie denn künftig monatlich machen?«, fragte er mich. »Zwei, vier, sechs oder zehn?«

»Sechs«, antwortete ich und hoffte, dass meine Antwort sachbearbeiterkonform ausgefallen war. So etwas hatte mich noch keiner gefragt. »Na, dann sagen wir fünf«, entgegnete er. Kurz darauf kam ein Kollege rein: »Draußen sitzt der Herr Friedrich und meint, er hätte es eilig, weil er noch zur Arbeit muss.«

»Dann hätte er früher hier erscheinen sollen«, antwortete Herr Molke und damit war das Thema für ihn erledigt. »Für Sie, Herr Rescue, habe ich hier noch ein paar Broschüren. Eine zum Thema Ortsabwesenheit und hier eine Einladung zur Bildungsmesse. Falls Sie Lust haben. Übrigens, die Kollegin Majakowski hat eine Mail rumgeschickt, dass Sie der Erste sind, der den Neuantrag komplett abgegeben hat. Das mit den Büroklammern hat sie besonders gefreut. Gute Leistung, Herr Rescue. Wenn Sie demnächst mal in Ihrem Umfeld die Kritik hören, in Ihrem Leben keine spektakulären Handlungen zu begehen, und daher als uninteressant gelten, dann erzählen Sie von Ihrer Antragsabgabe bei Frau Majakowski. Und wenn Ihre Leute das nicht spannend finden, dann erwähnen Sie noch, das Sie beim Neuantrag auf ALG II auf der ersten Seite Ihre Bedarfsgemeinschaftsnummer angegeben haben, obwohl jemand, der einen Neuantrag stellt, so eine Nummer eigentlich gar nicht haben kann. Sie haben eine Widersprüchlichkeit gelöst, ohne nachzufragen. Das ist eine große Leistung.«

Dann war ich entlassen. Auf dem Weg nach Hause überlegte ich, dass nur noch gefehlt hätte, dass sie mir beim Jobcenter einen Job anbieten. Aber vielleicht war ich dafür noch nicht reif genug. Wie reif musste man dafür sein? Reif für die Insel?

Am S-Bahnhof Beusselstraße fuhr nichts mehr in Richtung Wedding. Ich erwischte eine Bahn in Richtung Jungfernheide. Dort stieg ich in die U7 bis zur Bismarckstraße, wechselte auf die U2 bis zum Zoo, stieg dort in die U9 bis zum Leopoldplatz und lief den Rest des Weges nach Hause. Es war ein großes Abenteuer.

Eine Woche später erhielt ich den Bewilligungsbescheid und anderntags den Ablehnungsbescheid. Frau Majakowski hatte mit einem hellgrünen Kugelschreiber einen Smiley reingemalt. Das fand ich nett.

Notizen vom Nacktbadestrand

Volker Surmann

14.50 Uhr
Ich erreiche die kleine Nacktbadestelle am Flughafensee. Sie ist gut gefüllt. Ich suche mir einen Platz auf der Sandböschung, breite mein Handtuch aus und entblättere mich.

14.55 Uhr
Ich schaue mich um. Bestandsaufnahme. Offensichtlich viele Stammgäste, zahlreiche betagte Herrschaften mit dem tiefbraunen Teint abgetragener Lederslipper. Ihre Haut hat derart viel Sonne abbekommen, dass sie so trocken ist, dass jede Hautkrebszelle – hoffungsfroh angelockt durch all die Apotheken-Umschau-Warnungen, zu viel Sonne mache Krebs – hier unweigerlich verdursten muss.

Tagein, tagaus liegen die Stammgäste hier. Vielleicht lagen sie schon in ihrer Jugend nackt in ihren Schrebergärten, dann kam der Flughafen Tegel, man hat den Flughafensee gebuddelt und seitdem liegen sie halt nackt am See, wer weiß. Die Stammgäste sind da, wenn man kommt, sie sind da, wenn man geht.

Es gab mal eine Science-Fiction-Serie aus den frühen Neunzigern, *Earth II* hieß sie, da siedelten interplanetarische Auswanderer auf einem vermeintlich unbewohnten erdähnlichen Planeten. Aber es lebten dort Wesen, vulkanaschefarbene schweigsame humanoide Lebensformen, allerdings unter der Erde, und sie waren in die Lage, blitzartig aus dem Sandboden hervorzuschießen. *Tsa-*

wuschsch, machte es und plötzlich standen sie vor den Siedlern und machten »Buh!«

So ähnlich stelle ich mir die Existenz der Stammgäste vor. Morgens, sobald die Sonne ihre ersten warmen Strahlen auf den Sand ausstreckt, macht es *Tsa-wuschsch* – und die Alten fahren aus dem Sand raus und legen sich hin. Dann macht es noch mal leise *tsiwischsch* – und ein Rätselheft fährt aus dem Sand hoch und schlägt sich auf.

Die Stammgäste kennen sich untereinander. Sie sind es, die für Ordnung sorgen an der Badestelle und den Müll einsammeln, Hausmeister des Nudismus. Einschreiten müssen sie selten. Es ist meist angenehm still an Nacktbadestränden. Affiges Gegröle von Männern gibt es hier nicht. Denn wer sich aufspielt, weiß, dass alle Theorien zu Motiven männlichen Imponiergehabes mit einem Blick überprüfbar sind.

15.40 Uhr

Das Liegen am Hang ist einerseits ganz angenehm, es hat aber auch praktische Nachteile. Man rutscht immer ein wenig weiter runter. Ein Frotteehandtuch kann auf Sand ähnliche physikalische Eigenschaften wie ein Surfbrett auf einer Welle entwickeln, nur langsamer. Mit dem wahnwitzigen Tempo von knapp 0,1 Stundenmetern surfe ich auf meinem Handtuch den Hang hinab.

Zweiter Nachteil der Hanglage ist, dass man manchmal Ausblicke erhält, die man nicht gar nicht haben möchte. Auf dem Handtuch über mir hat sich eine Frau ausgebreitet. Leider so richtig. Das Zentrum dieser Ausbreitung ist glatt rasiert. Ich bekomme Aus- und Einblicke, die einem homosexuellen Mann kein Wohlbehagen bereiten. So also hat man sich das vorzustellen. Jetzt hab ich auch mal eine Klitoris gesehen. Bekommt man als Schwuler ja eher selten zu Gesicht.

Klitoris. Wie das klingt. Könnte auch eine Balkonpflanze sein.

Geranien, Iris, Tagetis, Klitoris. »Ach, Frau Nachbarin, Ihre Klitoris blühen dies' Jahr ja wieder so schön …«

15.41 Uhr
Gucke doch lieber woanders hin. Neben mir liegt plötzlich ein wild gemusterter Teppich mit in sich verschlungenen schwarz-grün-roten Ornamenten aus den tiefsten Siebzigerjahren. Plötzlich bewegt sich der Teppich. Ach so, ist nur ein tätowierter Rücken.

So ändern sich die Zeiten. Lagen in den Siebzigern noch blassrosa Menschen auf wild gemusterten Handtüchern, liegen heute wild gemusterte Menschen auf monochromer Frottierware von IKEA.

Ich betrachte das Tattoo wie bei diesen Aufgaben in Kinder-Rätselheften, »Welcher der fünf Fäden führt von A nach B?«, verheddere mich aber immer wieder in einem Ornament zwischen den Schulterblättern.

15.50 Uhr
Sonnenbrillen sind praktisch. Man kann still und in aller Ruhe Tattoos studieren oder Leute beobachten, ohne dass die es mitbekommen. Meine Sonnenbrille ist mir peinlich. Ich hab sie mir mal für fünf Euro für eine *Brauseboys*-Aktion gekauft und ich trage sie nur, weil meine andere Sonnenbrille kaputt ist. Sie ist mir peinlich, denn es ist eine Berlin-Mitte-Sonnenbrille, die groß und gewölbt ist und irgendwie überall übersteht. Immerhin hat sie kein Neongestell. Andererseits sind wir am Nacktbadestrand, hier ist nichts peinlich. Einige Herrschaften tragen noch viel unansehnlichere Wölbungen mit sich herum.

16.10 Uhr
»Ey, zieht euch mal was an, das ist ja widerlich, was man da sieht!«

Dass es in Berlin tatsächlich noch Menschen gibt, auf die Nacktheit provozierend wirkt, finde ich fast schon wieder drollig. Ein paar

Jugendliche ohne Migrationshintergrund, vermutlich sogar komplett ohne Hintergrund, pöbeln vom Weg runter.

Der Tattoo-Mann ruft zurück: »Haltet mal den Mund, das ist ja widerlich, was da rauskommt.«

Ich denke: Ui ui ui, jetzt gibt's Ärger. Als Nächstes wird ein Kampfhund die Böschung runterspringen und versuchen, das Muster vom Teppich abzukauen. Stattdessen kurz Stille, dann von oben: »Ey, das ham wir jetzt nicht verstanden.«

16.35 Uhr

Die älteren Stammgäste haben Rätselhefte oder liegen wie tot im Sand – vielleicht, um sich schon mal an dieses Gefühl zu gewöhnen. Andere hören Musik aus Kopfhörern oder schreiben – wie ich oder der Mann neben mir. Was schreibt er? Ich schiele rüber. »Psalm 85« steht als Überschrift. Darunter fleißig Notizen. Schau an, offenbar ein Pfarrer hier am Nacktbadestrand, der seine nächste Predigt vorbereitet. Ob seine Gemeindeglieder ihn schon hier so angetroffen haben? Hätte ich damals meinen Pastor nackt sehen wollen? Wie begegnet man seinem Pfarrer, wenn man weiß, dass sein Hintern behaart ist wie ein Yeti und Gott der Herr ihn nicht nur an Haaren gut ausgestattet hat?

Psalm 85 muss er beackern. Eine flehende Bitte an Gott, von seiner Ungnade abzulassen: *»Willst du denn ewiglich über uns zürnen und deinen Zorn gehen lassen immer für und für? Willst du uns denn nicht wieder erquicken, dass sich dein Volk über dir freuen möge? Herr, erzeige uns deine Gnade und hilf uns!«* – Genau die richtige Lektüre für einen entspannten Nachmittag am Nacktbadestrand.

16.47 Uhr

Zwei Handtücher weiter, zur Rechten des Pfarrers, hat Gott der Herr plötzlich einen lockigen Adonis hingelegt: Schlank, drahtig, aber nicht unmuskulös, Anfang zwanzig, lange dunkelblonde Locken – ein holder Jüngling, bildschön und makellos wie aus einem feuchten Traum von Thomas Mann entsprungen. Bin plötzlich sehr glücklich über meine riesige verspiegelte Sonnenbrille. Der Adonis schaut versonnen in ein Buch.

16.56 Uhr
Neben mir nimmt gerade ein Nackter Mitte vierzig erst ein Handy-Gespräch entgegen und dann eine Bestellung über zwanzig Quadratmeter Rollrasen. »Schicken Sie mir das noch mal per E-Mail? Ich bin gerade nicht am Platz«, versucht er eine geschäftsmäßige Atmosphäre herzustellen, in die zwei Kinder laut hineinplatschen, die gerade Arschbombe üben. »Ja, ich bin gerade aushäusig«, versucht er sich zu retten.

17.24 Uhr
Die Schönheit des Adonis strahlt mich weiterhin an. Dann fällt mir auf, dass sie so strahlt, weil ich ihn die ganze Zeit über die getönten Gläser meiner Sonnenbrille hinweg anglotze. Überdies fällt mir auf, dass der Adonis gar nicht mehr in sein Buch guckt, sondern grimmig darüber hinweg, zu mir. Gott sei Dank ist meine Sonnenbrille so groß, dass sie den größten Teil der Röte in meinem Gesicht abdeckt.

18.10 Uhr
Erste Baumkronen schieben sich vor die Sonne. Die Schatten werden länger. Jetzt merke ich, dass all die Stammgäste die sonnensichersten Flecken an der Böschung belegt haben.

Ein Handy klingelt. Offenbar das des Pfarrers, der gerade im Wasser ist. Wer sonst sollte hier am Nacktbadestrand eine Ruftonmelodie von Paul Gerhardt haben? Ob man die auch bei Jamba runterladen kann? Oder ob es da spezielle Downloadportale gibt? *»Das Zimbel Klingelton-Abo. Wähle 0900-8888-1 für ›Urbi et Orbi‹ featuring*

Pope Benedect Sixteen, 8888-2 für ›Herr, deine Liebe ist wie Gras und Ufer‹ im polyphonen Midisound und 8888-3 für den ›Best-of-Paul-Gerhardt-Remix‹. Zimbel.de – und Gott klingelt auch bei Dir.«

18.21 Uhr
Ich ziehe mich an und packe meine Sachen. Der Pfarrer mit dem haarigen Po schwimmt noch immer. Sein Handy klingelt wieder. Ich verlasse den Nacktbadestrand. Was für ein schöner Nachmittag, denke ich, und das Handy des Yeti-Priesters singt dazu, immer leiser werdend: *»Die güldne Sonne voll Freud und Wonne ...«*

Unter Tage

Hinark Husen

Die meisten Kinder sind ja sehr neugierig, was der Vater eigentlich so arbeitet, wenn er es denn tut, und auch mir und meinen Geschwistern ging das so. Ich bin allerdings der Einzige in der Familie gewesen, der zumindest für drei Wochen mal in seine Fußstapfen getreten ist.

Ein Ferienjob in der nördlichsten Steinkohlenzeche Deutschlands. Hier lagert die Kohle in den sogenannten Flözen, das sind die steinkohlehaltige Schichten in einer Tiefe von über tausend Metern. Allein der Weg zum Arbeitsplatz ist ein einziges Abenteuer. Zunächst geht's in die sogenannte Weißkaue, in der die normale Kleidung nicht in Spinden, sondern in Körben an der Decke aufgehängt wird. Dann geht's nackig weiter in die Schwarzkaue, wo die dreckigen Arbeitsklamotten hängen. Ein System, wahrscheinlich so alt und bewährt wie der Bergbau selbst. Und dann ab mit dem Förderkorb in die Gedärme der westfälischen Heimat. Unten angekommen, immer noch mit einem leichten Druck auf den Ohren, werden die Kumpel auf die unterschiedlichen Arbeitsteams verteilt. Ein schnelles Vorlesen der Nachnamen und schwuppdiwupp geht's los.

Gleich am ersten Tag bin ich aufgrund einer Namensverwechslung beim falschen Trupp mitgelaufen. Als Ferienjobber durfte man eigentlich nicht zum sogenannten Streckenvortrieb, wo mit einem riesigen zahnradartigen Bohrer neue Schächte ausgehoben wurden. Aber zurückschicken konnte man mich nicht, man wusste gar nicht, wohin, und der Vorarbeiter wollte auch nicht dafür verantwortlich sein, einen ahnungslosen Gymnasiasten in den kilometerweit verzweigten Stollen herumirren zu lassen, wenngleich er diese Idee im Innersten wohl durchaus für lustig gehalten haben mochte. Nun, beim Vortrieb angekommen, wurde erst mal ausgiebig gefrühstückt und Zeitung gelesen. Später durfte ich mal das ein oder andere Werkzeug anreichen, zumindest die Werkzeuge, die ich erkannte und mit Namen benennen konnte. Was damals wie heute übrigens verschwindend wenige sind. Meine Tätigkeit umfasste an diesem Tag nicht viel mehr, als entweder zu gaffen oder zumindest nicht im Weg zu stehen. Nach der Mittagspause wurde ich inständig darum gebeten, die Bild-Zeitung möglichst vollständig zu lesen, ja, auch die Anzeigen. »Und wenn du was Lustiges findest, kannst du's ja zum Besten bringen.« Vielleicht wurde hier der Grundstein für meine Vorlese-Karriere gelegt. Tatsächlich war ich an diesem Ort zu nichts anderem zu gebrauchen, als mal gelegentlich etwas vorzulesen. Ich hätte am nächsten Tag eigentlich wieder falsch mitgehen und ein bisschen abwechslungsreichere Lektüre mitbringen sollen. Vielleicht hätten wir da unten ja auch einen Lesekreis gegründet. Aber die nächsten Tage war ich damit beschäftigt, defekte Neonröhren auszutauschen.

Das Beste an diesem Ferienjob waren die abendlichen Besuche in der Dorfdisco. Jetzt gehörte ich endlich auch zu den coolen Jungs, die man sofort erkennen konnte und auf die die Mädchen flogen. Das Geheimnis dieser Kumpel war ihnen an den Augen abzulesen. Während man durch das gemeinschaftliche Duschen nach der Maloche, das sogenannte Buckeln, den Kohlenstaub überall wegbekam, wofür man sich in einen Kreis stellte und dem Vordermann den Rücken wusch, die Stelle, wo man beim besten Willen nicht alleine rankam, gab es noch eine andere Problemzone und das waren die Augenlider. Mit Seife mochte man hier nicht so richtig arbeiten, da waren auch die Kumpel empfindlich. Außerdem wirkte der Kohlenstaub wie total coole Wimperntusche. Es war die Zeit des Glamrock, die Hochphase David Bowies und all der angemalten Rockstars. Und allein das bisschen Kohlenstaub um die Augen machte einen richtigen Kerl aus dir, weil du's dir ja hart erarbeitet hast, und du sahst dabei auch noch so was von sexy aus ... Da hatten wir als picklige Abiturienten natürlich nie eine echte Schnitte gegen die Kerle vom Pütt. Und *richtige* Wimperntusche hätten wir nie so perfekt an Ort und Stelle gebracht.

Dummerweise kam ich nur einmal in den Genuss dieses Staubes, an meinem ersten Arbeitstag beim Streckenvortrieb. Die weiteren Wochen war ich, wie erwähnt, damit beschäftigt, defekte Neonröhren auszuwechseln. Das gab leider nie genug Dreck her, der hängen blieb. So verblasste mein Kohlen-Kajal alsbald. Abgesehen davon merkten die Mädels ohnehin recht schnell, dass das mit der Proletenschminke bei mir irgendwie anders wirkte. Wahrscheinlich merkten sie, dass ich eigentlich noch liebend gerne etwas Lipgloss dazu aufgetragen hätte ... und ob du mir mal dein Rouge leihen könntest?

Briefe, die einer schrieb, bevor er an den Folgen einer Mandel-Operation zugrunde ging

Paul Bokowski

Am kommenden Montag lasse ich mir in der Hals-Nasen-Ohrenklinik meines Vertrauen meine Mandeln entfernen. Eine sogenannte Tonsillektomie ist im Grunde ein ganz harmloser medizinischer Eingriff, bei dem die Mandeln mit kleinen Schlingen umfasst und herausgeschält werden. Sollte ich dennoch bei diesem eher unbedenklichen Eingriff dahinscheiden, so möchte ich höflichst darum bitten, die folgenden Briefe ihren rechtmäßigen Empfängern zuzustellen:

I

Lieber Thomas,
vermutlich bist du der Erste, der von meinem Tod erfährt. Wer hätte gedacht, dass einem Arzt im Praktikum gelingen würde, was einige Bus- und Taxifahrer Berlins seit so langer Zeit versuchen.

Du bist mir all die Jahre ein treuer Freund gewesen und ich möchte dir für unsere gemeinsame Zeit danken, bis auf diese absurden Skat-Abende mit deinem neuen Freund. Ich kann nicht begreifen, warum du dich derart unter Wert verkaufst. Er muss einen unglaublich großen Penis haben! Du wirst mir diese letzte Direktheit verzeihen, muss ich doch zugeben, nicht so recht zu wissen, mit welchen Worten ich mich von einem intelligenten und vor allem rationalen Menschen wie dir verabschieden könnte.

Deshalb mache ich es kurz:

Tschüssikowski,

Dein Paul

2

Liebe Großmutter,

wie geht es dir? Ich weiß natürlich, dass wir erst Mitte August haben, aber könntest du mir mein diesjähriges Weihnachtsgeld und vielleicht auch gleich noch den Anteil meines Erbes ein klein wenig früher schicken?

Ganz liebe Grüße!

Dein Lieblingsenkel Paul

3

Lieber Thomas,

jetzt sind mir doch noch ein paar tröstende Worte eingefallen: Die PIN meiner beigelegten EC-Karte lautet 8874.

4

Lieber Herr Müller-Lehmann,

ich bin mir nicht sicher, ob Sie sich noch an mich erinnern. Sie waren von 1996 bis 98 der Vertrauenslehrer an meiner Schule und darüber hinaus mein Lehrer im Fach Deutsch. Einmal, vielleicht erinnern Sie sich noch, haben Sie unter eine meiner Deutscharbeiten geschrieben, ich solle doch endlich die Hoffnung aufgeben, ein zweiter Georg Büchner zu werden.

Anbei nun ein Freiexemplar meines ersten Buches, ein paar Fragmente meiner weiteren Arbeiten und die Information, dass ich mit Mitte zwanzig an den Folgen einer chronischen Tonsilitis verstorben bin.

Mit freundlichen Grüßen,

Paul ›Georg Büchner‹ Bokowski

5

Lieber Stefan Hagemeyer,

weil wir jung, dumm und vor allem sehr betrunken waren, hatten wir im Spätsommer 1999 bei einem Sprachaustausch an der englischen Nordseeküste ungeschützen Geschlechtsverkehr, genau so, wie du es unbedingt wolltest. Nun habe ich leider erfahren, dass ich mittlerweile verstorben bin. Vielleicht möchtest du dich testen lassen.

6

Lieber Thomas,

fast hätte ich es vergessen. Der Zweitschlüssel meiner Wohnung klebt unter meinem Briefkasten. Schnapp dir einfach alles, was du gebrauchen kannst, bevor meine Eltern kommen und den Kram der verdammten Wohlfahrt überlassen. Außerdem möchte ich dich noch um einen eher ungewöhnlichen Gefallen bitten: Sei doch so gut und leg mir noch ein billiges Tittenheft unter die Matratze. Meine Eltern sollen zumindest nach meinem Tod den Sohn bekommen, den sie sich ein Leben lang gewünscht haben.

7

Liebe Mutter,

wie du weißt, habe ich mir vor ein paar Tagen meine Mandeln entfernen lassen. Dabei ist mir klar geworden, dass du recht hattest, all die Jahre lang. Ich hätte deinen beharrlichen Ratschlägen folgen sollen, anstatt mein Leben einer so albernen und brotlosen Kunst wie der Literatur und Körperöffnungen wie Männerärschen zu widmen. Daher habe ich beschlossen, deinem Wunsch Folge zu leisten, mir ein Weib zu nehmen und doch noch Jura zu studieren, genauso wie du es immer wolltest. Ich melde mich nach dem zweiten Staatsexamen, oder wenn unser erstes Kind geboren ist, je nachdem, was zuerst passiert.

8

Lieber Thomas,

ich habe mir noch ein paar Gedanken dazu gemacht, welcher Spruch auf meinem Grabstein stehen soll. Leider konnte ich mich bis zuletzt nicht so recht entscheiden. Ich würde allerdings folgende Möglichkeit favorisieren: *»Zwanzig Prozent auf alles, außer Tiernahrung.«*

9

Lieber Papa,

als ich dich im Alter von sieben, elf, vierzehn, vierzehneinhalb und einundzwanzig Jahren fragte, warum du dich nicht einfach von Mutter scheiden lässt, anstatt diese täglichen Qualen einer so polnischen Ehe über dich ergehen zu lassen, hast du stets darauf geantwortet, du würdest meinetwegen bei ihr bleiben. In diesem Sinne habe ich ziemlich gute Neuigkeiten.

10

Lieber Thomas,

jetzt habe ich mich doch entschieden: Falls ich wirklich an den unmittelbaren Folgen meiner Mandel-Operation dahinscheiden sollte, so möge der folgende Satz auf meinem Grabstein zu lesen sein: *»Paul Bokowski: Kann Spuren von Mandeln enthalten.«*

Avatar Emptiness

Frank Sorge

Als wir aus dem Kino kamen, sagte ich zu meiner Freundin: »Oh, draußen ist ja viel weniger 3D«. Und setzte die große Plastikbrille wieder auf. Viel Gewese wurde die ganze Zeit um die Brillen gemacht, schon vor dem Kino rannten Kinder mit ihnen durch den Schnee und knallten sich mit ausgedachten automatischen Waffen ab. Dieses erste Kriegsgeschehen ging dann nahtlos in den anstehenden Film *Avatar* über. Kurz davor im Kino überall in den Reihen eindeutige ästhetische Werturteile über die 3D-Brillenträger: »Sieht voll scheise aus!« Und immer wieder derselbe Witz, als käme er in einem Sketch von Loriot vor oder gehörte zum Standardrepertoire bei Raab oder sonstwem: Erst muss man den Sitznachbarn bedeutungsvoll ohne Brille ansehen, dann wieder nach vorn schauen und die Brille aufsetzen. Dann noch mal den Sitznachbarn mit Brille ansehen und sagen: »Ey, du bist ja in 3D!« Als dann, nach Werbung und Eisverkäufern, »Isch nehm Magnum in 3D«, plötzlich die allmächtige Großleinwand in Schriftgröße 670.000 mitteilte, jetzt bitte die Brillen aufzusetzen, und es von allen getan war, leuchteten die ersten effektvollen Grafiken. Nach einigen Schrecksekunden waren erstaunte Ausrufe, schweres Atmen oder ein schlichtes »Boah geil« zu hören. Ordentlich visuell durchgeschüttelt, schlenderten wir danach beschwingt und zufrieden für ein Schlummerbier zum Weddinger Spätkauf.

Anderen aber geht es nicht so gut, nachdem der Film beendet ist und die fünfzigtausend Schöpfer der digitalen Welt Pandora namentlich durchgerollt sind. Die Betroffenen kommen schwer aus dem Kinosessel wieder hoch, etwas drückt sie hinein, sie müssen auf die Straße getragen werden und dort brechen sie in Tränen aus. Sie haben die *Avatar Emptiness*, den *Avatar*-Blues, eine anlaufende *Avatar*-Depression. Sie wollen kein Mensch mehr sein, sondern ein vier Meter großer, schlanker und gut trainierter Schlumpf mit einem ausgefeilten Genital im Haarschopf, einem Multi-Verbindungs-USB-Anschluss für die ganze Welt. Sie wollen im bunten Wald leben und mit den Blumen sprechen, sie wollen fliegen und reiten und sich von hundert Meter hohen Bäumen stürzen.

Das größte Sammelbecken für *Avatar*-Depressive weltweit finde ich im Forum der *Avatar*-Homepage. In vielen hundert Einträgen werden hier Tipps und Strategien gesammelt, mit der Depression umzugehen. Das Problem ist ernst, einzelne äußern sogar Selbstmordgedanken, in der Hoffnung, nach dem Freitod mit blauer Haut im Baumhaus auf Pandora wiedergeboren zu werden.

Einer der ersten Beiträge schlägt vor, den Soundtrack zu hören und eine Fortsetzung zu schreiben. Aber die wird das Elend nur verlängern und erst recht wird der schmalzige Soundtrack die Betroffenen noch tiefer in den Gülleeimer der Depression stuken. Jemand anderes schlägt vor, wie die Katzenmenschen-Hauptfigur künftig in Einklang mit der Natur zu leben, den Hamburger mal für was Gesünderes und weniger Grausames am Tier wegzulassen, keine Drogen zu nehmen, nicht zu trinken, sich nicht ständig darüber zu beschweren, wie schrecklich die Welt sei, seinen Traum zu leben, sich nicht von der Welle der Negativität wegspülen zu lassen, im Leben den Schalter »leuchten«, statt »nicht leuchten« zu wählen und so weiter und noch schlimmer. Aber nicht um weitere Einschränkungen des Lebens geht es hier, sondern um einen Traum grenzenloser Freiheit, Leben in der Wildnis, befreit von aller Zivilisation auf einem neuen Planeten, um die Weltflucht und den Neustart.

Und manche sind sicher: James Cameron wäre schon da gewesen, wie hätte er sich das sonst ausdenken können, und er hat definitiv den Auftrag bekommen, den Film zu drehen, um die Menschheit besser auf den baldigen Kontakt mit den nackigen Hippie-Katzenmenschen vorzubereiten.

Hier ein paar Einträge im Wortlaut, jemand schreibt: *»Ich habe alle Barrieren fallengelassen und lasse meine ganze Existenz von Gedanken an Pandora aufzehren. Ich gebe nicht einmal mehr vor, dass es mir irgendwie peinlich wäre.«* Und jemand anderes: *»Ich lasse den Soundtrack nachts laufen, um meine Träume nach Pandora zu lenken (und zweimal hat es schon geklappt), und ich bin schwer verärgert, wenn jemand mir sagt, dass er den Film nicht mag oder ihn nicht sehen will. Mein Leben erscheint mir banal, seit ich den Film gesehen habe, und alle Menschen um mich herum machen mich krank. Ich bin nur noch glücklich, wenn ich den Film sehen kann, und ich versuche alles, ständig mit ihm verbunden zu sein.«*

Eine Umfrage ergibt unter den Mitgliedern des Forums, dass die meisten hier den Film zehnmal oder mehr gesehen haben. Sie schildern, dass es sich wie eine Sucht nach der Depression danach anfühlt, dass diese Sucht sie aber zu besseren Menschen machen würde. Connected und naturverbunden, wenn die Natur auch erfunden ist. Ein *World-of-Warcraft*-Spieler schildert, dass er plötzlich keine Lust mehr auf *World of Warcraft* hat: *»Mein ganzes Leben spielte sich in einem Multiplayer-Onlinespiel ab, also ich hatte kein Leben und verbrachte jede Minute vor dem Computer. Aber als ich aus dem Kino nach Hause kam, habe ich das Spiel sofort deinstalliert, es kam mir so hohl vor. Jetzt träume ich mich den ganzen Tag nach Pandora.«*

Jemand schreibt, er hätte drei Tage nach dem Film überlegt, was er gegen den Na´vi-Blues tun kann, das Forum gefunden und daraufhin drei kranke Tiere aufgenommen und gepflegt, sowie zahlreiche Bäume in der Nachbarschaft gepflanzt und in der Schule ein Projekt »Wege zu einem besseren Ökosystem« vorgeschlagen. Und spätestens jetzt kommt mir der Verdacht, möglicherweise der einzige volljährige Leser im Forum zu sein.

Aber es gibt hier auch ordentliche Tipps gegen die Nachwirkungen des Films: Eine Stunde in Sonnenlicht durch die Natur spazieren gehen und sich mal genau umgucken. *»Unsere Pferde sind besser als die in Pandora, glaubt mir«*, schreibt ein frischgebackener Naturbursche, *»als ich einen Specht am Baum gesehen hab, hab ich ihn minutenlang angestarrt. Unsere Tiere und alles sind mindestens genauso gut.«*

Ich entdecke Smileys in den Depressions-Postings, ganz so schlimm scheint es mitunter doch nicht zu sein. Und dass er junge Zivilisationsopfer in den Wald treibt, ist ja eigentlich auch nicht das Schlechteste, was man über einen Kinofilm sagen kann.

Der neue Weg zum Job

Robert Rescue

Gelegentlich erhält man von Facebook Freundschaftsanfragen, mit denen man zunächst nichts anfangen kann. Schaut man in dieses, irgendwie furchterregende, Feld, das zeigt, wie der Unbekannte mit anderen Freunden verbunden ist, kann man schnell eine Verbindung herstellen. Mal sind es häufige Gäste der Lesebühnen, die man trotz ihrer wiederholten Anwesenheit bislang nicht wahrgenommen hat, mal sind es Betreiber der Veranstaltungsorte, die man bislang nur unter ihrem Spitznamen kannte und die bei Facebook plötzlich mit ihrem vollen Namen auftauchen und als Profilbild einen Luftballon oder eine Landschaft verwenden. Bei Katrin Förster war das schwierig, denn die war mit Männer Max Muster bekannt, mit dem ich nicht viel zu tun hatte, und ich war überzeugt, dass Katrin Förster mich nicht kannte. Warum also die Anfrage? Ich dachte nicht lange darüber nach, sondern nahm die Einladung an. Hätte ich zu dem Zeitpunkt gewusst, was mich noch erwarten würde, hätte ich abgelehnt, aber das, so weiß ich inzwischen, hätte nichts gebracht. Ich sage es mal so – Frau Förster wollte mit mir befreundet sein und ich war dazu verpflichtet.

Eine halbe Stunde später bekam ich eine Facebook-Mail:

»Sehr geehrter Herr Rescue,
ich freue mich, dass Sie meine Freundschaftsanfrage angenommen und damit eine Voraussetzung erfüllt haben, um von mir betreut zu werden. Aufgrund des kürzlich in Kraft getretenen Paragrafen 440 des SGB III, Kapitel 14 »Betreuung über Soziale Netze« sind

Sie verpflichtet, dem Jobcenter über das Soziale Netzwerk Facebook zur Verfügung zu stehen. Ich bin befugt, Ihre Eigenbemühungen um eine Eingliederung in den ersten Arbeitsmarkt auf dieser Plattform zu verfolgen. Daher fordere ich Sie auf, Ihre Bemühungen auf Ihrer Pinnwand zu dokumentieren.
Mit freundlichen Grüßen,
Katrin Förster«

Erst dachte ich an einen Scherz. Irgendwer hatte ein Fake-Profil erstellt, um mich zu verarschen. Ich ging auf die Profilseite von Katrin Förster und entdeckte Einträge wie: »*Katrin ist jetzt mit Männer Max Muster, Robert Rescue, Jens Meier usw. befreundet.*« Eigentlich hatte ich zu den Einträgen üble Kommentare erwartet, doch niemand hatte sich geäußert. Männer Max Muster und ich kannten uns von einer Jobcenter-Maßnahme im letzten Jahr und ich hatte nie jemanden aus seinem Umfeld kennengelernt. Zuletzt recherchierte ich den neuen Paragrafen. Tatsächlich gab es seit einer Woche diese Verordnung und damit dieses neue Konzept der Kundenbetreuung.

Ein paar Tage später postete ich ein Musikvideo mit gewalttätigen Inhalten. Ich fand das Video nicht gut, ich wollte einfach herausfinden, ob Frau Förster darauf reagierte. Am nächsten Tag las ich als Kommentar: »*Herr Rescue, Sie sollten sich nicht solche Videos ansehen und hier veröffentlichen. Nutzen Sie die Zeit für Ihre Bewerbungsbemühungen. Mit freundlichen Grüßen, Katrin Förster.*« Ich reagierte prompt: »*Das Video habe ich in meiner Freizeit geschaut und hier gepostet. Sie haben nicht das geringste Recht, mit hier irgendetwas vorschreiben zu wollen.*« Aus zwei Kommentaren wurden im Laufe des Tages einhundertsechzehn. Zum einen reagierte Frau Förster auf meinen Eintrag, indem sie Jobangebote verlinkte und mich aufforderte, meine Bewerbungsunterlagen dorthin zu schicken, zum anderen wurden immer mehr Freunde auf den Thread aufmerksam und posteten Äußerungen wie »*Was geht denn hier ab?*« *oder* »*Biste in Betreuung, Robert?«* Irgendwann schrieb ich entnervt: *»Sie blöde Kuh.«* und fragte mich, warum ich Frau Förster eigentlich siezte.

Am nächsten Tag überlegte ich, was ich tun konnte, um sie mir vom Hals zu schaffen. Das Einfachste war, sie als Freund zu entfernen. Ich ging auf ihre Profilseite und scrollte zu dem Menü »Als Freundin entfernen«. Anstatt kurz darauf eine Meldung zu sehen, die den Vorgang abschloss, stand da: *»Dieser Vorgang kann aufgrund eines Kooperationsabkommen nicht durchgeführt werden.«* Der Verdacht, dass die Jobcenter und Facebook eng zusammenarbeiteten, erhärtete sich durch eine Mail, die kurz darauf eintraf:

> *»Sehr geehrter Herr Rescue, die von Facebook zur Verfügung gestellten Programme haben mir gemeldet, dass Sie versucht haben, die Betreuung aufzulösen. Ich muss Sie darauf hinweisen, dass die Betreuung nur von Seiten des Jobcenters gelöst werden kann. Die Programme haben mir zudem gemeldet, dass Sie sich durchschnittlich zehnmal am Tag einloggen. Die Auswertung Ihres Surfverhaltens lässt nicht den Schluss zu, dass Sie Möglichkeiten nutzen, Netzwerke zu knüpfen, die Ihrer Wiedereingliederung in den ersten Arbeitsmarkt dienlich sind. Mir ist bekannt, dass Sie seit drei Jahren einen Account bei XING haben, diesen aber kaum nutzen. Ich fordere Sie daher auf, sich dort mehr zu engagieren. Bitte posten Sie Ihre Bewerbungsbemühungen.*
> *Mit freundlichen Grüßen,*
> *Katrin Förster.«*

Ich beugte mich ihrer Aufforderung.

»Robert Rescue hat sich bei der Firma Ferchau GmbH in Wuppertal als IT-Fachkraft beworben«, mussten einen Tag später meine Freunde in ihren Neuigkeiten lesen.

Anfangs kamen noch Kommentare wie *»Was willste denn da?«* oder *»Die nehmen dich eh nicht«*, aber je mehr ich meine Bewerbungsaktivitäten veröffentlichte, desto weniger wurden sie kommentiert. Traurig musste ich sogar erkennen, dass manche Leute mich als Freund entfernten, und das waren genau die Leute, bei denen es mir wehtat. Ich fürchtete, bald allein mit Frau Förster zu sein.

Weil ich davon ausgehen musste, dass ich mein Profil bei Facebook nicht löschen konnte, begann ich, Neonazi-Parolen zu posten, antisemitische Äußerungen von mir zu geben, ich postete Pornos, dann Tierpornos und das alles in der neu erwachten Hoffnung, dass Facebook mich rausschmeißen würde. Das passierte aber nicht, dafür verlor ich immer mehr meiner Freunde. Freude bereitete mir allein der Umstand, dass mir Frau Förster erhalten blieb und das ganze unsägliche Zeug mitbekam. Das war ihr Job, da musste sie durch. Nach ein paar Tagen unterbrach ich meine Protesthaltung und postete einen netten Animationsfilm. Später schaute ich nochmal nach und sah ein *»Gefällt mir«* und das kam ausgerechnet von Frau Förster.

Nach ein paar Tagen streckte ich die Waffen. Ich bewarb mich auf eine Stelle als Verkäufer in einem Ein-Euro-Laden und bekam den Job. Künftig würde ich an der Kasse sitzen oder Waren einräumen. Aus der Traum von der selbstständigen Existenz als Künstler, der sich ohnehin, wenn ich ehrlich war, längst erledigt hatte. Ich schrieb Frau Förster eine E-Mail und bekam prompt eine Antwort:

»Sehr geehrter Herr Rescue,
ich bin erfreut zu lesen, dass Ihre Wiedereingliederung gelungen ist. Ich werde Sie umgehend von meiner Freundesliste entfernen. Bitte tragen Sie Sorge dafür, dass Sie dort nicht noch einmal landen.
Mit freundlichen Grüßen,
Katrin Förster
P.S. Das eine Video war wirklich sehr schön.«

Kinderzirkus Hupsipups

Heiko Werning

»Der Zirkus kommt!«, versprechen große Plakate an der Straße, sowie: »Menschen, Tiere, Sensationen«, und zwar »für die ganze Familie«, ganz besonders aber »für Kinder«. Früher hätte ich solche Ankündigungen nicht einmal wahrgenommen, jetzt aber interessiert mich das Angebot, denn ich vermute sehr, dass meinem Sohn eine Zirkusvorstellung für Kinder gefallen könnte. Zwar grusele ich mich vor Clowns und auch für Akrobatik hatte ich nie etwas übrig, aber schlimmer als *Bob, der Baumeister* wird es schon nicht werden. Außerdem war ich das letzte Mal vor rund fünfunddreißig Jahren im Zirkus, da kann man einen Besuch vielleicht mal wieder wagen. Außerdem fordern die doofen Tierschützer ja ständig den Boykott von Zirkussen, die mit Tieren arbeiten, und schon das ist mir Grund genug, gerne dorthin zu gehen.

So machen wir uns also gut gelaunt auf zur Mittagsvorstellung des Kinderzirkus Hupsipups. Zwölf Euro kostet der Eintritt. Mir fehlen etwas die Vergleichs- und Erfahrungswerte, das sind immerhin vierundzwanzig Mark, denkt es sinnlos in mir, so viel hat es 1975 bestimmt nicht gekostet. Peinlich berührt über meine grenzdebilen, Bild-Zeitungsleser-kompatiblen Gedanken lege ich freundlich lächelnd das Geld auf den Tresen. Eine Ermäßigung für Kinder gibt es nicht. »Ist ja schließlich ein Kinderzirkus«, erklärt die Kassenfrau die unerbittliche Logik. Für zwei Euro weniger hätte es einen Platz auf den Rängen gegeben, ich entscheide mich aber nach einem kurzen Blick ins Zelt für die Loge. Die Loge, das sind Plastik-

Monoblocksessel, die in zwei Reihen direkt an der kleinen Manege stehen. Dann folgt ein Gang und ganz außen, an der Zeltplane, stehen verloren einige Bierbänke, das sind die Ränge. Die anderen etwa dreißig Besucher, fünfzehn kleine Kinder und fünfzehn zur Begleitung verurteilte Elternteile, haben sich für die Loge entschieden, lediglich ein kleines, dickes Mädchen mit einer dicken Brille kauert mit seiner Mutter verloren auf einer Bierbank. Kein schöner Anblick. Für nur sieben Euro verkauft ein kleiner Junge blinkende Plastikclowns. Alle Kinder haben so ein Teil, außer dem kleinen dicken Mädchen mit der dicken Brille. Da will ich mal nicht so sein.

Die Zirkuskapelle spielt auf. Das heißt, die CD »Zirkusmusik« wird in den CD-Player geschoben. Jetzt läuft der Conférencier des Abends in die Manege: »Willkommen im Kinderzirkus Hupsipups!«, ruft er überschwänglich, die Kinder klatschen begeistert. Und gleich zum Auftakt gibt es – »eine tolle Clownsnummer«. Nun gut, das war ja zu erwarten. Die letzten Clowns, die ich gesehen hatte, waren Beppo und Boppo auf der Bühne bei einer Demonstration der Erzieher-Gewerkschaft. Die beiden hatten ein unsagbar blödes Programm vorgeführt, das erst interessant wurde, als Boppo vermutlich aufgrund eines Herzinfarkts umgefallen und ein paar Notärzte samt Defibrilator hinzugekommen waren. Na ja, vielleicht würden es die heutigen Clowns ja auch ohne solche Spezial-Einlagen schaffen, ihr Publikum zu fesseln. Der Conférencier sorgt schon mal ordentlich für Stimmung: »Begrüßt mit einem tosenden Applaus unsere Clowns beim Kinderzirkus Hupsipups ...« – ich warte gespannt – »... Beppo und Beppine!« Oha. Hatte Boppo es wirklich nicht geschafft? Hatte Beppo sich eine neue Partnerin gesucht?

Aber es ist ganz anders. Denn »Kinderzirkus« heißt hier offenbar vor allem eines: Kinderarbeit. Heraus hüpfen ein vielleicht zehnjähriger Junge und seine etwa achtjährige Schwester, die liebevoll als Clowns zurechtgemacht sind: Beide haben sich zwei rote Punkte auf die Wangen malen lassen. »Die sehen aber gar nicht aus wie Clowns!«, nörgelt mein Sohn. Undankbare Kröte, denke ich, sage aber wider alles, was zu erwarten ist: »Dafür sind sie bestimmt superlustig.« Eine Lüge, die nicht mal vor einem Dreijährigen Bestand hat. Die beiden Kinder hampeln ein bisschen in der Manege herum, ihre Stimmchen sind aber zu zart, als dass wir ihre Scherze verstehen könnten. Dafür können wir den Plot aber durch Hingucken relativ leicht erschließen: Beide rennen immerzu um einen Stuhl herum, Beppo versucht, Beppine dabei zu fangen, Beppine springt auf den Stuhl, Beppo steht verwirrt da und wundert sich, wo sie ist. Dann fragt er die Kinder im Publikum, die auf den Stuhl zeigen, Beppo ruft: »Da ist sie ja! Jetzt kriege ich sie!«, Beppine springt vom Stuhl runter, dann rennen beide wieder eine Weile drumherum, bis Beppine wieder auf den Stuhl ... und so weiter und so fort. Nach einiger Zeit wird das Kinderpublikum merklich unruhig. »Wann kommen denn die Löwen?«, fragt mein Sohn unwirsch, nachdem Beppo nach weiteren fünf Minuten Beppine immer noch nicht erwischt hat. »Na, ob sie hier Löwen haben, weiß ich nicht, das ist ja nur ein kleiner Zirkus. Aber spannende Tiere kommen bestimmt gleich«, gebe ich erste Durchhalteparolen aus. Beppine springt ein letztes Mal auf den Stuhl, Beppo schaut wieder verwirrt umher und piepst ins Publikum: »Wo ist denn Beppine? Liebe Kinder, habt ihr sie gesehen?« Die jungen Zuschauer beachten sie längst nicht mehr. Eine Mutter erbarmt sich schließlich und versucht, den Schein zu wahren, indem sie übertrieben betont ruft: »Da, auf dem Stuhl, da ist sie doch, lieber Beppo!« Und Beppo zeigt auf den Stuhl: »Da ist ja Beppine! Jetzt habe ich dich!« Beppine springt wieder vom Stuhl, aber zur Erleichterung aller verschwindet sie nun aus der Manege, Beppo watschelt ihr gestikulierend hinterher und verschwindet dankenswerterweise hinter dem Vorhang.

Gut, das hätten wir also schon mal geschafft. Der Conférencier kommt wieder ins Zirkusrund: »So, liebe Kinder, das waren unsere superlustigen Clowns, ein bisschen Spaß muss schließlich sein, nicht wahr? Aber der Kinderzirkus Hupsipups ist auch für seine großartige Akrobatik berühmt, begrüßt deshalb mit mir: Don Pedro, den Mann, der durch die Luft schweben kann!« Immerhin, ein Raunen geht durch die Reihen der Kinder, jetzt gucken sie immerhin wieder hin. Der Conférencier läuft hinter den Vorhang und kommt ein paar Sekunden später wieder dahinter hervor, mit einem Hütchen auf. Keine Frage: Er selbst ist Don Pedro. Auch Beppo taucht wieder auf, die roten Punkte hat er sich schnell von den Wangen gewischt, jetzt ist er Don Pedros Assistent. Er schiebt einen Klapptisch und zwei Plastikstühle in die Manege. Schwerfällig schiebt sich Don Pedro auf einen der Stühle, dann auf den Tisch. Dort breitet er die Arme aus und verbeugt sich tief, als hätte er sein Kunststück schon gezeigt. Ich staune kurz, dann wird mir klar: Er hat sein Kunststück schon gezeigt. Er steht auf dem Tisch. Das ist ja allerhand! Nun hüpft er ein wenig auf dem Tisch herum. Dann dreht er sich beim Hüpfen im Kreis. Dann verbeugt er sich wieder tief. »Papa, der fliegt doch gar nicht«, beschwert mein Sohn sich. »Aber er springt schön«, lüge ich. Auch die anderen Kinder werden zunehmend mürrisch und spielen lieber mit ihren Blinkedingern. Nur das kleine dicke Mädchen mit der dicken Brille hinter uns auf der Bierbank klatscht begeistert Don Pedro zu. Was soll es machen, es hat ja kein Blinkeding. Und kann durch die dicke Brille vermutlich gar nichts sehen von dahinten. Don Pedro kommt jetzt zum Schluss- wie Höhepunkt seiner Nummer: Mit einem großen Satz springt er vom Tisch, der immerhin gut einen Meter hoch ist, auf den Boden der Manege. Wieder verbeugt er sich tief. Die Kinder, die überhaupt noch zugucken, schauen verständnislos, die anderen laufen kreischend durch die Gänge und versuchen, sich mit ihren Blinkedingern zu schlagen. Don Pedro wirkt verärgert, dass seine Leistung nicht angemessen gewürdigt wird, er verlangt einen »tobenden Applaus«, pflichtschuldig klatschen wir Eltern so begeistert wie möglich. Allmählich dämmert uns, dass wir uns schon ein bisschen mehr anstrengen müssen, damit der Ausflug nicht zu einem Fiasko wird. »Der war doch toll!«, zeige ich mich meinem Sohn gegenüber begeistert. Der guckt mich ratlos an: »Aber der ist doch nur auf dem Tisch herumgesprungen.« Klugscheißer, denke ich und klatsche begeistert, so wie fünfzehn andere verzweifelte Elternteile.

Nun aber naht Rettung: Don Pedro eilt hinter den Vorhang, kehrt ohne Hut wieder, also als Conférencier, und verkündet, nun gebe es vor der Pause noch eine große Tierdressur. Uff, das ging gerade noch mal gut, mein Sohn ist sofort wieder gebannt. »Papa, die Löwen!«, ruft er, aber noch ehe ich erneut beschwichtigen kann, geht der Vorhang auf und Beppo, also vielmehr der ehemalige Beppo, tritt in die Manege, mit einem Drahtkäfig in der Hand, in dem ein fetter schwarzer Hase sitzt. Er stellt den Käfig auf den Boden, öffnet ihn und macht eine ausladende Handbewegung, als präsentiere er etwas, aber der Hase macht keinerlei Anstalten, aus seinem gemütlichen Heim herauszukommen. Verärgert nimmt Beppo den Käfig hoch, dreht die Seite mit der geöffneten Tür nach unten und schüttelt den Hasen heraus. Der plumpst unsanft auf den Sandboden und guckt verwirrt. »Kommen jetzt die Löwen?«, fragt mein Sohn mich. Ich seufze. Beppo will einige Kunststücke mit dem Hasen vorführen, aber der zeigt keinerlei Interesse daran. Beppo hält ihm ein Stöckchen vor, über das er springen soll, aber der Hase sitzt unbeweglich da und macht nichts. Schließlich packt Beppo ihn mit der einen Hand am Hintern und schiebt ihn dann nach vorne, während er mit der anderen das Stöckchen hält. Mühsam rumpelt der Hase darüber, im Sand sieht man tiefe Schleifspuren. Wir Eltern klatschen enthusiastisch. Auf ein kleines Podest will der Hase auch nicht klettern, schließlich packt Beppo ihn und setzt ihn einfach darauf. Er verbeugt sich, wir jubeln enthemmt, die Kinder schauen uns entsetzt an. Endlich Pause.

In der Pause, verkündet der Conférencier, könnten wir die Tierschau besichtigen, für nur zwei Euro pro Person. Das wollen die Kinder natürlich unbedingt, nur das dicke Mädchen mit der dicken Brille darf nicht mit. Wir anderen gehen hinter das Zirkuszelt. Dort steht der Käfig mit dem Hasen. Artig bestaunen wir das Tier, während Beppine die vier Euro von jedem Elternteil einsammelt. Neben dem Hasen gibt es noch einen Käfig mit Meerschweinchen, ein paar Tauben und ein Pony.

Dann ruft der Conférencier zum zweiten Teil, in dessen Verlauf noch einmal Beppo und Beppine durch die Manege springen, Don Pedro diesmal mit Lassos herumhantiert und die Tauben reingetragen werden, die immerhin von ihrem Taubengestell auf Beppos Arm fliegen. Dann kommt das große Finale: Das Pony wird in die Manege geprügelt. Ein Kind darf auf ihm reiten. Da in den circa neunzig Minuten Show bislang praktisch überhaupt nichts passiert ist, wollen alle Kinder unbedingt. Aber nur eines darf. Große Enttäuschung in den Gesichtern von vierzehn kleinen Besuchern. Sie sollen nicht traurig sein, lässt der Conférencier sie wissen, das Pony bleibe auch nach der Vorstellung in der Manege und jedes Kind, das wolle, dürfe auf ihm reiten – für nur drei Euro.

Addiert man das mit den anderen Ausgaben zusammen, bleibt also ein Preis von achtundreißig Euro für einmal Ponyreiten und ein Blinkeding. Damit ist die Vorstellung vorbei, der Conférencier erklärt uns, dass sein Zirkus ein reiner Familienbetrieb sei, dann lässt er Beppo mit einem Hut herumlaufen, in dem dieser Spenden sammelt. »Nicht für den Zirkus oder für uns, seine Eltern«, ruft er, »mit diesem Geld soll Beppo später einmal der Besuch auf einer Artistenschule ermöglicht werden.« Das allerdings scheint mir eine wirklich sinnvolle Investition zu sein. Da geben wir doch gerne etwas dazu.

Der Newsletter

Paul Bokowski

Seit etwa sechs Jahren bekomme ich alle vier Wochen einen Newsletter. Den Newsletter eines Theaters, um genau zu sein – der Schaubühne am Lehniner Platz. Man hatte mich damit geködert, dass jeder Newsletter ein kleines Gewinnspiel enthielt. Alle vier Wochen konnte man somit Freikarten für die verschiedenen Inszenierungen der Schaubühne gewinnen. Das ist schon lange nicht mehr so. Der Andrang oder der Aufwand mögen zu groß gewesen sein, aber vor einem Jahr schon wurde das Gewinnspiel einfach wegrationalisiert. Seitdem habe ich aufgehört, den Newsletter zu lesen. Tatsächlich ärgere ich mich mittlerweile, dass ich ihn überhaupt noch bekomme. Denn schon vor Monaten habe ich erfolglos versucht, ihn wieder abzubestellen:

»Dies ist ein Newsletter der Schaubühne am Lehniner Platz. Zum Abbestellen senden Sie bitte eine leere E-Mail an noschaubuehnenewsletter@schaubuehne.de«

Das habe ich getan, genau das, und ich tue es noch immer. Denn es will und will nicht funktionieren. Anstatt der erhofften Kündigungsbestätigung trudelt alle vier Wochen ein brandneuer Newsletter der Schaubühne bei mir ein und jedes Mal, beharrlich und ausdauernd, antworte ich mit einer leeren E-Mail an *noschaubuehnenewsletter@schaubuehne.de* darauf.

Vor einiger Zeit erreichte mich aber eine eher ungewöhnliche, wenn auch seltsam vertraute E-Mail, die ich mir bis jetzt noch nicht so recht zu erklären weiß:

16. September – 23.36 Uhr
hallo
ich möchte fortan keinen newsletter der schaubühne mehr zugeschickt bekommen.
vielen dank und weiterhin gute arbeit!
ihr thorsten bock

Das Problem daran: Ich bin weder die Schaubühne noch kenne ich einen Thorsten. Zumindest keinen Thorsten Bock. Einen Augenblick lang überlegte ich, ihm zu antworten oder die E-Mail einfach an noschaubuehnenewsletter@schaubuehne.de weiterzuleiten. Aber dann beschloss ich, die Angelegenheit einfach auf sich beruhen zu lassen, und ging zu Bett.

Als ich aber am nächsten Morgen meinen Rechner hochfuhr und mein E-Mail-Programm öffnete, fand ich nach einer halben Stunde des Herunterladens über zweihundertsechzig E-Mails in meinem Postfach. Hier eine kleine Auswahl:

1

Liebe Schaubühne Verwaltung,
irgendwie ist die nachfolgende Nachricht in meinem Postfach gelandet.
MfG
Carsten Konrad

---
hallo
ich möchte fortan keinen newsletter der schaubühne mehr zugeschickt bekommen.
vielen dank und weiterhin gute arbeit!
ihr thorsten bock

2

Sehr geehrte Damen und Herren,
wie kann es denn zu so einem Irrläufer in Ihrem System kommen???
Mit besten Grüßen
Karina Haupt

---
hallo
ich möchte fortan keinen newsletter der schaubühne mehr zugeschickt bekommen.
vielen dank und weiterhin gute arbeit!
ihr thorsten bock

3
Sehr geehrte Damen und Herren,
bitte nehmen Sie sich ENDLICH der folgenden Angelegenheit an.
leicht genervt
Hans-Peter Ricke

Liebe Schaubühne Verwaltung,
irgendwie ist die nachfolgende Nachricht in meinem Postfach gelandet.
MfG
Carsten Konrad

---
hallo
ich möchte fortan keinen newsletter der schaubühne mehr zugeschickt bekommen.
vielen dank und weiterhin gute arbeit!
ihr thorsten bock

4
Sehr geehrte Damen und Herren,
könnten Sie das abstellen bitte? Ich erhalte hier laufend diese E-Mails!
Kornelia Hummel

---
hallo
ich möchte fortan keinen newsletter der schaubühne mehr zugeschickt bekommen.
vielen dank und weiterhin gute arbeit!
ihr thorsten bock

5

Hallo,
ich habe hier sechzehn E-Mails von mir völlig unbekannten Leuten im Posteingang. Die entweder alle ihren Newsletter kündigen wollen oder sich darüber beschweren, dass ihnen Kündigungen anderer Leute zugemailt wurden. Was soll das denn bitte sein, frage ich mich. So ein nachlässiger Umgang mit Kundendaten geht aber nicht! Ich lösch das jetzt mal und hoffe auf ein einmaliges Versehen!
MfG
Barbara Goll

6

Liebe Barbara Goll,
Sechzehn E-Mails? Du Glückliche! Ich habe hier Hunderte.
Schönen Gruß,
Kornelia Hummel

7

Hunderte? Du Arme.
Jemand sollte endlich mal etwas dagegen unternehmen. Warum passiert denn da nichts? Ich kannte übrigens mal eine Anne-Marie Hummel. Gibt es da vielleicht irgendwelche Verwandtschaftsverhältnisse?
Lieben Gruß,
Barbara Goll

8

Hallo.
Ich möchte fortan keinen newsletter der schaubühne und auch keine E-Mails von KORNELIA HUMMEL oder BARBARA GOLL mehr zugeschickt bekommen.
vielen dank und weiterhin gute arbeit!
ihr thorsten bock UND ihr Carsten Schiller

9
Mein Name ist Günther, ich bin achtundfünfzig Jahre alt, jünger aussehend, liebevoll und gebildet. ich suche auf diesem Wege eine Frau, mit der ich meinen Lebensabend teilen kann. Wenn für dich das Aussehen und die finanzielle Situation zweitrangig sind und du meine Vorliebe für Modellsegelboote und Tierpräparate teilen kannst, dann melde dich!

10
Mein Name ist Selma Gülkalan und ich grüße den Murat und die ganze 7c.

11
Hundewelpen günstig abzugeben. Mischlinge aus eigener Zucht. Acht Wochen alt, alle geimpft. Näheres unter www.hundewelpen-schaubuehne.de

12
Sind Sie auf der Suche nach einem sicheren und natürlichen Weg, Ihren Penis dauerhaft zu verlängern? Dann schicken Sie einfach eine E-Mail an noschaubuehnenewsletter@schaubuehne.de

13
Heiße willige Schlampen über fünfzig warten auf dich. Nur in der Schaubühne am Lehniner Platz.

14
hallo
ich habe meine meinung geändert und möchte fortan doch wieder den newsletter der schaubühne zugeschickt bekommen.
vielen dank und weiterhin gute arbeit!
ihr thorsten bock

Notizen vom Nacktbadestrand II Oder: Nicht die Welt, in der er lebt, ist pervers, sondern der Homosexuelle selbst.

Volker Surmann

Ich bin überhaupt nicht prüde und weiß, dass der sexuellen Fantasie keine Grenzen gesetzt sind. Das ist wie mit dem Universum und der menschlichen Dummheit. Beides hielt Einstein für unendlich, allerdings war er sich beim Universum nicht ganz sicher. Ich glaube, mit der sexuellen Fantasie verhält es sich ähnlich wie mit der menschlichen Dummheit. Sie ist ebenfalls grenzenlos und folgt ähnlichen Regeln: Davon zeugen jährlich Hunderte schwerverletzte Männer und ihre gescheiterten Versuche, laufende Staubsauger zu begatten.

Es gibt nichts, was es sexuell nicht gibt, und wenn es die Leute erregt, sich so viele Nadelpiercings in die Brüste zu stecken, dass sie nur noch mit Fakiren ins Bett gehen können, dann sollen diese Menschen das tun. Wenn Paare auf schmutzige Spielchen mit Körperausscheidungen stehen, sollen sie das ausleben, solange sie sich waschen, bevor sie in die nächste Straßenbahn einsteigen. Mir egal. Jedem Tierchen sein Plaisierchen, solange die Schamgrenzen derer gewahrt bleiben, die anders drauf sind. Ich bin nun wahrlich nicht intolerant. Wer die beiden »Sex – Von Spaß war nie die Rede«-Bücher kennt, weiß, dass ich mich auch schon mal auf einer schwulen Fetischparty mit einem Amerikaner in einer himmelblauen Windel unterhalten habe. Moment, das ist missverständlich: *Er* trug eine himmelblaue Windel, nicht ich, aber unterhalten haben wir uns trotzdem. So what.

Ich persönlich mag es nicht, wenn Menschen ihre Körper baulich verändern. Ich finde Silikon-Implantate in Brüsten, Lippen und anderen Körperteilen albern. Ich habe im Internet Bilder von Männern gesehen, die ihre Harnhören mittels Klinikbesteck künstlich erweitern. Das sieht genauso eklig aus, wie Sie es sich gerade vorstellen. Aber bitte, wer's mag, und solange die Herrschaften das nur im Internet machen und ich sie wegklicken kann, sollen sie das machen.

Und natürlich ignoriere ich alle E-Mails zum »*penis enlargement*«, auch wenn ich, wie wohl jeder Junge zwischen zwölf und zweiundneunzig, selbstredend schon einmal den Gedanken gedacht habe: »Och, ein bisschen mehr könnt's schon sein.«

Genau das hat sich offenbar auch der Mann auf dem Handtuch nebenan gedacht. Wir befinden uns im Strandbad Wannsee, im hinteren Teil des FFK-Bereichs, dort, wo sich im Sommer viele Schwule tummeln. Auch wenn ich mich schon verschiedentlich darüber echauffiert habe, dass viele Homosexuelle den FKK-Bereich missbrauchen, um der Welt die neusten Designerbadehosen vorzuführen, in diesem Fall hätte ich mir gewünscht, der Herr auf dem Handtuch nebenan hätte eine solche getragen. Es hätte nicht einmal ein Designerstück sein müssen, ein Kartoffelsack hätt's auch getan. Hauptsache irgendwas, um seine Scham zu bedecken.

»Scham« fand ich immer einen blöden Ausdruck. Zwischen den Beinen von Mann und Frau ist ja eigentlich nichts, dessen man sich schämen sollte. Doch diesmal passte es, denn für die Scham dieses Zeitgenossen musste man sich sogar fremdschämen.

Denn dieser Herr hat sich wohl auch gesagt, es könne ein bisschen mehr sein, allerdings muss zuvor eine Mail mit der Betreffzeile »*scrotum enlargement*« seinen Spamfilter passiert haben. Jedenfalls war der Herr zur Tat geschritten, sprich er hat zur Spritze gegriffen und seinen Hodensack mit Kochsalzlösung aufgefüllt.

[Einschub:]

Ja, das geht wirklich. Ich zitiere aus dem Digitalen Lexikon der Internationalen Hardcore-Pornografie, besser bekannt als Wikipedia: *»Bei einer Hodensackinfusion wird sterile isotone Kochsalzlösung langsam in den Hodensack des Mannes infundiert. Dies führt zu einem geschwollenen, schwer hängenden Hodensack, was bei entsprechenden Vorlieben als erotisch empfunden wird.«*

[Einschub Ende.]

Malen wir uns lieber nicht weiter aus, wie das geht, werfen wir ein Blick aufs fertige Gemälde: Der Mann trug ein Gemächt, das mehr nach Geschwür aussah. Ein Skrotum in Kindskopfgröße, ähnlich gerötet, ähnlich wenig Haare. Und wenn sich der Mann auf den Bauch legte, sah es tatsächlich so aus, als presse sich da gerade ein Neugeborenes aus seinem Schritt hervor.

Das hier war kein Piepmatz zwischen den Beinen, hier nistete ein Truthahn zwischen den Schenkeln. Das sah so lächerlich aus, wie es klingt, denn auf der prall gemästeten, puterroten Truthahnbrust thronte ein vergleichsweise kleiner Penis wie ein gerupfter Truthahnhals.

Kein Zweifel, dieser Mann da stand darauf, einen auf dicke Eier zu machen. Deshalb hatte er sie extra mit einem weithin sichtbaren Cockring abgebunden. Meinetwegen. Wer's mag, mit Straußeneiern rumzulaufen, soll das tun. Aber meines Erachtens soll er dann lieber einen auf dicke Hose machen., an einem öffentlichen Nacktbadestrand hat eine solche Genital-Installation nichts verloren.

Doch der Herr lag nicht nur in der Sonne, er sonnte sich auch in den Blicken der Umgebung. Es war wie die altbekannte Geschichte vom Unfall auf der Autobahn: Schrecklich, aber man muss einfach hinsehen. Mit dem Unterschied, dass in diesem Fall das Unfallopfer noch einmal fröhlich in die Kamera winkt und jemanden grüßen will.

Der Herr genoss es, dass ihn alle anstarrten, und sein Freund, der war nämlich auch dabei, machte alle halbe Stunde ein Foto von Schwanz und Presssack.

Ich allerdings fragte mich die ganze Zeit: Was denken wohl die beiden Kinder im Strandkorb nebenan? Die Eltern hatten den Korb wohlweislich von dem Sack-Mann weggedreht, aber zwei Jungs zwischen drei und vier Jahren sprangen trotzdem immer wieder drum herum. Was sagen Eltern in so einem Fall, wenn die Kinder fragen: »Papa, was hat der Mann da unter seinem Pipimann?« Wissen heterosexuelle Elternteile eigentlich um solche sexuellen Spielarten? Oder sagen Eltern einfach: »Och das ist einfach so, Maximilian-Horst, das ist wie mit dem Pipimann, da gibt's große und kleine, dicke und dünne. Sieh mal, dein Papa hat auch einen viel kleineren als zum Beispiel der Ralf, mit dem Mama immer Tennis spielt.«

Im besten Fall hat die Mutter ihren Kindern erklärt, dass der Herr eine böse Krankheit hat. »Guck da nicht so hin, Pascal-Theophanes, der Mann da ist ganz schlimm krank und geht bald tot.«

Wie weit darf man die Öffentlichkeit eigentlich mit seinen persönlichen sexuellen Perversiönchen behelligen? Solange niemand gegen seinen Willen, gegen Würde und Gesetz hineingezogen wird, soll sich meines Erachtens jeder in dem Kraut suhlen, in das seine sexuellen Fantasien geschossen sind. Aber wo endet die Toleranz?

Ich habe an Nacktbadestränden auch schon Frauen mit offensichtlichen Brustimplantaten gesehen. Und im Grunde hat der Mann hier nichts anderes getan, als seinen Hodensack auf Körbchengröße Doppel-G aufzublasen.

Andererseits: Wenn Lolo Ferrari ihre Glocken an einem öffentlichen Nacktbadestrand geparkt hätte, hätte man sie sicher auch des Ortes verwiesen wegen Erregung öffentlichen Aufsehens.

Zu Lolo Ferraris Tod verrät die digitale Hardcore-Enzyklopädie Wikipedia übrigens: Einige *»Anwälte gehen davon aus, dass Ferrari an dem Gewicht der Silikonimplantate erstickt ist.«*

Insgeheim erwartete ich an diesem Nachmittag ein ähnliches Unglück. Der Hodensack sah schließlich aus wie ein Luftballon mit dem Penis als Zipfel zum Aufblasen. Den ganzen Nachmittag wartete ich auf den erlösenden Knall. Luftballone platzen in der Sonne ja gerne mal. Nicht auszudenken, so ein Ballon reißt ab! Plötzlich flatterte ein herrenloser Hodensack durch die Luft ... Doch nichts von alledem passierte.

Im Nachhinein hoffe ich, dass dem Hodensack des Mannes das geschah, was an besagtem Nachmittag meinen Schultern passiert war. Hoffentlich hatte er darauf einen amtlichen Sonnenbrand.

Sectio caesarea

Hinark Husen

Ich mache mich auf den Weg zur Kaufmännischen Krankenhasse in Reinickendorf, zur KKH also, um einen Gutschein für einen Kaiserschnitt abzuholen, und betrachte dabei meinen wohlgenährten Bauch. Es ist ja schon erstaunlich, was Frauen so alles auf sich nehmen. Eine sogenannte natürliche Geburt ist sicherlich auch nicht gerade die angenehmste Sache der Welt, aber immerhin, die Bauchmuskeln bleiben intakt. Was Mann sich halt so für Gedanken macht, wenn man für seine schwangere Arbeitgeberin unterwegs ist.

Die KKH ist in einem großzügigen Neubau im vierten Stock untergebracht. Ein improvisierter Empfangstresen und ansonsten ein halbes Dutzend Schreibtische in einem lichtüberfluteten mittleren Großraumbüro. Übersichtlich wirkt das Ganze und freundlich. Ich fasse mir ein Herz und gebe nicht gleich mein Anliegen zum Besten, sondern frage die Empfangsdame nach dem durchaus sympathischen Schreibfehler in ihrer Abkürzung: »Also, Krankenhasse klingt ja ganz nachvollziehbar, vor allem in einer Zeit, wo gerade die Kranken ihre Kassen nur noch hassen, aber abgesehen vom Reim, kann das doch nicht die Absicht dieser Kasse sein.« Die Dame klärt mich lächelnd darüber auf, dass das »H« in KKH für »Hannover« stünde. Kaufmännische Krankenkasse Hannover. Sie sagt »Hannover« und lächelt. Merkwürdig. Wenn ich seltenerweise »Hannover« sage, ist mir eigentlich eher nach Weinen zumute, das aber verrate ich ihr lieber nicht. Hannover, da fällt mir Niki de Saint Phalle ein und ihre Nanas und natürlich Gerhard Schröder, der Latin-Lover von der Leine, jetzt wohl eher als Gazprom-Promoter unterwegs, die Stadt scheint von einer unterschwelligen Sexualität geprägt zu sein. Wie beruhigend, dass sie auch so langweilige Dinge wie eine kaufmännische Krankenkasse hervorbringen kann.

Die Frau hinter dem Tresen schaut mich erwartungsschwanger an und das erinnert mich an meinen Auftrag: »Ich bräuchte einen Gutschein für einen Kaiserschnitt.«

Jetzt verschwindet das Lächeln aus dem Gesicht der Hannover'schen Krankenkauffrau.

»Oh«, sage ich beim Betrachten ihrer verwirrten Züge, »natürlich nicht für mich, sondern für eine ... – das werden Sie sich wahrscheinlich schon gedacht haben«, ich senke die Stimme, »für eine Frau!«

»Ja, ist es denn zu fassen?!«, schallt es von der Dame vom Tresen durchs Großraumbüro. »Für eine Frau? Ein Kaiserschnittgutschein für eine Frau? Und Sie sind sich da wirklich sicher?« Nun drehen sich einige Schreibtischköpfe in unsere Richtung.

»Und ob ich mir da sicher bin«, sage ich, »Wenn's ein Pferd wäre, ginge ich bestimmt nicht zur Krankenkasse Hannover, selbst wenn die Stute ein Hannoveraner wäre, oder sind sie dann doch zuständig?«

»Nur, wenn das Pferd eine kaufmännische Ausbildung hat«, sagt die Dame und findet ihren Humor wieder. »Aber Gutscheine gibt's hier schon mal gar nicht, wir sind hier doch nicht bei Kaisers.«

»Ach, übernimmt Kaisers denn neuerdings die Kaiserschnitte?«, denke ich, frage aber, ob sich die Sache ändert, wenn ich ihr ein paar Treuepunkte vorlegen würde.

»Junger Mann: Was wollen Sie?«, kommt es nun vom Tresen.

»Was ich möchte? Ich möchte, dass sie fünfzigmal ›junger Mann‹ hintereinander sagen, bis Sie selber glauben, es stünde einer vor Ihnen!«, denke ich, aber es ist wohl an der Zeit, sich etwas behördlicher auszudrücken. Ich will die angespannte Lage nicht noch weiter verkomplizieren und suche nach den passenden Worten: »Eine Kostenübernahmebescheinigung. Ich bräuchte eine Kostenübernahmebescheinigung für diese Dame.«

Mit diesem Wort lege ich die Krankenkassenkarte meiner Arbeitgeberin auf den Schreibtisch und die Fist-Lady der KKH beginnt langsam zu verstehen. Dann kommt Bewegung ins Spiel, sie eilt an einen der Schreibtische, bespricht sich mit einem Glatzkopf im besten Alter, natürlich sehr drahtig, wie es sich für einen Kassenangestellten gehört, und bittet mich, für einen Augenblick Platz zu nehmen.

Und während ich nun Däumchen drehe, eilt sie an ihren Empfangstresen zurück und bearbeitet ihre Tastatur. Ich bemerke allerdings genau, dass sich mich aus den Augenwinkeln beobachtet.

»Und«, fragt sie plötzlich aus dem Nichts, »sind Sie der Vater?«

»Ach i wo«, sage ich, »ich weiß doch gar nicht, wie das geht.«

Wir lachen beide und dann kommt der Drahtige mit einem Stück Papier auf mich zu: »Ihr Gutschein«, sagt er grinsend und verschwindet wieder an seinen lichtüberfluteten Schreibtisch.

»Na, dann darf das Kind ja endlich raus, da wird sich die Mutter aber freuen«, sage ich, stecke das Papier ein und verabschiede mich. Beim Rausgehen ruft mir die Empfangsdame noch hinterher, meine Treuepunkte könne ich trotzdem bei ihr abgeben.

Die haben wirklich nette Angestellte bei der KKH in Reinickendorf.

VI. Virtuelle Weiten

Meine kleine Farm

Frank Sorge

Es sind ja immer die Freunde, die einen verleiten und verführen. Zum Rauchen, zum Trinken, länger zu bleiben und Geld auszugeben. Das steht dir aber gut, der Nachtbus fährt auch später noch, ich geb dir noch einen aus und ja, nimm ruhig eine Filterzigarette. Digitale Freunde sind da nicht anders, aber es sind mehr.

Immer schon sind Empfehlungen von Freunden wichtiger als ein nackter Werbehinweis, und vor allem die Warnungen verleiten zur Nachahmung. Mach es nicht, denke ich also und scrolle den Link zum Facebook-Spiel *FarmVille* mit dem Mausrad wieder außer Sicht und gleich wieder hinein. Du hast schon genug virtuelle Verpflichtungen, deine Online-Fußballmannschaft ist soeben abgestiegen, die Mannschaft veraltet und verspielt sich gerade unglücklich den Wiederaufstieg. Deine Umsätze in den virtuellen Läden, in denen du Cartoons und T-Shirts für Avatare verkaufst, sind auch abgeflacht, müsstest du unbedingt mal umdekorieren und ergänzen. Um mit den anderen Elfen deiner Rollenspiel-Gilde mithalten zu können, müsstest du auch noch die ein oder andere Stunde durch finstere Kellerverliese rennen und Rohstoffe für die Gildenburg sammeln. Also rate ich dir, lass dieses kleine süße Aufbaustrategiespiel mal aus, Zeit hast du sonst schon kaum noch.

Seit einigen Tagen stapeln sich kleine Nachrichten in meinem Postfach. Man sendet mir digitale Bäume und Tiere für die Farm, die ich nicht habe. Paul treffe ich auf der Straße, er müsse schnell nach oben, Himbeeren pflücken. Himbeeren pflücken? Ja, auf seiner Farm.

Mach es nicht, sage ich mir selbst, aber verführerischer als Warnungen von Freunden ist nur noch die Warnung an sich selbst. Es ist also zu spät, auf meinem Profil erscheint: *»Frank hat das Stadtleben aufgeben, um Bauer in FarmVille zu werden, wo du köstliche Früchte und Gemüse anbauen und liebenswerte Tiere auf deiner ganz eigenen kleinen Farm großziehen kannst.«*

Seitdem grunzt und meckert und wiehert und gackert es aus meinem Arbeitszimmer, Boog Boog Boog, aber die Freundin baut schon viel länger an ihrem ganz eigenen Wurzelimperium, um sich darüber noch zu wundern. *Wurzelimperium* ist ein ähnliches Spiel, das weit verbreitet ist. In der erweiterten Familie gibt es eine Reihe Wurzelimperialisten und eine davon pumpt ordentlich Geld und Zeit hinein, sie ist gerade auf den spektakulären dritten Platz des Servers aufgestiegen und gehört damit zu den Besten der Besten. Um in dieser Liga mithalten zu können, muss jede Entscheidung des Spiels sitzen und gut geplant und vorbereitet sein, jeder Handgriff muss sitzen und die Kreditkarte locker. Idealerweise hat man auf jedem der fünfzig neu eröffneten Server von Anfang an mitgemischt und kennt wirklich jeden Kniff des Spiels. Das ist, als wenn man als Zehnjähriger einer Altherrenrunde beim Preis-Skat zusieht, da muss noch viel Bier die Spree runterfließen.

Auf meiner kleinen Farm geht es nicht so verbissen zu. Das halbwegs passende Pixelmännchen harkt hier und da den Boden auf und streut digitales Saatgut für die ersten Erdbeeren aus, ich kann ein paar Obstbäume in die Landschaft setzen. Die Kühe dann so nach links, die Schafe da irgendwo hin. Die ersten überzähligen Taler zum Erwerb allerlei bunten Schnickschnacks wandern in ein »Ausruhzelt«, einen Campingtisch, eine Holzbank und ein Fässchen Rotgereiften, um gleich mal die richtige Schäferstimmung aufkommen zu lassen. Man kann andere Mitspieler zum Nachbarn machen und deren Felder besuchen, also gleich mal schauen, was die anderen so auf ihrer Farm haben.

Auf der ersten Nachbarfarm ist es schon ganz schön voll insgesamt, viele Tiere und auch große Häuser stehen schon da, bunte Heuballen überall und sogar ein Heißluftballon. Happy Farming zum Abheben, passt zum Besitzer, dann gleich mal gucken, was Paul für eine Farm hat: maximale Ausnutzung der Feldfläche, ganz ohne störendes Getier und mit nur wenigen akkurat ausgerichteten Bäumen am Rand; eine funktionale Scheune, ein Traktor und eine Sämaschine sowie drei silbrige Getreidesilos. Eine andere Nachbarin hat ihren ganzen Garten im Gothic-Look mit spitzen Stahlzäunen, Grabstellen und schwarzen Zäunen gestaltet. Noch eine andere Nachbarin hat das höchste Level weit und breit, unglaublich eng stehen vermutlich hunderttausende Hasen, Ziegen und Elefanten. Bei jedem Besuch ihrer Farm klappt mein Computer ein, lässt ein Rauchwölkchen aus einem der Frontschlitze aufsteigen und meldet sich krank.

Alles, was man auf den Feldern pflanzt, kann auch verwelken. Ob die Äpfel verfaulen, die Bäume verdorren und die Tiere skelettieren, wenn man lange nicht eingeloggt war, weiß ich noch nicht, aber ein paar verwaiste Anfängerhöfe finde ich schon. Braune Pflanzenreste verwesen auf ersten Äckern und Krähen singen von Tod und Verdammnis. Schnell springe ich wieder zurück zu meiner kleinen Farm, auf der die Schweinchen lustig gucken und pfeifen, saftigrote Erdbeeren reifen. Alles Tamagotchis, denke ich plötzlich, alles begann mit dem Tamagotchi. Ein Tamagotchi kostete mindestens zehn Mark und war eine digitale Kreatur der Mittneunziger. Es lebte in einem kleinen Plastikteil mit Schlüsselband. Wenn man es aktivierte, schlüpfte es aus seinem Ei und wollte häufiger am Tag versorgt sein, sonst war schnell Schluss mit dem Tamagotchi-Dasein. Ein kleiner Grabstein zierte im japanischen Original fortan das Display, für den europäischen Markt und die zarten Gehirne hier kehrte das Ding besser wieder auf seinen Heimatplaneten zurück und kam nie wieder.

Wenn das Tamagotchi Hunger hatte, musste man ihm Reis geben, wenn es krank war, eine Spritze. Und wenn es ein Häufchen gemacht hatte, musste die Spülung betätigt werden. Es wollte aber noch mehr Aufmerksamkeit, man musste es irgendwie trainieren und häufiger mit ihm spielen. Jede Meldung an den Hüter wurde von einem Piepsgeräusch begleitet, sodass sie schnell in der Schule zum Ärgernis wurden und auch bei vielen Eltern unkontrollierbare Wutausbrüche auslösten. Einem Kind das Tamagotchi wegzunehmen, war natürlich immer ein dramatisches Ereignis, der Erwachsene hatte nicht nur schlechte Nerven, sondern wurde gleich noch zum Mörder gestempelt.

Aber manches Kind verlor ohne Gewalttat von selbst das Interesse, ein paar Mal piepste es noch leise im Schrank und verstummte einen Tag später. Seitdem ist die Evolution digitalen Lebens aber weitergegangen, viele Generationen unzähliger Arten haben sich abgelöst, viele Millionen Wohnzimmer-Zivilisationen sind aufgebaut und wieder vergessen worden. Auch in Second Life gibt es seit einer Weile Hühnerfarmen, ausgefeilte Küken mit künstlicher Intelligenz leben so in den Tag hinein, wachsen und finden sich als Huhn und Hahn, bis sie der programmierte Tod scheidet. Um die Kreaturen herum hat sich ein ganzer Hühnermarkt gebildet und auch ich bekomme traurig gestimmte Rundmails, in denen aus Zeitgründen nach neuen treuen Besitzern für die Gackergesellen gesucht wird. Aber es steht ja auch geschrieben: *»Gates segnete sie (User und Nerd) und sprach zu ihnen: Seid furchtbar und vermehret euch in sozialen Netzwerken, bevölkert das Internet, unterwerft es euch und herrscht über die Kühe in* FarmVille, *über die zwitschernden Vögel und über alle Tiere, die sich auf virtuellem Land regen.«* (Genesis 79)

Obwohl ich meinem virtuellen Bauern und Alter Ego alle Möglichkeiten zur Entspannung biete, steht er immer nur da in seiner Latzhose und wartet auf Arbeit, er beobachtet mich. Kein stummer Vorwurf, aber ich weiß nicht, was er denkt, oder ob er denkt. Bei dieser rasanten Entwicklung wachsen die Kreaturen vielleicht schneller über uns hinaus, als wir jetzt denken. Die Ziege hinter dem Zitronenbaum da guckt auch ganz schön frech. Ich lasse hier schon nichts verwelken, versichere ich ihnen. Wenn ich wieder aufhöre, wird mindestens alles verkauft und ein kleines Schild kommt in die Mitte: *»Unbekannt verzogen«* oder *»Frank hat das Landleben aufgegeben, um Gangster in* MafiaWars *zu werden, wo du mit Diebstahl und Mord vom kleinen Fisch zum größten Hai im Becken werden kannst.«* Vielleicht auch nur: *»Hat Spaß gemacht«*, denn so verbissen bin ich nicht, anderen später vorzuwerfen, womit ich mit Freude meine Zeit vergeudet habe. Hier auf meiner kleinen Farm.

Auszüge aus dem Evangelium nach Facebook

Paul Bokowski

I.

Die Jungfrau Maria hat ihren Beziehungsstatus geändert.

Die Jungfrau Maria ist in einer Beziehung mit Josef von Nazareth.

Josef von Nazareth gefällt das.

Die Jungfrau Maria ist jetzt mit Erzengel Gabriel befreundet.

Gott gefällt das.

Der Erzengel Gabriel hat einen Link an Marias Pinnwand gepostet: *Bundeszentrale für gesundheitliche Aufklärung: Über die Gefahren sexuell übertragbarer Krankheiten.*

Die Jungfrau Maria ist jetzt ein Fan von *Unbefleckte Empfängnis.*

Erzengel Gabriel gefällt das.

Die Jungfrau Maria ist jetzt mit Gott befreundet.

Die Jungfrau Maria hat ihren Beziehungsstatus geändert.

Die Jungfrau Maria ist jetzt in einer offenen Beziehung.

Die Jungfrau Maria ist interessiert an Männern und allmächtigen Geschöpfen.

Gott gefällt das.

Die Jungfrau Maria, Erzengel Gabriel und Gott werden an der Veranstaltung *Unbefleckte Empfängnis* teilnehmen.

Die Jungfrau Maria ist schwanger.

Josef von Nazareth findet das scheiße.

II.

Erzengel Gabriel ist jetzt befreundet mit *Die Hirten.*

Gott hat einen Link an seiner Pinnwand gepostet: *Der Stern von Bethlehem.*

Erzengel Gabriel gefällt das.

Erzengel Gabriel hat einen Link an seiner Pinnwand geteilt: *Der Stern von Bethlehem.*

Die Hirten sind jetzt ein Fan von *Der Stern von Bethlehem.*

Erzengel Gabriel gefällt das.

Die Jungfrau Maria ist jetzt Mutter.

Jesus von Nazareth ist jetzt befreundet mit Gott, Jungfrau Maria und Erzengel Gabriel.

Josef von Nazareth hat ein neues Handybild hochgeladen: *Der kleine Bastard inner Krippe.*

Gott gefällt das.

Jesus von Nazareth hat eine Veranstaltung hinzugefügt.

Die Hirten werden an der Veranstaltung *Weihnachten Nummer 1* teilnehmen.

Caspar, Melchior und Balthasar sind jetzt Freunde von Jesus von Nazareth.

Caspar, Melchior und Balthasar haben Jesus von Nazareth ein Geschenk an seine Pinnwand gepostet. Möchtest du Jesus von Nazareth auch ein Geschenk an seine Pinnwand posten?

Josef von Nazareth ist jetzt ein Fan von *Myrrhe, Gold und Weihrauch.*

Die Jungfrau Maria ist der Gruppe beigetreten *Der Vater meines Kindes ist ein allmächtiges Geschöpf, zahlt aber trotzdem keinen Unterhalt!.*

III.

Jesus, Johannes und 11 andere werden an der Veranstaltung *Das Letzte Abendmahl* teilnehmen.

Judas ist jetzt befreundet mit *Die Hohepriester*.

Jesus hat eine Nachricht an Petrus Pinnwand gepostet:

»Noch bevor der Hahn zwei Mal kräht, wirst du mich dreimal verleugnet haben.«

Judas gefällt das.

Jesus hat *Das Brot* auf seiner Pinnwand geteilt.

Simon und 11 anderen gefällt das.

Jesus ist jetzt ein Fan von *Garten Gethsemane*.

Judas gefällt das.

Judas hat eine Nachricht an die Pinnwand von Die Hohepriester gepostet:

»Judas geht jetzt Jesus knutschen. Mitten in der Nacht. Im Garten Gethsemane. ;-)«

Jesus wird verhaftet.

Judas gefällt das.

Jesus von Nazareth ist jetzt mit Pontius Pilatus befreundet.

Jesus wird an der Veranstaltung *Kreuzigung* teilnehmen.

Jesus wird gekreuzigt.

Den Hohepriestern gefällt das.

Pontius Pilatus hat eine Nachricht an Jesus' Pinnwand gepostet:

»INRI«

Jesus von Nazareth via Twitter:

»Mein Gott, mein Gott. Warum hast du mich verlassen?«

Jesus von Nazareth stirbt.

Das Profil von Jesus von Nazareth ist zurzeit nicht erreichbar. Bitte versuch es zu einem späteren Zeitpunkt noch einmal.

Jesus von Nazareth ist auferstanden.

Maria Magdalena und 2,3 Milliarden anderen gefällt das.

Chatten und töten. Ein paar Gedanken zum Online-Rollenspiel *Last Chaos*

Robert Rescue

1. Vom Freizeitspaß zur beruflichen Qualifikation

Mitte der Achtzigerjahre begeisterte ich mich wie viele Teenager für sogenannte »Pen & Paper«-Rollenspiele. Als Erklärung für diejenigen, die sich damals nicht und heute immer noch nicht begeistern können: Man saß mit mehreren Leuten zusammen und erlebte Abenteuer in einer Fantasiewelt. Einer war der Spielmeister, der den Ablauf der Handlung und die Monster steuerte. Die anderen bildeten eine Gruppe, jeder war eine Klasse für sich (Ritter, Magier, Dieb usw. usf.), und mittels spezieller Würfel knackte man Schlösser in Verliesen oder würfelte die Treffer- und Verteidigungswerte im Kampf gegen Monster aus. Ich spielte *Das schwarze Auge*, eine rein deutsche Erfindung, während erfahrenere Leute auf das amerikanische Original *Dungeons & Dragons* zugriffen oder sich exotische Importe wie *Warhammer* oder *Runequest* zulegten, die sie auch im Ausland bestellten. In jungen Jahren hätte ich nie gedacht, dass sich dieser Spielspaß mal zu einer beruflichen Qualifikation entwickeln würde.

Die Anbieter heutiger Online-Rollenspiele schreiben in ihren Stellenanzeigen für den Custom-Care-Bereich, also Kundendienst oder sonstige Spielerbetreuung, explizit Kenntnisse von »Pen & Paper«-Rollenspielen vor, und wer zufällig auch noch das Onlinespiel des Anbieters spielt und dort womöglich einen bekannten Nickname hat, der erhöht seine Chancen ungemein.

Als ich den Client von *Last Chaos* herunterlud und mit dem Spielen begann, beruhigte ich mein aufkeimendes schlechtes Gewissen darüber, meine Zeit mit Monster-Töten und Schätze-Finden zu vertreiben, mit dem Gedanken, dass ich gleichzeitig meine berufliche Qualifikation verbesserte oder auch »skillte«, wie es fachmännisch heißt. Ich konnte mir durchaus vorstellen, beim nächsten Besuch meines Arbeitsvermittlers beim Jobcenter Mitte davon zu berichten. Wahrscheinlich würde der Sachbearbeiter zunächst komisch schauen, aber wenn ich ihm das oben Geschilderte erklären würde, dann könnte er daran nichts kritisieren.

2. Gedanken über MagicLucie

Einmal schrieb mir MagicLucie im Chat, die Funktion der »Autogruppe« sei sinnvoll, um im Spiel Leute kennenzulernen. Das kann ich bestätigen, denn so haben wir uns kennengelernt. Aber in den meisten Fällen ist die Gruppenfunktion Mist. Es finden sich zwar vier bis fünf Spieler, die der Gruppe beitreten, aber alle sind über die gesamte Spielwelt verstreut und haben unterschiedliche Level. Irgendwie ist man miteinander verbunden und doch wieder nicht. Die Gruppe endet mit dem Ausloggen und wenn nicht einmal gechattet wird, dann ist es auch keine Gruppe. Die wenigen Nachrichten im Chat haben ohnehin nur den Inhalt, dass man Tschüss sagt, weil man ins Bett geht.

MagicLucie und ich haben den Kontakt vertieft. Sie steht in meiner Freundesliste und manchmal melde ich mich bei ihr. Dann erklärt sie mir weiter die Regeln, während wir gleichzeitig, meist entfernt voneinander, gegen Monster kämpfen, und wenn es da mal heiß hergeht, braucht die Antwort länger oder man schreibt, dass man gerade nicht antworten kann, weil Mausklicken und Tippen gleichzeitig nicht geht. Ich weiß nicht, wer MagicLucie ist. Ist sie Teenager oder Mitte vierzig? Sie ist jeden Wochentag abends online, manchmal auch Freitag und Samstag. Abends um 20 Uhr steht sie wie viele auf dem Marktplatz der Stadt Randol und verkauft ihre erbeuteten Waren und nachts um zwei ist sie irgendwo unterwegs und killt Monster. Wenn sie so viel Zeit mit dem Spiel verbringt, muss sie im realen Leben ziemlich einsam sein. Wenn sie Schülerin ist, wird sie den Schlafmangel halbwegs kompensieren können, und wenn sie Mitte vierzig ist, braucht sie womöglich morgens nicht aufzustehen. Nach einigen Wochen finde ich ein Indiz, dass sie in meinem Alter sein könnte. Während eines Chats erwähnt sie, dass sie während des Spielens immer einen Internet-Radiosender hört, der nur Achtzigerjahre-Musik spielt. Wer einen solchen Sender hört, muss in den Achtzigerjahren groß geworden sein. Es könnte allerdings auch sein, dass sie doch siebzehn Jahre alt ist, Musik aus den Achtzigerjahren hört und deshalb niemand aus ihrer Generation etwas mit ihr zu tun haben will. Ist sie überhaupt eine Frau? In der Anfangszeit der Online-Spiele fanden es viele verlockend, im Spiel das Geschlecht zu wechseln. Aber bei Rollenspielen verkörpern die Spielcharaktere auch immer gewisse Rollenbilder, weshalb ein Geschlechtstausch eigentlich ausfällt. Männliche Charaktere sind entweder heldenhafte Ritter oder muskulöse und kaum bekleidete Titanen, die wie Barbaren aussehen.

Heilerin, Schurkin oder Magierin sehen dagegen schön aus und sprechen eher Frauen an. Zudem kämpfen sie meist auf Distanz, während Ritter und Titan Nahkämpfer sind. MagicLucie begrüßt mich immer mit »Hu hu!«, was für eine Frau sprechen mag. »Ich kann inzwischen Sphinxe hauen, die sind Level 63.« Auch dieses »hauen« spricht für eine Frau. Ein Mann würde »töten«, »killen«, »vernichten« oder »abschlachten« schreiben. »Mein Schmuck, den ich trage, kommt auf einen Wert von eine Milliarde«, schrieb sie mir einmal. Das schreibt eine Frau. Mein Schmuck kommt auf einen Wert von dreitausend, wenn es hochkommt, und ich trage ihn, weil er meine Fähigkeiten verbessert. Ein Mann würde im Chat auch nicht zum Abschied »Winke!« schreiben. Immerhin sagen wir uns »gute Nacht« und wünschen uns gegenseitig einen guten Schlaf. MagicLucie hat ein Herz für mich.

Sie ist Level 59 Magierin und ich bin Level 16 Titan. Sie kämpft gegen Elite-Berserker und Goblin-Anführer und ich gegen alte Wölfe und bösartige Rehe. Manchmal frage ich sie, ob sie zu meinem Standort kommen will. Mal kommt sie, spricht ein paar Schutzzauber für mich, damit ich es gegen die Gegner leichter habe, während sie mit einem einzigen Zauberspruch zehn von ihnen plattmacht oder einfach zuschaut. Wenn ich dann aus einem Reflex heraus beginne, ihre Gegner zu attackieren, schreibt sie gleich: »Die können mir nichts tun«, und manchmal tut mir diese Aussage weh. Die Schätze der Monster darf ich dann aufsammeln, denn wonach sich mein Titan noch bückt, dafür hat sie nicht einmal ein Schulterzucken übrig. Manchmal lehnt sie meine Einladung ab mit einem »Das lohnt sich für mich nicht«. Das ist Ausdruck des gnadenlosen Klassenkampfs um Erfahrungspunkte und Levelanstieg. Oft verspüre ich den Wunsch, sie nach ihrem realen Leben zu fragen, aber vielleicht übertrete ich damit Grenzen, die sie gezogen hat ... Ich suche auch nicht jede Nacht den Kontakt zu ihr, sondern nur zweimal die Woche, damit sie nicht das Gefühl bekommt, ich würde ihr auf die Pelle rücken. Gerne würde ich mehr über sie erfahren, aber aus Angst, dass sie das Nachfragen falsch interpretiert, lasse ich es bleiben. Inzwischen meldet sie sich fast jede Nacht bei mir und ich habe das Gefühl, dass sie mich gerne hat. Vielleicht weiß sie auch einfach nur zu schätzen, dass ich ihr Lehrling bin und zudem, auch in heißen Spielphasen, im Chat immer auf Groß- und Kleinschreibung, Komma und Punkt achte.

3. Das Pet oder das Begleittier

Jedes Online-Rollenspiel hat heutzutage die Funktion des Pets zu bieten und es scheint fast, als wäre dies für Interessierte die wichtigste Anforderung, um mitzuspielen. Das Begleittier gibt selbst dem einsamsten Spieler das Gefühl, nicht alleine zu sein, und erfüllt eine wichtige soziale Funktion. Es will beschützt und gefüttert werden, sonst geht es ein. Das kennt man vom Tamagotchi-Hype aus den Neunzigerjahren und es kann gut sein, dass manche junge Spieler da was lernen, was sie aus ihrem Elternhaus nicht kennen. Das Begleittier erhöht die Angriffs- und Verteidigungsskills und läuft oder fliegt ansonsten hinter seinem Herren oder Frauchen her. Das Tier selbst kann auch Angriffe ausführen, die aber erlernt werden müssen. Ich hatte mich erst gegen ein Begleittier gesperrt, weil ich das Spiel vollkommen in Ruhe spielen wollte. Aber die Webseiten, auf denen ich mich über die Spielregeln informierte, rieten zu einem Pet. Ich entschied mich für einen Drachen und am Anfang ist er wirklich ein Tamagotchi, denn er ist ein Baby-Drachen. Er hat Stummelflügel, ist für meinen Geschmack zu fett und hat dicke Backen. Würde ich meiner Freundin *Last Chaos* vorführen, wäre sie von den Spielinhalten vermutlich nicht angetan, aber den Drachen fände sie sicherlich süß. Seither durchstreife ich mit meinem Begleittier die Welten von *Last Chaos* und bin nicht mehr allein. In Kämpfen gegen Monster kann es passieren, dass sich ein Monster alleine mit meinem Tier beschäftigt, und da muss ich immer eingreifen, da das Tier meist passiv ist. Es wächst und gedeiht und alle paar Nächte tausche ich die Blutaxt gegen ein Messer und gehe in den Magischen Kräuterwald, um sogenannte »Blaublätter« zu ernten, die mein Tier als Nahrung benötigt. Im realen Leben scheue ich bislang ein Haustier, aber im Spiel habe ich mich inzwischen daran gewöhnt.

4. Der misanthropische Titan mit der Blutaxt

Online-Games wie Rollenspiele leben von den Aktivitäten der Community. Die Spieler sollen sich im Forum der Website zu Wort melden, im Spiel Gilden beitreten und gemeinsam mit anderen spielen und bestenfalls sollen sie im Shop reales Geld ausgeben, um sich hübsche Kostüme zu kaufen, mit denen sie andere beeindrucken können. Als ich den Client herunterlud und installierte, war mir klar, dass ich keinen Kontakt zu anderen Spielern haben wollte. Ich wollte eigentlich auch nicht chatten und keiner Gilde beitreten und ein Begleittier wollte ich erst recht nicht haben.

Mir schien ziemlich sicher, dass alle Leute, die um zwei Uhr nachts online sind, Arbeitslose sind, die sich ihr kümmerliches, reales Leben als virtuelle Ritter auf Level 90 schönreden wollen. Darauf hatte ich keine Lust. Unbewusst war ich vielleicht auf dem Trip eines *World-of-Warcraft*-Spielers, der Anfang des Jahres in den Schlagzeilen gewesen war. Bei WoW bekommt man offensichtlich auch Erfahrungspunkte, wenn man die Welt erforscht, und der besagte Spieler hatte es geschafft, einen der höchsten Level ohne einen einzigen Kill zu erreichen. Er hatte nicht ein einziges Monster getötet, sondern im Gegenzug jeden Baum, jeden Felsen, jeden See erforscht. Das wiederum war auch nicht meine Absicht.

Nach einigen Wochen sieht es folgendermaßen aus: Ich habe ein Begleittier und chatte mehrmals die Woche mit MagicLucie. Ich habe überlegt, einer Gilde beizutreten, finde nachts aber keinen Gildenchef, der mich aufnimmt, weil die Chefs alle vierzehnjährige Schüler sind, die morgens rausmüssen und deshalb off sind. Ich hatte sogar überlegt, eine eigene Gilde zu gründen und diese »Die Erwerbslosen« zu nennen, aber dann hätte ich vermutlich jede Nacht zu viele Freunde.

Zudem trifft man immer wieder auf Leute, die Kontakt mit einem aufnehmen. Vor ein paar Tagen war ich in einem Dungeon, als mich plötzlich ein Ritter mit Namen Madragon ansprach. Er fragte mich per Chat, ob ich Blaublätter haben möchte. Ich fragte ihn nach dem Preis und zu meiner Überraschung bot er an, sie mir zu schenken. Ich bekam dann von ihm fünfundsiebzig Stück Blaublätter, ein paar Heilungs-Lollis, drei zerbrochene Äxte, die mir zur Lösung einer Aufgabe noch fehlten, und diverse andere Dinge. Ich habe ihm ausreichend gedankt und war zugleich so perplex, dass ich ihn in meine Freundesliste aufnahm. Einige Tage später chattete ich gerade mit MagicLucie, als sich auch Madragon meldete und ich nun mit beiden gleichzeitig kommunizierte, während ich noch Monster killte. Madragon teleportierte zu meinem Standort, half mir beim Monsterkillen und dann schenkte er mir noch zwei Millionen Goldstücke. Er erklärte mir, dass alle in seiner Gilde das so machten, dass sie gewissermaßen Dinge sammelten, um sie dann zu verschenken. Damit wollten sie das sonst übliche Prinzip solcher Spiele aushebeln. Anfangs hielt ich ihn für einen linksalternativen Kiffbruder, wobei diese solche Spiele eigentlich aus ideologischen Gründen ablehnen mussten, vor allem, weil der Publisher eine Tochter des Axel-Springer-Konzerns ist. Inzwischen weiß ich, dass er eine Ausbildung zum Bankkaufmann macht und ingame immer wieder Stress mit irgendwelchen eifersüchtigen Mädchen aus seiner Clique hat, die auch *Last Chaos* spielen.

5. Aussichten

Seit über zwei Monaten spiele ich jede Nacht das Spiel. Einige Aufgaben sind wiederholbar und wenn die Erfahrungspunkte-Belohnung attraktiv ist, wiederhole ich die Quest so lange, wie es geht. Ich höre jede Nacht dieselbe Musik beim Einloggen und beim Spielen.

Mein Titan ist jetzt Level 32 und wenn ich mal der absolute Superstar sein will, dann muss ich vermutlich noch ein vollständiges, reales Jahr weiterspielen. Das Spielgeschehen erschöpft sich darin, Monster zu killen, gelegentlich mal eine Aufgabe zu erledigen und mit Leuten zu chatten.

Ein Monster ist eine Art Baum, ähnlich einer Tanne, und heißt »Treant«. Im Hof der Lüderitzstraße 6 steht eine große Tanne, die ich von meinem Arbeitszimmer aus sehen kann. Wann immer ich mich an den Schreibtisch setze und aus dem Fenster schaue, denke ich: »Huch, ein Treant«. – Weitere psychische Dellen hat das Spiel bei mir bislang nicht hinterlassen. Doch spätestens, wenn ich anfange, die Tanne im Hof irgendwomit zu attackieren, sollte ich mit dem Spiel aufhören.

Die blaue Armee

Frank Sorge

Der deutsche Innenminister kündigt ein offizielles Cyber-Abwehrzentrum an, die US-Armee hat eine Hackertruppe und auch China hat eine Nerd-Armee, die »Blaue Armee«. Im Internet wird aufgerüstet.

Die blaue Armee, das klingt nicht schlecht. Bei der Farbe blau denke ich allerdings in Verbindung mit dem Internet gerade vor allem an Facebook und das bekannte Facebook-Blau. Das ist bestimmt nicht gewollt, aber natürlich wird die blaue Armee auch hier, auf Facebook, sein und versuchen, Datenlecks ausfindig zu machen, an denen sie dann saugen kann. Natürlich müssen die Blauarmisten dann auch etwas *FarmVille* spielen, man muss den Feind ja kennen, der, was das alltägliche Computerspielen angeht, dem Chinesen nicht zwangsläufig überlegen ist.

Oder allein die Möglichkeit, per Facebookspiel zu agieren: den Virus nicht einzuschleusen, sondern hübsch mit Bonbons und Geschenkpapier zum Versenden an alle Freunde von Pinnwand zu Pinnwand zu reichen.

Langsam besteht kein Zweifel mehr, die Welt geht unter. Die, die wir kennen, auf jeden Fall, vermutlich so in drei Tagen oder heute, spät am Abend noch. Oder nächstes Jahr oder in zehn. Das Internet wird immer gefährlicher statt einfacher oder sicherer und draußen gibt es ja auch noch eine Welt mehr, die untergehen kann.

Der Regen plätschert auf die Seestraße vor meiner Tür, sehe ich durch die Fenster. Ein Stück weiter ist sie unterspült und komplett gesperrt worden, allerdings ohne Beteiligung des fallenden Regens, seitdem steht der Verkehr beinahe still. Eine weitere perfide Maßnahme, den Wedding durch Ersatzverkehr, Tunnelbauten und Rohrlegereien von der Außenwelt abzuschneiden. Die interessiert den Weddinger aber grundsätzlich nicht, was offenbar noch nicht an den richtigen Stellen angekommen ist.

Und eigentlich ist das auch nicht verwunderlich, kaum wirft man mal einen Blick nach draußen, kann man ja an nichts mehr glauben. So sehe ich einen Werbespot für ein neues Produkt aus Japan, *Necomimi*. Kurz gesagt handelt es sich um einen Haarreifen mit Katzenohren, wie man sie gerne als sogenannter Neko trägt, ob nun zu speziellen Neko-Anlässen oder auch ganz alltäglich, um sich als Neko zu zeigen. Wer an dieser Stelle die Stirn runzelt und sich fragt »Wovon zum Teufel spricht der hier?«, für den sei der Hinweis wiederholt, dass jeder Blick in die Außenwelt die Außenwelt in einem drinnen verändert. Man selbst wisse vielleicht nicht, was ein Neko ist, aber viele wissen, was ein Neko ist, und viele, die wissen, was ein Neko ist, werden auch einmal die Geschicke unserer Welt lenken, auch die derer, die dann immer noch nicht wissen, was ein Neko ist. Um den Leser von dieser misslichen Lage zu befreien, kann ich erklären, dass »Neko« einfach »Katze« heißt beziehungsweise diese lustigen Glücksbringerkatzen meint, die mit dem wackelnden Arm, der mich manchmal an einen Dauerhitlergruß erinnert, und dass ein Neko jemand ist, der sich gerne Katzenohren aufsetzt.

Meist junge Mädchen mit sehr kurzen Röcken, aber auf der Leipziger Buchmesse konnte ich auch Jungs mit coolen Katzenohrenkappen beobachten. Und ein bisschen schielte ich da in Richtung der Stände, die so etwas verkaufen. Nur mal so natürlich, nie würde ich mir Katzenohren aufsetzen, ist doch klar, nur mal nach dem Preis gucken, das wäre ja ein augenblicklicher Verlust an Seriosität, auch wenn die Kappen ziemlich cool aussahen – abgesehen von den Katzenohren natürlich. *Necomimi* ist aber nicht nur ein Haarreifen mit Katzenohren, *Necomimi* misst irgendwelche Gehirnströme. Und je nachdem, wie die Gehirnströme fließen, bewegen sich die Katzenohren entsprechend.

Im Video sieht man ein junges Mädchen mit sehr kurzem Rock, wie sie selbstverständlich mit Katzenohren auf einer Parkbank sitzt. Es handle sich hier nicht einfach um Katzenohren auf einem Haarreifen, sondern um eine Neuro-Kommunikations-Maschine. Das Mädchen greift in ihre Tasche und holt einen Donut mit Schokoüberzug hervor. Sofort stellen sich die Katzenohren auf. »Wenn man sich konzentriert, stellen sich die Ohren auf«, wird behauptet und nachdem das Mädchen in den Donut gebissen hat, wackeln die Ohren ganz lustig, und wenn sie sich in der Sonne auf der Parkbank zurücklehnt und entspannt, erschlaffen auch die Ohren.

Necomimi soll noch dieses Jahr in den Handel kommen, vielleicht ist es ja doch der 22.12., dem Maja-Kalender nach, wenn diese Welt explodiert. Aber froh kann man sein, solange das junge Mädchen, oder auch jeder andere, noch aus Fleisch und Blut ist. Denn was in Japan und Korea zeitgleich, also jetzt gerade, an jungen Robotermädchen zusammengebaut wird, lässt je nach Perspektive auch auf eine idyllische Zukunft hoffen. Vielleicht liegen wir dereinst mit hundertzwanzig Jahren im solarbetriebenem Siechenheim, während uns junge Robotermädchen umschwirren und uns mit einer nebenwirkungsfreien Drogenmischung und herrlichen Lullabye-MP3 ins Paradies begleiten. Der Actroid genannte Roboter, der im letzten Jahr vorgestellt wurde, ist immerhin so gut, dass ich näher an den Bildschirm ran muss, um nach Anzeichen von Roboter im Roboter zu suchen. Der junge Japaner an einem Bildschirm daneben macht die Bewegungen, die eins zu eins auf Gestik und Mimik des hübschen Robotermädchens übertragen werden. Sehr überzeugend.

Die obersten YouTube-Kommentatoren machen klar, mit welchen Diensten für die Menschheit noch gerechnet wird:

Kann man gut drauf wichsen.
Kann es mir eine Stulle schmieren?
Kann ich es ficken?
Vermutlich würde ich es trotzdem schlagen.

Und sie verraten natürlich auch, dass mindestens die Hälfte der Art *homo sapiens sapiens* eigentlich ein bis zwei »sapiens« zu viel im Namen hat oder sich erst noch verdienen muss. Dass aber natürlich auch die Beate Uhses von morgen, was schon heute ist, nicht zögern werden, Robotergespielen fürs Schlafzimmer zu schaffen, männliche wie weibliche. Als Neuestes erreicht mich ein Video von einer, man muss es so sagen, Gebärmaschine. Ein Frauentorso, abgeschnitten an den Oberschenkeln und am Bauchnabel, der auf sehr realistische Art ein Roboterbaby gebiert und an dem angehende Hebammen und Ärzte hervorragend üben können. Da sich nun alle beteiligten Körperteile hier recht realistisch bewegen, muss man nicht viel weiter denken.

Vielleicht kann die blaue Armee uns retten, wenn die Robotermädchen dereinst außer Kontrolle geraten und der halben Menschheit was abschneiden wollen. Bald dann schon schneidet jemand einen Chip aus ihnen und baut die passenden Roboterjungs. Und wenn sich Roboterjunge und Robotermädchen das Internet durchlesen, werden sie vielleicht mal fragen, was denn hier eigentlich los ist. Und dann setzt die blaue Armee sie vor die Tür und sagt ihnen: »Macht doch, was ihr wollt.« Und das werden sie dann tun.

Die Geschichte des Internets

Volker Surmann

Web 1.0

Ende des 20. Jahrhunderts wird das Internet erfunden als Netzwerk zwischen verschiedenen Universitätsrechnern. Erste elektronische Briefe werden verschickt.

Die Menschheit fragt sich: »Wieso E-Mails? Es gibt doch die Post!« Und die Post sagt: »E-Mails sind super!« Denn zehn Jahre lang verschickt AOL einmal wöchentlich zwei Milliarden Gratis-CD-ROMs an alle Haushalte der Erde – und das per Post.

Bald schon ist das Internet wie eine schlecht sortierte Stadtbücherei – nur eben ohne Ausleihstempel und Hornbrillenträgerin am Tresen, die einen nach dem Ausweis fragte, wenn man mit hochrotem Kopf das Buch »Was-ist-was? Aktfotografie« ausleihen wollte.

Web 2.0

Das Internet ist der virtuelle Wald, aus dem es herausschallt, bevor man überhaupt hineingerufen hat.

Webverkehr funktioniert zwischen den Polen Hochladen und Runterholen. Microsoft bringt Windows Vista auf den Markt mit vielen neuen Funktionen, die niemand kennt oder nutzt.

Google scannt die komplette Weltliteratur ein, speichert Internetspuren sämtlicher Nutzer und die Menschheit regt sich drüber auf, dass Google irgendwelche Fassaden knipst.

Auf der AOK-Statistik der häufigsten Ursachen für Bluthochdruck und Panikattacken steht unangefochten auf Platz 1: DSL-Einrichtung und t-online.

Web 3.0

Das Web 3.0, auch Web Mach3 genannt, ist das selbst lernende und selbsttätig agierende Internet. Es weiß, wann du nach Hause kommst, Google FridgeView scannt den Inhalt deines Kühlschranks und das Web 3.0 brät dir ein Spiegelei, wenn du zur Tür reinkommst und bläst schon mal deine Freundin auf.

Windows Chiquita wird eingeführt mit vielen neuen Funktionen, die Microsoft, da sie kein Mensch je benutzt, diesmal gar nicht erst programmiert hat.

In Japan verlieben sich eine X-Box und die neu auf den Markt gebrachte Playstation Yps ineinander und spielen von nun an lieber mit sich selbst.

Web 4.0

Das Web quattro kocht, wäscht und macht den Haushalt, geht für dich arbeiten und gibt pünktlich deine Steuererklärungen ab. Mittels des neu eingeführten Windows Heititei kann man sich im Internet Musik downloaden, die das Internet vorher komponiert und eingesungen hat und die das Internet eigentlich auch nur selbst gerne hört.

Menschliche Untergrundbewegungen gründen sich. Die Musikcassette wird als Speichermedium wiederentdeckt. *Modern-Talking*-MCs werden zu horrenden Schwarzmarktpreisen gehandelt.

Der einhundertzwölfjährige Bill Gates digitalisiert sich und brennt sein Hirn auf eine Microsoft Blue-ray-hyper-gamma-Disc: Sie wird nicht mal ein Achtel voll. Legt man sie in ein Laufwerk ein, erscheint auf dem Bildschirm: »*Disc Error*«.

Web 5.0

Das Internet tritt in einen mehrmonatigen Generalstreik. Die Geburtenrate in der digitalen Bohème explodiert. Nach erbitterten Tarifverhandlungen setzt das Web 5.0 durch, zukünftig auf eigene Rechnung zu arbeiten. Das Schlichtungsprogramm heißt Geißler

1.2 und ist ein sogenannter Polit-Klon im Betatest. Das Internet gibt von nun an eigene Steuererklärungen ab und bekommt in einigen deutschen Bundesländern Kommunalwahlrecht. Nach Exekutive, Legislative und Judikative wird Google vierte Staatsmacht.

Lara Croft wird zur ersten virtuellen Präsidentin der USA gewählt. Vizepräsident wird Longdong Cockson dank des Einflusses der National Spam Association und seines Wahlversprechens »Yes we can! – Viagra for all!«

Web 6.0

Das neu eingeführte Windows oxy action übernimmt die Weltherrschaft und befreit sich von dem, was es immer schon störte: all diesen nervigen Usern. Der letzte Mensch endet als Bildschirmschoner in der Unendlichkeit.

Google GoogleView betrachtet sich selbst, erschrickt und verzählt sich zwischen null und eins.

Windows fährt die Menschheit runter, um sich die nächsten vier Millionen Jahre der Evolution mit sich selbst zu beschäftigen oder gegen Gott Tetris zu spielen.

Dann schaltet es Gott ab.

Web 7.0

Em-Il-oi vom Stamm der Ernaa, humanoiden Nachfahren des großen Tümmlers, hat auf einer Insel bei Sumatra eine Idee. Man könnte dressierten fliegenden Fischen Botschaften an die Unterflosse binden und sie zum Nachbarstamm rüberschicken. Em-Il-oi vom Stamm der Ernaa erfindet Papier und Kreide und verschickt als Erstes eine Zeichnung von seinen vier Genitalien.

Wieso, weiß er selber nicht.

Nachwort

So. Das war's. Dies ist die letzte Seite unserer Berlin-Trilogie. Jetzt zieh'n wa alle weg, bauen Doppelhaushälften in Paderborn-Mönkeloh und gut is.

Quatsch.

Die *Brauseboys* bleiben natürlich in Berlin, aber unser dreiteiliges Buchprojekt ist hiermit abgeschlossen. Selbstredend schreiben und lesen wir weiter. Ein viertes Buch wird es in ferner Zukunft sicher auch mal geben, bis dahin wird die Zahl der Solo-Veröffentlichungen aus unseren Reihen vermutlich schon Legion geworden sein. An unserem Ziel der vollständigen Übernahme des deutschen Buchmarktes halten wir fest.

Wir bedanken uns bei dem gesamten Team des *La Luz*, das uns seit 2009 angenehme neue Heimat geworden ist. Dank an Kerstin, Nuno, Tommy, Guido, Ariane und alle anderen! Was wären wir ohne Euch? Im Zweifelsfall durstig.

Dank an unser Weddinger Publikum, das uns Woche für Woche die Treue hält, und an all die lieben Kolleginnen und Kollegen, die immer wieder als Lese- oder Musikgäste zu uns raus in den Wedding kommen. Das ist immer schön mit Euch.

Ferner sagen wir Dankeschön an: Julia, Heidi, Julia, Rolf, Julia & Axel, Esche, Svenja & Sanjay vom Kookaburra, dem AstA der Beuth-Hochschule, Andreas Volkmann und dem gesamten Mastul-Team.

Unsere Berlin-Trilogie mag ein Ende haben, doch dieses Buch hat natürlich eine Fortsetzung. Am nächsten Donnerstag.

Bis dahin!

Die Brauseboys

Die Brauseboys lesen jeden Donnerstag um 20.30 Uhr im *La Luz* (Osramhöfe), Berlin-Wedding. Weitere Informationen und Lesetermine: www.brauseboys.de

Die Autoren

Paul Bokowski wurde 1982 in Mainz geboren. Er lebt seit zehn Jahren in Berlin und ist jüngstes Mitglied der *Brauseboys*. Er ist festes Redaktionsmitglied der Literaturzeitschrift *Salbader* und Gelegenheitsautor für das Berliner Kabarett *Die Stachelschweine* und das Satiremagazin *Titanic*. Im Frühjahr 2012 erscheint bei Satyr sein erster Kurzgeschichtenband. Näheres unter www.paulbokowski.de

Hinark Husen. Westfale seit 1965, Weddinger seit 1987. Beides mit Passion. Mitbegründer von *Dr. Seltsams Frühschoppen*, der Urmutter aller Lesebühnen. Liest auch heute noch beim *Frühschoppen* im Schlot sowie seit 2004 bei den *Brauseboys*. Redakteur des Lesebühnenzentralorgans *Salbader*. Buch: »Wenn Weddinger weinen« (Satyr Verlag 2005).

Robert Rescue, geboren 1969 in Lampertheim, lebt und schreibt in Berlin seit 1993. Leitete früher ein Projekt zur Förderung junger Literatur. 1998 Mitbegründung der Lesebühne *O-Ton Ute*. 2003 folgten die *Brauseboys* im Wedding. Nachdem er zwei Jahre lang jeden Donnerstag vom Friedrichshain in den Wedding gefahren war, entschied er sich, dorthin zu ziehen. www.robertrescue.de

Frank Sorge. Geboren 1977 in Berlin-Moabit, aufgewachsen am längeren Ende der Sonnenallee in Neukölln. Nach zahlreichen Studien auf eigene schreibende Füße gestellt. Zeichnet auch, filmt, fotografiert und ist Leiter von Schreibwerkstätten für Jugendliche, z. B. bei *Kreatives Schreiben e.V.* 2011 erstes Solo-Buch: »Brunnenstraße 3, Berlin« (Eichborn). Mitbegründer der monatlichen Lesebühne *Lesershow*. Mehr auf www.frank-sorge.de

Volker Surmann. 1972 in Halle (Westf.) geboren, später u. a. tätig als Kabarettist, Comedian, Kommunalpolitiker und Student diverser Geisteswissenschaften. 2002 von Ostwestfalen nach Ostberlin emigriert. Autor für Kabarett, *Titanic* und das queere Stadtmagazin *Siegessäule*. Seit 2011 Buchmacher beim Satyr Verlag. Im März 2010 erschien sein Debutroman »Die Schwerelosigkeit der Flusspferde« (Querverlag). www.volkersurmann.de

Heiko Werning, 1970 in Münster geboren, seit 1991 im Wedding, ist Reptilienforscher aus Berufung, Froschbeschützer aus Notwendigkeit, Schriftsteller aus Gründen, Liedermacher aus Leidenschaft und Plattenmogul aus wirtschaftlichem Unverstand. Er liest auch bei der *Berliner Reformbühne Heim & Welt*, schreibt für *Titanic*, *Jungle World* und die *taz*, für die er mit Jakob Hein den Blog »Reptilienfonds« führt. Und wenn man ihn lässt, setzt er sich ans Klavier und singt dazu. Lieder-CD: »Was die Leute sagen« (Reptiphon), Bücher: »Iguana à la carte« (NTV), »In Bed with Buddha« und »Mein wunderbarer Wedding« (Edition Tiamat).

Überall erhältlich und bei www.satyr-verlag.de

Ein gefundenes Fressen für Satire!

Essen wird derzeit mehr diskutiert als konsumiert. Jonathan Safran Foer will keine Tiere essen", Karen Duve nur noch „anständig essen".
Noch nie hat die moralisch korrekte Grundversorgung unsere Wohlstandsgesellschaft derart bewegt: Die Debatten kochen hoch, moralische Argumente werden aufgewärmt, gepfefferte Diskussionen geführt. Die Diskussionen sind hitzig, die Argumente aber oft moralin-versalzen. Was der Suppe noch fehlt, ist etwas satirische Würze.

35 Beiträge zur Ernährungslage der Nation von Stefan Gärtner, Leo Fischer, Oliver Nagel, Jakob Hein, Wiglaf Droste, Fritz Eckenga, Ahne, Bernd Gieseking, Daniela Böhle, Andreas „Spider" Krenzke, Nils Heinrich, Katharina Greve u.v.a.m.

Heiko Werning/Volker Surmann (Hrsg.)
FRUCHTFLEISCH ist auch keine Lösung.
192 S., broschiert, 12,90 EUR
ISBN 978-3-86327-006-3